# 스파이가 만든 한국사의 굴곡

# 스파이가 만든 한국사의 굴곡

| | | | |
|---|---|---|---|
| 발행일 | 2022년 5월 9일 | | |
| 지은이 | 정주진 | | |
| 펴낸이 | 손형국 | | |
| 펴낸곳 | (주)북랩 | | |
| 편집인 | 선일영 | 편집 | 정두철, 배진용, 김현아, 박준, 장하영 |
| 디자인 | 이현수, 김민하, 안유경, 신혜림 | 제작 | 박기성, 황동현, 구성우, 권태련 |
| 마케팅 | 김회란, 박진관 | | |
| 출판등록 | 2004. 12. 1(제2012-000051호) | | |
| 주소 | 서울특별시 금천구 가산디지털 1로 168, 우림라이온스밸리 B동 B113~114호, C동 B101호 | | |
| 홈페이지 | www.book.co.kr | | |
| 전화번호 | (02)2026-5777 | 팩스 | (02)2026-5747 |

ISBN    979-11-6836-309-0  03910 (종이책)    979-11-6836-310-6  05910 (전자책)

**(주)북랩** 성공출판의 파트너

북랩 홈페이지와 패밀리 사이트에서 다양한 출판 솔루션을 만나 보세요!

**홈페이지** book.co.kr  •  **블로그** blog.naver.com/essaybook  •  **출판문의** book@book.co.kr

**작가 연락처 문의 ▸ ask.book.co.kr**

작가 연락처는 개인정보이므로 북랩에서 알려드릴 수 없습니다.

한반도 정보 공작의 연주자들

# 스파이가 만든 한국사의 굴곡

정주진 지음

한반도를 둘러싼 강대국의 스파이들,
국운을 뒤흔든 그들의 첩보 전쟁을 파헤치다!

 북랩

# 머리말

/

굽이굽이 흘러온 한국 현대사의 굴곡마다 외국의 스파이들이 있었다. 그들은 19세기 말부터 시작된 제국주의 열강의 선봉에 서서 한국 정부와 국제여론을 자신들의 국익에 맞도록 은밀히 조종하는 일에 앞장섰다. 그럼에도 그들의 실체는 잘 알려져 있지 않다.

그들이 행한 일들은 모두 극도의 보안이 유지되어야 하는 비밀들이었기 때문에 최대한 기록을 남기지 않았고 남겨진 기록도 철저한 비밀 관리 시스템에 갇혀 있었다.

다행히 미국과 일본, 영국이 오래된 국가비밀 자료들을 단계적으로 해제하면서 역사의 이면이 조금씩 드러나고 있다. 게다가 인터넷의 발달로 해외에 가지 않아도 안방에 앉아서 해외자료들을 쉽게 접할 수 있는 시대가 열렸다. 문명의 이기가 가져다준 선물이다.

그리고 김구, 이승만, 김원봉 등 독립운동가들은 일제의 스파이 활동에 맞서 미국, 중국의 정보기관들과 손잡고 일제에 강점되어 있는 한반도를 해방시키기 위해 비밀공작을 전개했다.

유교 기반의 전통사회를 고집해오던 조선이 열강에 의해 해체되기 시작하면서 한반도의 근현대는 미국, 일본, 러시아, 중국 등 주변 4강의 각축장으로 변했다. 대륙세력과 해양세력의 이익이 첨예하게 대립하는 교차지점에 놓여 있는 한반도의 지정학이 가져온 운명이었다.

그 결과 한국의 근현대사는 주변 4강의 영향을 빼고는 온전한 모습을 보기 어렵다. 한국의 문제를 한반도 내부의 시각으로만 볼 경우 문제의 본질을 꿰뚫지 못하는 우를 범하게 된다.

이러한 현실은 한국의 근현대사에 대한 올바른 이해를 무척 어렵게 만든다. 한국사의 완전한 이해와 균형 있는 시각을 세우기 위해서는 미국, 일본, 중국, 러시아 등 주변 4강의 사료를 골고루 섭렵해야 한다. 하지만 연구자 한 명이 4개국 언어를 통달해서 4개국의 자료를 모두 해독하기는 무척 어려운 것이 인간적 현실이다.

그에 따라 한국의 국가정보활동에 대한 연구 역시 비교적 자료가 풍부한 미국, 영국 중심의 자료를 바탕으로 접근한 결과 이들 나라 중심으로 연구가 치우친 경향이 있다. 한국이 놓인 지정학적 특성, 한국적 국가정보의 특성에 대한 이해가 부족하다.

필자는 이러한 편향성에 문제의식을 가지고 한국 국가정보의 역사를 한국적 시각에서 고찰해보고자 했다. 그러한 동기에 따라 필자는 한국연구재단의 지원을 받아 5년간(2016.9.-2021.8.) 한국적 국가정보이론 수립에 필요한 자료들을 수집하면서, 한반도를 둘러싼 미국, 일본, 러시아, 중국의 정보 인물들과 관련된 자료들을 수집·검증·분석해왔다.

이 책에 소개되는 스파이들은 이러한 과정에서 도출되어 우리 국민이 한국 근현대사를 이해하는 데 도움이 된다고 생각되어 선별한 인물들이다. 관련 자료를 수집하는 데는 해당국 언어에 능통한 전문가들의 도움을 받았다.

이 책의 시간적 범위는 청일전쟁(1894) 전후에서 대한민국 정부 수립(1948) 전후까지이다. 이 반세기에 걸쳐 일본과 청나라, 러시아가 한반도에서 전쟁을 벌이고 한반도와 만주를 강점한 일본이 미국과의 전쟁을 일으키는가 하면 해방과 함께 남북이 분단되어 소련군과 미군이 진주해오는 등 많은 일들이 있었다. 그리고 그 중심에 자기 나라의 이익을 관철하기 위해 움직이던 스파이들이 있었다.

이 책은 총 9장으로 구성되어 있다.

1장은 구한말 일본이 한국침략을 본격화하던 시기 일본의 한반도 공작을 주도한 가와카미 소로쿠(川上操六)와 아카시 모토지로(明石元二郎)를 소개했다. 가와카미는 일본군 참모본부 차장으로 근무하며 청일전쟁을 기획하고 집행한 인물이다. 전쟁을 앞두고 많은 스파이들을 한국, 청, 러시아에 파견해서 정보를 수집했다.

아카시 모토지로는 대한제국이 붕괴된 후 일제가 한국을 강점하는 데 앞장섰던 인물이다. 1907년 10월 한국 주차 헌병대장으로 부임해와서 한국을 강압적으로 지배하는 데 필요한 비밀정보체계를 구축했다. 헌병보조원 제도와 순사보 제도를 만들고 전국 헌병과 경찰이 관할 지역의 정세를 정기적으로 보고하는 비밀정보 보고체계를 만들어 한국인들을 감시했다.

아카시는 한국에 부임하기 전 러일전쟁 때 스웨덴에서 제정 러시아의 배후를 교란하는 공작을 전개했다. 일본이 러시아와의 전쟁에서 이기는 데 많은 기여를 했다. 그 후 아카시는 일제시대 일본 스파이들의 대부로 추앙받았다. 중일전쟁 직후인 1938년 4월 설립된 일본 육군 나카노 학교에서는 아카시 모토지로를 일본 스파이의 롤모델로 교육하기도 했다.

가와카미와 아카시가 한국 강점에 골몰하던 시기 그에 대응하기 위해 고종의 대한제국익문사가 설립되고 임시정부 경무국장에 취임한 백범 김구가 일제 밀정을 단속하는 내용도 담겨 있다.

2장에서는 의열단 단장 김원봉과 중국국민당의 비밀정보기관이었던 삼민주의역행사(일명 '남의사')의 관계를 집중 조명했다. 만주사변(1931)과 중일전쟁(1937)이 시대적 배경이다. 문재인 정부 출범 후 한때 김원봉을 독립유공자로 포상하려는 움직임이 있었다. 그러나 김원봉이 해방 후 북한으로 넘어가 북한정권 수립에 기여한 사실 등이 문제가 되어 그에 대한 서훈은 중단됐다.

북으로 넘어간 김원봉이 언제 어떻게 생을 마감했는지는 아직 미궁으로 남아 있다. 우리나라의 국립묘지 격인 북한의 애국열사릉에도 김원봉의 무덤은 없다. 그의 임종에 대해 현재까지 가장 유력한 증언은 김원봉이 장개석의 스파이로 몰려 구속되자 스스로 옥중에서 목숨을 끊었다는 주장이다. 정적을 스파이로 몰아 죽이는 것은 김일성의 상투적인 수법이었다. 박헌영, 이승엽 등 남로당 출신들도 미제 스파이로 몰려 목숨을 잃었다.

사실 김원봉은 중국국민당의 스파이로 몰릴 수 있는 소지를 안고 있었다. 만주사변을 계기로 창설된 중국 남의사로부터 활동자금을 지원받았다. 남의사가 지원하는 자금이 그의 독립운동 기반이었다. 그러면서도 그는 중국공산당의 정보 공작을 주도하던 주은래와 연결되어 있었다. 황포군관학교에 다닐 때 그의 스승이 주은래였다.

이처럼 김원봉은 항일독립운동 시기 좌우를 넘나드는 광폭 행보를 보였다. 그러나 해방 후 중국공산당이 중국 본토를 평정해나가는 가운데 한반도에서 서울이냐 평양이냐를 선택해야 하는 시점이 다가오자 그는 평양을 선택했고, 거기서 그는 과거 중국국민당과의 협조관계에 얽혀 생을 마친 것으로 보인다.

3장은 미국 최초 국가정보기구인 정보조정관실(COI)이 태평양전쟁을 계기로 한국임시정부와 항일 합동 공작을 추진하는 배경을 해부하는 데 집중했다. 미 COI는 창립 1년여 만인 1942년 6월 전략정보국(OSS)으로 개칭됐다.

OSS는 영국의 특수공작국(SOE)과 정보 공작 협력협정을 맺었다. 한국, 중국, 만주 등 동아시아 지역은 OSS가, 그리고 유럽, 아프리카 등 지역은 SOE가 분담하는 내용이었다. 이 협정에 따라 미 OSS는 태평양전쟁 기간 중 동아시아를 배경으로 대일 비밀공작에 주력하게 된다. 그리고 그러한 공작의 파트너로 한국임시정부와 손을 잡으려고 했다.

그러나 그 시기 한국임시정부는 이미 중국국민당과 연결되어 있었다. 미 COI는 이러한 사실을 모르고 있었다. 중국 지역에 거주하는 한국인의 규모조차도 파악하지 못하고 있었다. 이러한 사정에 따라 태평양전쟁 발발 초기 미 COI의 한미 합동 공작 시도는 모두 불발되고 말았다.

4장에서는 미국에 머무르던 이승만이 미 OSS에 제안한 합동 공작의 내용을 살펴봤다. 태평양전쟁 초기 중국 중경에 머무르던 한국임시정부를 통한 합동 공작이 어려워지자 미국 워싱턴에 체류하던 이승만은 OSS 측에 새로운 대안을 내놓게 된다. 즉, 중국이 아닌 미국 본토와 하와이에 사는 한국인들을 훈련시켜 항일 공작에 투입하자는 제안이었다.

OSS에서는 이승만의 제안을 받아들여 코드 네임 'FE-6 프로젝트'를 추진하게 된다. 이 공작 계획은 미국 본토에 거주하는 한국인을 항일 공작에 동원하는 공작이었다. FE-6 프로젝트는 1942년 12월 7일 한국인 12명을 대상으로 훈련을 시작하여 1943년 4월 15일 훈련을 마쳤다. 이 가운데 최종 8명이 마지막 훈련까지 통과했다. 그러나 최종 평가 과정에서 8명 모두 공작원으로서 적합하지 않다는 불합격 판정을 받았다.

그에 따라 OSS, 해군성 정보국(ONI), 전쟁성 정보참모부 등 미국 정보기관 실무자들은 관계기관 대책회의를 갖고 추가 공작을 진행할지 여부를 논의했다. 1943년 5월 7일부터 6월 14일까지 네 번에 걸쳐 열린 대책회의의 최종결론은 미국에 거주하는 한국인들을 당분간 더 이상 동원하지 않는다는 것이었다. 재미 한국인을 동원하는 공작을 추가로 실시할지라도 중국을 경유한 침투가 불가피하나 중국의 협조를 기대하기 어려운 현실 등이 훈련을 중지시킨 주요한 이유였다.

5장에서는 태평양전쟁 말기 전개된 한국임시정부와 미 OSS와의 합동 공작이 중심 테마이다. 전쟁 말기에 이르러 한미 합동 공작을 실시할 수 있는 여건이 성숙되어갔다. 광복군은 설립 초기 중국국민당에 예속되어 있었다. 그러나 1944년 8월에 이르러 독립성과 자주성을 회복했다.

광복군이 자주성을 회복하자 김구 주석은 워싱턴의 이승만에게 서한을 보내 항일 정보 공작에 미국의 도움을 받을 수 있도록 외교적 노력을 기울여달라고 요청했다. 이어 이범석 광복군 제2지대장은 OSS 중국지부를 찾아가 합동 공작을 제안했다.

그와 함께 미 OSS 내부에서도 잠시 중단된 한국인 동원 공작을 재개하기로 방침을 정했다. 1944년 7월 미군이 사이판 섬을 탈환함으로써 중국을 거치지 않고도 한반도와 일본 본토에 공작원들을 항공기로 투입할 수 있는 여건이 마련된 것이 합동 공작을 촉진했다.

이러한 여건이 성숙되어 훈련에 돌입한 것이 '이글 프로젝트'와 '냅코 프로젝트'였다. 이글 프로젝트는 중국 서안의 광복군 제2지대를 중심으로 한반도 침투 공작원을 양성하는 계획이었고, 냅코 프로젝트는 괌, 사이판 등 전투에서 붙잡힌 일본군 포로 가운데 공작원 자질이 있는 한국인들을 선발하여 미국에서 훈련시킨 후 한반도에 침투시키는 계획이었다.

그러나 두 가지의 프로젝트 모두 일본이 너무 일찍 항복하는 바람에 실제 집행되지는 못하고 훈련만으로 끝나고 말았다. 공작은 불발되었지만 이글 프로젝트는 미국 정보기관인 OSS와 한국임시정부가 공동으로 전개한 훈련으로서 한미 군사동맹의 원조라는 역사적 의미를 지니고 있다.

6장은 제2차 세계대전이 끝나고 미 OSS와 한국임시정부의 관계가 단절되는 내용을 살펴본다. 이글 프로젝트를 통해 형성된 두 나라의 우호관계가 지속되었더라면 한국임시정부의 국제적 입지도 확보되었을 것이다.

하지만 미국 국무부가 한국임시정부를 비롯한 프랑스, 폴란드 등 모든 나라의 망명정부를 인정하지 않는 입장을 고수하는 가운데 미 OSS마저 전쟁이 끝난 지 불과 한 달 보름만인 1945년 10월 1일 해체됨으로써 미 OSS를 고리로 연결된 한국임시정부와 미국과의 관계는 단절되고 말았다.

미국의 도노반 국장은 OSS가 해체되기 직전 한국임시정부가 빨리 귀국해서 정국의 주도권을 장악할 수 있도록 김구 주석이 미 대통령에게 보내는 서한을 백악관에 전달하는 등 많은 노력을 기울였다. 그러나 도노반을 발탁했던 루스벨트 대통령의 갑작스런 죽음으로 도노반의 워싱턴 내 입지가 약화된 데다 다른 정보기관들의 OSS에 대한 견제도 심해져 임시정부의 조기 귀국을 지원하려는 도노반의 노력은 수포로 돌아가고 말았다.

그 결과 미 OSS와 임시정부가 쌓은 협력관계는 단절되고 임시정부 요인들은 정부 대표 자격이 아닌 개인 자격으로 환국할 수밖에 없었다.

7장은 해방 후 소련의 정보기관들이 김일성과 박헌영을 북한의 지도자로 추대하는 과정을 담고 있다. 해방 직전 김일성은 소련군 정찰부대, 박헌영은 KGB(당시 이름은 MGB)와 연결되어 있었다.

극동 소련군 정찰부대가 창설한 88여단에 몸담고 있었던 김일성은 북한 지역을 소련군이 점령하면서 소련군의 지원을 받아 북한의 지도자로 자리를 잡아나갔다. 한편 박헌영은 남한에서 서울 주재 소련총영사관 부영사로 위장해서 암약하던 KGB 요원 샤브신과 연결되어 KGB의 지령을 받아 움직이고 있었다.

박헌영은 한때 소련이 김일성을 북한의 지도자로 내세우는 데 반발했다. KGB를 통해 이러한 사실을 알게 된 스탈린은 김일성과 박헌영을 모스크바로 불러 직접 면담했다. 이 최종 테스트에서 스탈린이 김일성을 북한의 지도자로 낙점함으로써 김일성의 시대가 열렸다.

해방 전 김일성이 소련군 정찰부대, 박헌영이 KGB의 지령을 받고 있었다는 사실을 냉전 종식 후 새롭게 발굴된 사료를 바탕으로 해부했다.

8장은 해방정국을 배경으로 삼고 있다. 남북에 미군과 소련군이 진주하면서 한반도는 급격히 좌우세력으로 재편되어갔다. 일본이 패망하고 힘의 공백으로 남아 있던 한반도에 소련은 공산정권을 세우는 데 주력했다. 남한을 포함한 전 한반도의 공산화가 그들의 목표였다. 여기에 대응하여 주한미군의 정보기관들은 소련군이 양성하여 남파시키는 공작원들을 색출하는 데 전력을 기울였다.

해방정국을 주도한 이승만이 OSS 부국장 출신 굿펠로우의 도움을 받아 귀국하는 과정, 맥아더 사령관의 정보참모였던 윌로비가 한미일 정보

공조체제를 구축하는 경과, 김일성으로부터 직접 지령을 받아 암약하던 거물 공작원 성시백, KGB에 포섭되어 미국에서 암약하던 영국 케임브리지 5인방 등이 8장의 중심 내용이다.

9장에서는 해방 후 한국적 국가정보제도가 형성되는 데 기여한 인물들을 살펴본다. 일제 강점기 머나먼 이국에서 조국을 독립시키기 위해 미국 OSS, 중국 남의사 등과 손잡았던 독립운동가들이 환국했다. 그리고 그들은 독립운동을 전개하며 구축한 미국, 중국과의 협력관계를 바탕으로 한반도에 자주적 독립국가를 세우고자 노력했다.

한국의 국가정보제도는 조직면에서 정보와 수사가 융합된 모습, 정보목표면에서 북한정보와 군사정보에 우선순위를 두고 있는 점이 외국과 다른 뚜렷한 특징이다. 한반도의 지정학적 특성, 한국을 공산화시키려는 북한의 대남 공작에 상시적으로 시달려온 안보현실, 해방 후 미 방첩대를 통해 도입된 미국식 정보활동 원칙과 기법, 일본 강점기 사찰활동의 유습 등이 한국적 국가정보의 형성에 큰 영향을 미쳤다.

이 책은 사단법인 21세기전략연구원의 후원으로 출간됐다. 기획단계부터 물심양면으로 지원을 아끼지 않으신 21세기전략연구원의 안광복 이사장님, 최현철 원장님, 이용출 사무총장님, 소속 연구원 여러분들에게 심심한 감사를 드린다.

그리고 만학도에게 늘 따뜻한 배려로 연구 동기를 북돋아주시는 이정욱 연세대 국가관리연구원장님에게 이 자리를 빌어 사의를 드린다.

2022년 봄
정주진

# 스파이의 개념

/

스파이의 개념을 이해하는 데 도움을 주는 가장 오래된 기록물은 성경과 손자병법이다. 성경에는 여러 스파이 활동 사례가 나온다. 구약성서 민수기 13장과 여호수아 2장이 대표적이다.

민수기 13장에는 모세가 이스라엘 민족을 이끌고 이집트를 탈출해서 가나안 땅에 들어가기 직전 공작원을 선발해 가나안 지역의 지형, 주민들의 특성 등 첩보를 수집하는 내용이 담겨 있다.

여호수아 2장에는 여호수아가 여리고 성을 함락하기 직전 공작원 2명을 여리고 지역에 밀파해 '라합'이라는 협조자를 포섭, 적국의 동향을 탐지하는 정황이 수록되어 있다.

손자병법은 용간(用間) 편에서 정보활동의 중요성, 첩보수집 방법, 간자(間者)의 종류 등을 체계적이고 과학적으로 설명하고 있다. 정보활동의 원리를 신화적인 설화나 임기응변적 처세술 수준에서 벗어나 현실적 입장에서 과학적으로 기술하고 있다. 동양에 서양문물이 도래하기 전 동양인들은 손자병법을 정보활동의 교범으로 삼았다.

손자가 말하는 간자가 곧 스파이다. 손자는 간자의 종류를 다섯 가지로 구분했다. 향간(鄕間), 내간(內間), 반간(反間), 사간(死間), 생간(生間)이다.

향간이란 첩보수집 목표가 위치한 지역에 오랫동안 살며 그 지역의 실정에 밝은 사람들이 정보관에게 기용되어 첩보수집, 비밀공작 등을 전개하는 스파이다.

내간이란 적의 관리를 매수해서 자기편의 간자로 기용한 인물이다. 반간이란 적의 간첩을 매수해서 역으로 자기편의 스파이로 쓰는 사람을 말한다. 사간이란 적을 교란하기 위해 적지에 파견해서 적을 교란하는 활동을 하다가 적에게 붙잡혀 죽게 되는 간자를 말한다. 생간이란 적진에 들어가서 비밀활동을 벌이고 나서 살아서 돌아오는 자를 말한다.

사람을 정보활동 수단으로 활용하는 인간정보활동은 오늘날 휴민트 (Humint)라는 용어로 널리 쓰이고 있다. 인간 이외의 기계적 장치를 정보활동의 수단으로 활용하는 테킨트(Techint)와 대조되는 용어이다.

인간정보활동은 대부분 첩보를 수집하고자 하는 목표에 첩보원을 침투시키는 방식으로 전개된다. 근대에 이르러 정보활동을 조직적이고 계획적으로 전개하는 상설 정보기관이 설립되기 이전에는 대부분의 정보활동이 각국의 군주가 직접 선발한 첩보원에 의해 전개됐다.

그러나 정보기구가 과학화, 전문화된 현대에는 체계적으로 교육받은 후 정보기구에 종사하는 전문 직업인이 첩보원을 물색해서 고용하는 방식으로 정보활동이 운영되고 있다.

이와 같은 전문 직업인이 현대 정보용어로 정보관(I/O, Intelligence Officer)이다. 스파이라는 용어는 다양한 비밀정보활동에 참여하는 모든 사람을 총칭하는 말이다. 정보관, 첩보원 등 다양한 종류의 비밀요원들이 스파이의 세계를 구성하고 있다. 스파이 세계에 종사하는 비밀요원들은 각자의 임무와 역할에 따라 다양한 이름으로 불리고 있다.

그 종류를 보면 정보관은 여러 다른 이름으로도 불리는데 어떤 특정 비밀공작(covert action)이나 비밀수집 공작(clandestine collection operation)을 수행할 경우 공작 담당관(C/O, Case Officer)이라고 불리며 특정 공작망을 운용할 경우 공작망 내부에서 그를 공작관(Operator) 혹은 조종관(Handler 혹은 Controller)이라고 부른다.

말하자면 정보관은 첩보원을 운용하는 주체이다. 정보관은 직접 첩보를 수집하기도 하며 첩보원을 활용하는 방법을 사용하기도 하고 전쟁포로, 망명자 등으로부터 첩보를 유출해내기도 하는 등 다양한 수집 방법을 구사한다.

정보관은 다시 외교관, 공무원 등 정부의 공식 직함을 가진 백색 정보관(Legal Officer, 혹은 'White', 'Overt')과 일반 민간인으로 위장한 흑색 정보관(Illegal Officer, 혹은 'Black', 'Covert')으로 구분된다.

정보관의 지령을 받아 활동함으로써 정보관과 사용 종속관계에 놓인 사람을 일반적으로 첩보원(Agent)이라고 말한다. 이들은 그들이 부여받은 임무와 역할, 활동 여건 등에 따라 공작원, 첩보원, 첩보공작원, 정보공작원, 비밀공작원, 간첩, 첩자, 정보요원, 밀정, 제5열 등 다양한 용어로 불린다.

간첩(espionage), 첩자, 밀정, 제5열과 같은 말에는 상대방의 첩보수집 활동을 비난하는 적개심이 배어 있다. 북한은 1955년 12월 남로당 총책 박헌영을 미국 간첩으로 몰아 사형을 선고하며 "박헌영은 1939년 10월 선교사로 가장한 미국 정탐기관의 노련한 탐정인 언더우드와 연계를 맺고 미국의 고용간첩으로 전락되었다"라고 매도했다.

밀정이란 일제 강점기 독립운동가들이 우리 민족을 탄압하는 일제의 비밀 업무에 종사하는 자들을 지칭했던 말이다. 제5열(The Fifth Column)이란 1930년대 스페인 내전 당시 스페인의 독재자 '프랑코'가 자신의 반대세력 가운데 자신을 지지하는 세력이 있는데 이들은 자기의 '제5부대'라고 언급한 데서 유래한 용어로, 소설가 헤밍웨이가 1938년『제5열 및 최초의 단편소설 49편』이란 작품을 발표함으로써 유명한 용어가 됐다.

정보관은 첩보원 이외 협조자를 통해서도 임무를 수행한다. 협조자는 첩보원과 달리 정보관과 계약관계를 맺고 있지는 않으나 자유로운 신분에서 자발적으로 정보관을 도와주는 사람이다. 협조자 가운데는 자발적으로 찾아온 사람도 있다. 이를 영어권에서는 '워크인(Walk-In)'이라고 부른다.

우리나라 형법(98조 1항)에는 간첩의 죄가 규정되어 있다. 적국을 위하여 간첩 행위를 하거나 적국의 간첩을 방조한 자는 사형, 무기 또는 7년 이상의 징역에 처한다고 명시되어 있다. 그리고 98조 2항은 '군사상의 기밀을 적국에 누설한 자도 전항의 형과 같다.'라고 하였다.

대법원은 이 조항에 명시된 '간첩'에 대해 "형법 제98조 제1항의 간첩이라 함은 동조 제2항의 규정과 대조·고찰할 때 적국을 위하여 적국의 지령·사주 기타의 연락하에 군사상(총력전하에서는 정치, 경제, 사회, 문화에 관한 분야를 포함한 광의로 해석하여야 할 것임)의 기밀사항 또는 도서·물건을 탐지·수집하는 것을 의미한다고 해석하여야 할 것"이라고 판시했다(1959. 형상. 34호).

여기서 적국이란 대한민국과 전쟁상태에 있는 국가를 말한다. 교전상태에 있지 않고 휴전상태에 있는 국가라도 상관없다. 그리고 국가는 국제법상의 승인을 요하지 않고 대한민국에 적대하는 외국 또는 외국인의 단체는 적국으로 간주되어야 한다는 것이 학계 통설이다.

그리고 북한이 적국인가에 대해 대법원은 "북한괴뢰집단은 우리 헌법상 반국가적인 불법단체로서 국가로 볼 수 없으나 간첩죄의 적용에 있어서는 국가에 준하여 취급하여야 한다" 라고 판결했다(1983.3.22., 82도3036).

또한, 반국가단체의 구성원 또는 그 지령을 받은 자가 그 목적 수행을 위하여 형법 제98조에 규정된 행위를 하거나 국가기밀을 탐지·수집·누설·전달하는 데 중개한 때에도 형사처벌을 받는다(국가보안법 4조 1항).

반국가단체란 정부를 참칭하거나 국가를 변란할 것을 목적으로 하는 국내외의 결사 또는 집단으로서 지휘통솔체제를 갖춘 단체를 의미한다(국가보안법 2조 1항).

'반국가단체의 구성원'이란 반국가단체의 수괴·간부 기타 지도적 임무 종사자와 일반 구성원 등 지위고하를 막론하고 그 단체에 참여하고 있는 모든 구성원을 말한다. 다만, 북한에 살고 있는 주민에 대해 북한공산집단의 지배 지역에 거주한다는 이유만으로 곧바로 반국가단체의 구성원으로 볼 수는 없다는 것이 통설이다.

'지령을 받은 자'는 반국가단체의 구성원이 아닌 자로서 반국가단체로부터 지령을 받은 자를 말한다. 여기서 '지령' 이란 '지시' 와 '명령'을 포함하는 개념이다.

스파이를 정의한 국제법규에는 「육전의 법과 관습에 관한 규칙(Regulations respecting the Law and Customs of War on Land)」이 있다. 1907년 채택된 「육전의 법과 관습에 관한 제4협약(Convention Ⅳ respecting the Laws and Customs of War on Land)」의 부속문서이다.

육전의 법과 관습에 관한 규칙 제29조는 스파이에 대해 이렇게 정의했다. "적대적인 당사자에게 전달하려는 의도를 가지고 교전자의 작전 지역에서 은밀하게 기만적으로 움직이면서 첩보를 수집하거나 수집하기를 모색하는 자" 이다.

그리고 무력충돌 당사자의 군대 구성원이 첩보활동을 전개하기 위해 적진에 들어갔다가 붙잡힌 경우 국제법상 포로의 지위를 가지지 못한다. 이것은 「1949년 8월 12일자 제네바협약에 대한 추가 및 국제적 무력충돌의 희생자 보호에 관한 의정서(Protocol Additional to the Geneva Conventions of 12 August 1949, and Relating to the Protection of Victims of International Armed Conflicts)」 제46조에 명기되어 있다.

하지만 전시가 아닌 평시에 전개되는 스파이 활동에 대해서는 명확한 국제법규가 없다. 국제법상 '잘 정의되어 있지 않은(ill-defined)' 분야이다.

# 목차

## 4장 /
## 이승만과 OSS의 FE-6 프로젝트

## 5장 /
## 이범석과 OSS의 이글 프로젝트

# 6장 /
# 미 OSS 중심 한미 관계의 단절

# 7장 /
# 소련 스파이들의 한반도 공산화 공작

# 8장 /
# 해방공간 미소 정보전쟁의 전사들

# 9장 /
# 한국적 국가정보제도의 선구자들

**1장** /

# 일본 스파이들의
# 한반도 공작

# 개관

　구한말 일본의 한국 침탈은 청일전쟁, 러일전쟁, 만주사변, 중일전쟁 시기로 구분된다.

　청일전쟁(1894.6.-1895.4.) 전후 정보 공작을 주도한 인물이 당시 일본군 참모본부 참모차장이었던 가와카미 소로쿠(川上操六)였다. 전쟁을 앞두고 많은 첩자를 한국, 청, 러시아 등지에 밀파했다. 이때 파견된 첩자들의 중요한 임무는 지형지물을 탐지하는 것이었다. 도로, 산악지형, 하천의 흐름 등 군대 이동에 길잡이가 될 수 있는 지리정보가 필요했다.

　청일전쟁은 일본의 승리로 끝났다. 그러나 곧 러시아, 독일, 프랑스가 합작해서 일본이 청일전쟁 때 청나라로부터 빼앗은 랴오둥 반도(遼東半島)를 되돌려주도록 압력을 넣고, 일본이 그에 굴복했다(1895, 삼국간섭).

　이렇게 일본이 약한 모습을 보이자 조선의 왕실이 러시아로 기우는 조짐을 보이는 시점에 명성황후가 시해되는 사건이 일어났다(1895.10., 을미사변). 이 시기 일본군 스파이를 총지휘한 인물이 가와카미 소로쿠였다. 가와카미는 청일전쟁이 끝나고 몇 년 뒤인 1899년 사망했다. 이러한 이유들로 청일전쟁 전후 가와카미의 역할에 대해서는 잘 알려져 있지 않다.

　가와카미에 이어 일본의 한반도 침탈 공작의 새로운 주역으로 등장한 인물이 아카시 모토지로(明石元二郞)이다. 청일전쟁, 러일전쟁을 통해 한반도에 대한 외교적 지배권을 완전히 장악한 일제는 한국을 복속시키는 강제병합 절차에 들어갔다. 이때 강제병합 공작을 선도한 인물이 아카시 모토지로이다. 1907년 10월 한국 주둔 헌병대장으로 부임해서 헌병 보조원 제도, 순사보 제도, 비밀정보 수집보고 제도 등 한국을 강압통치하기 위한 비밀감시 체계를 구축했다.

아카시 모토지로는 한국에 부임하기 전 러일전쟁 때 스웨덴에서 제정 러시아 파괴 공작을 전개한 경험을 가지고 있었다. 러시아의 배후를 교란하기 위해 러시아 내부의 제정 러시아 왕실에 불만을 가진 세력을 규합해서 전쟁 반대 데모와 파업을 벌이도록 유도하는 등의 공작을 벌였다. 이러한 경험들이 고스란히 한국병합 공작에 동원됐다.

아카시 모토지로가 기획한 강압통치 방식은 1919년의 3·1운동을 계기로 방향을 바꾸게 된다. 강압과 회유를 병행한 방식으로 통치 방식이 전환됐다. 회유의 수단으로 일제에 의식적으로 동화시키는 심리전이 필요했다. 한국인의 의식구조를 세뇌시키는 선전과 여론조작의 방법을 동원했다. 새롭게 총독으로 부임해온 사이토 마코토(齋藤實)는 조선정보위원회를 만들어 심리전활동을 총괄했다.

일제의 정보정책은 1931년 9월의 만주사변을 계기로 또 한번 변화를 겪게 된다. 만주사변이 일어난 직후 이봉창 의거(1932.1.), 윤봉길 의거(1932.4.) 등이 잇달아 일어나는 등 한국, 만주 지역의 정세가 급변하면서 정보계통의 혼선으로 군부와 내각 사이의 균열이 심해지자 1932년 9월 일본 외무성 산하에 정보위원회를 만들어 각 부처의 정보를 통합·조정했다.

이 기구는 1936년 7월 1일 내각정보위원회로 격상됐다. '국책수행에 기초가 되는 정보에 관한 연락조정', '내외보도에 관한 연락조정', '계발선전에 관한 연락조정' 등이 이 기구의 주요 임무였다.

중일전쟁(1937)을 계기로 내각정보위원회는 다시 내각정보부로 승격되면서 '각 성에 속하지 않는 정보수집, 보도 및 계발선전의 실시'라는 임무가 추가됐다. 중일전쟁이 시작되면서 중국 본토로까지 전선이 확대되자 한국인을 전쟁에 동원하고, 한국인의 반발을 단속하기 위한 정보 공작 수요가 크게 늘었다.

이러한 수요에 부응해서 일제는 조선총독부 산하에 '조선중앙정보위원회(약칭 조중회)'를 설치했다. 이 기구는 직접 정보를 수집하지는 않고, 여러 정보기관으로부터 접수하는 정보를 연락·조정하는 기관이었다(박순애, 2002: 180-181). 조선총독부 정무총감이 위원장을 맡고 조선군 참모장, 조선 헌병대 사령관 등이 위원으로 참여했다. 조중회는 전쟁이 끝날 때까지 전시 정보활동을 컨트롤하는 기능을 수행했다.

# 명성황후 시해 공작의 배후,
# 가와카미 소로쿠

2021년 7월 15일 광복절을 한 달 앞두고 주한 일본대사관 총괄공사 소마 히로히사(相馬弘尚)가 JTBC 기자들과 점심을 먹는 자리에서 한국의 대통령을 성적으로 비하하는 발언을 했다.

"일본 정부는 한국이 생각하는 것만큼 두 나라 관계에 신경을 쓸 여유가 없다", "문재인 대통령이 마스터베이션(자위행위)을 하고 있다" 라고 발언했다. 문재인 대통령의 도쿄올림픽 개막식 참석 여부가 외교적 관심으로 떠오르고 있던 시점이었다.

마스터베이션이라는 성적 발언을 외교관이 한 나라의 국가원수에게 사용하는 것은 외교적으로 대단히 무례한 발언이다. 이러한 발언에 대해 주한 일본대사는 곧바로 외교관으로서 부적절한 표현이었다고 유감을 밝히고, 소마 공사는 한 달 정도 지난 8월 11일 일본으로 귀국했다.

소마 공사의 발언을 통해 일본 정관계 인물들의 의식 속에 한국을 비하하는 의식이 잠재되어 있다는 사실을 알 수 있다. 그러한 잠재의식은 구한말 한국을 강제 병합하는 과정에서 싹튼 것으로 보인다. 현재 일본의 외교관들은 임용시험에서 일본 외교의 역사를 학습했고, 임용 후에도 제국주의 일본의 대외팽창과 아시아 경영 경험을 외교의 잣대로 삼고 있을 것이다.

근대화 과정에서 앞선 일본이 아시아 침공의 첫발을 내디딘 것이 청일전쟁이다. 청일전쟁을 통해서 청나라를 굴복시킴으로써 아시아 맹주의 자리로 올라섰다. 하지만, 청일전쟁 승리의 성과는 곧 러시아, 독일, 프랑스 3국이 개입한 삼국간섭에 의해 반감되고 만다. 러·독·프 3국의 외교적 압력에 굴복해서 청일전쟁 때 차지한 랴오둥 반도를 청나라에 되돌려주고 말았다. 명성황후가 시해된 시점은 삼국간섭 직후였다. 러시아의 국제적 영향력을 인식하게 된 조선 정부가 러시아와 연합하려고 나서자 일본으로선 이를 견제할 필요가 생겼다. 그 수단으로 당시 조선의 정책을 주도하던 왕비를 암살한 것이다.

청일전쟁 강화조약이 체결(1895.4.17.)되고 엿새 후인 4월 23일 러·독·프 3국 공사가 일본 외무성을 방문해서 랴오둥 반도의 청나라 반환을 요구하고, 그로부터 6개월여간 외교협상을 벌이다 반환협정이 타결됐다. 일본 외무성에서 주한 일본공사에게 일본과 3국 사이에 랴오둥 반도 반환협상이 타결됐다고 통보한 시점은 1895년 10월 7일 오후 2시였다(김문자, 2011: 64). 그리고 그 다음 날 10월 8일 아침 명성황후가 시해됐다. 조선의 왕비는 일본인들의 칼에 난자당하고 불에 태워져 묻혔다(을미사변).

일본 정부는 처음 이 사건을 왕비의 정적이었던 대원군이 일으킨 쿠데타로 몰아가려고 했다. 사건을 조작하기 위해 10월 8일 날이 밝기 전 일을 마무리하려 했다. 그러나 대원군을 설득하는 데 시간이 걸렸고, 대원군을 데리고 경복궁으로 이동하던 일본군들이 길을 잃어 헤매는 바람에 시해 사건이 늦어졌다.

총소리에 놀라 경복궁 주변에 모인 군중과 외국 영사들이 일본 칼을

들고 피를 뒤집어쓴 채 삼삼오오 대열을 지어 궁궐을 나서는 일본인들을 목격하게 됐다. 외국 영사들에 의해 전 세계로 사건이 알려지면서 국제 여론이 악화되자 일본 정부는 사건 관계자들을 재판에 넘기지 않을 수 없었다. 하지만 미우라 고로(三浦梧樓) 주한 일본공사 등 사건 관계자들은 뒷날 재판에서 모두 증거불충분으로 무죄 석방됐다.

그동안 한국 학계에서는 일본이 주장하는 대원군 개입설의 부당성을 논증하는 데 연구가 집중되어 일본 측 주장의 허구성이 대부분 입증됐다. 그러나 일국의 왕비를 시해한 사건을 미우라 공사의 단독 범행으로 보기 어려운 만큼, 일본 정부 내에서 누가 이 사건을 기획했고 미우라를 배후 조종했는지는 여전히 미궁으로 남아 있다. 국내 학계 일각에서는 미우라 공사가 서울에 부임한 1895년 9월 1일부터 불과 37일 만에 시해 사건이 일어났고, 미우라의 전임 이노우에 가오루(井上馨) 공사가 미우라 부임 후 17일간이나 임지를 떠나지 않고 미우라와 함께 지내다 서울을 떠났다는 점에서 이노우에를 배후로 보는 설도 있다(최문형 외, 1992: 15).

이러한 학설과 달리 일본 학계 일각에서는 일본 정부자료 분석을 바탕으로 시해 사건 당시 일본군 참모본부 참모차장이었던 가와카미 소로쿠(川上操六)를 배후로 지목하고 있다. 당시 참모차장은 일본 황족이 차지하고 있던 참모총장 자리가 의전상 서열에 불과했다는 점에서 실질적으로 일본군을 대표하는 자리였다. 청일전쟁을 기획하고 집행한 인물이 가와카미였다.

가와카미 배후설은 미우라가 서울에 부임한 지 37일 만에, 그리고 전임 이노우에가 한국을 떠난 지 20일도 채 안 되는 시점에, 더구나 러시아라는 상대가 있는 상황에서 일개 주한공사가 조선 왕비 시해를 독자적으로 결정하고, 또 그에 따른 세부 계획까지 마련할 수 있었다고 보기 어렵다는 점에서 설득력이 있다. 미우라가 제3자에 의해 짜놓은 각본대로 조선에 와서 집행하는 역할을 했다고 보는 것이 가와카미 배후설이다.

삼국간섭을 계기로 조선 정부가 러시아로 기울자 일본 정부는 처음 청으로부터 받는 배상금 중 300만 엔 정도를 조선 왕실에 주어 회유하려 했다. 이노우에 공사의 제안이었다. 그러나 이 회유안은 조선 왕비의 거부와 일본 국회의 승인 지연으로 무산됐다. 그 직후 주한 일본공사가 문관 출신인 이노우에에서 무관출신인 미우라로 교체된다. 일본의 조선 정책이 회유책에서 강공책으로 급선회한 것이다.

가와카미 배후설은 육군 중장 출신인 미우라가 서울에 부임한 후 일본 외무성을 무시하고 가와카미와 직접 통신을 시작했다는 점, 일본이 청일전쟁 이전 조선에 가설했던 전신선을 이노우에가 조선국에 반환하자고 주장하자 군부에서 강력 반대하고 있었다는 점[1], 1895년 9월 19일 미우라 공사가 가와카미 중장에게 조선 주둔 일본군의 지휘권을 요구하고, 가와카미가 10월 5일자로 이를 승인했다는 점 등을 유력한 근거로 제시하고 있다.

그와 함께 가와카미 소로쿠와 미우라 고로가 일본 육군사관학교의 교육체계를 프랑스 군대식에서 독일 군대식으로 개편한 주역이었다는 점, 왕비 시해 사건 당시 주한 일본공사 무관 겸 조선 군부 고문을 겸임

---

1) 당시 일본 군부에서는 '군을 움직이는 데 있어 전신이 없는 것은 맹인에게 지팡이가 없는 것보다 더 불안하다' 라는 정도로 전신선을 중시하고 있었다. 유선 전신을 대체하는 무전통신이 발명된 것은 1901년 이탈리아 과학자 마르코니(Guglielmo Marconi)에 의해서다. 청일전쟁(1894-1895) 전후 전신선의 중요성은 무선전통신이 가능했던 러일전쟁(1904-1905) 때와 비교할 수 없을 정도였다.

하고 있던 구스노세 유키히코(楠瀬幸彦)가 일본 육군사관학교를 수석으로 졸업한 인물로 가와카미 소로쿠가 육군의 간부로 키우고 있었던 가와카미의 심복이었다는 점 등도 중요한 논거로 제시되고 있다. 구스노세(1858-1927)는 가와카미(1848-1899)보다 10살 연하였으나 가와카미가 독일에 유학(1886-1889)할 때 함께 유학한 후 독일군의 참모본부 제도를 일본에 이식하는 데 일조했던 인물이다.

독일 유학 후 1889년 일본군 참모차장에 발탁된 가와카미 소로쿠는 근대전에서 정보가 차지하는 비중을 중시했다. 참모본부의 유능한 젊은 장교들을 선발해서 조선, 청, 러시아 등에 스파이로 보내 정보를 수집했다. 청일전쟁을 앞두고는 자신이 직접 조선과 청나라를 방문해서 정탐했다. 청일전쟁 1년여 전인 1893년 5월 4일 서울에서 고종을 만나기도 했다(신영우, 2013). 가와카미가 새롭게 도입한 독일식 병제의 핵심은 선제공격이었고, 선제공격을 위해서는 상대방에 대한 정확한 정보가 필요했다.

을미사변은 그 후 한반도의 운명에 많은 영향을 미쳤다. 일본의 폭력에 놀란 고종이 러시아 공사관으로 피신해서 1년여간 러시아의 영향 아래 놓이는 바람에 많은 조선의 이권이 러시아로 넘어가기도 했다(아관파천, 1896).

손자병법은 '적을 알고 나를 알면 백번 싸워도 지지 않는다.' 라고 했다. 일본 군국주의의 부활을 꿈꾸며 장기 집권했던 아베 전 일본 총리의 꿈이 현실화될 경우 제1의 목표는 한반도가 될 것이다. 1세기 전의 불행을 되풀이하지 않기 위해서는 '지피지기(知彼知己)'에 더욱 노력해야겠다.

# 일본군 첩자가 발견한
# 광개토대왕비

가와카미 소로쿠가 청일전쟁을 앞두고 청나라에 밀파한 스파이 가운데는 사코 가게노부(酒勾景信, 1850-1891)란 인물이 있다. 한국, 일본, 중국 사이에서 오늘날까지도 그 해석을 놓고 논란이 끊이지 않는, 광개토대왕비를 처음 발견한 인물이다.

사코 가게노부는 1883년 만주 지안(輯安)에서 이 비석을 발견했다. 그는 이 비석이 동아시아 고대사 연구에 중요한 가치가 있는 것을 알고 그 비석을 탁본해서 일본으로 가져갔다.

일본군 참모본부는 이 탁본을 비밀리 해독해서 공개했는데 가장 쟁점이 된 문구는 "왜가 신묘년에 바다를 건너와서 백제와 신라 등을 깨고 신민으로 삼았다(倭以辛卯年來渡海破百殘○○○羅以爲臣民)"라는 구절이다.

일본군 참모본부는 이 문구를 "왜가 바다를 건너와서 백제와 신라 등을 깨고 신민으로 삼았다" 라고 해석했다. 그리고 이 해석은 일본 학계의 임나일본부설(任那日本府說)을 뒷받침하는 사료로 널리 선전됐다. 임나일본부설은 4세기 후반 일본이 한반도 남부를 지배했다는 주장이다. 제국주의시대 일본이 한국을 강제 병합한 데 대한 대외적 명분으로 자주 동원된 학설이다.

일제 스파이가 처음 발견한 광개토대왕비의 탁본이 일제의 선전 자료로 유용하게 이용된 것이다. 이 탁본의 정확한 해석을 놓고는 지금도 한중일 간 논쟁이 계속되고 있다.

가와카미가 조선에 파견한 첩자들의 가장 큰 임무는 지도를 제작하는 데 필요한 지형지물을 측량하는 것이었다. 한반도에서 전쟁을 벌이기 위해서는 한반도의 산악, 하천, 도로 등을 정확히 묘사한 지도가 필요했다. 이때 조선에 파견된 첩자 가운데 카이즈 미쓰오(海津三雄)는 조선 문제 간첩의 원조였다. 1877년에서 1887년까지 조선 8도를 다니며 군사용 지도를 제작했다.

이소바야시 신조(磯林眞三), 미우라(三浦自孝) 등 6명은 1883년에서 1887년까지 평양과 제물포, 서울 근교를 측량했다. 일본군 참모본부는 이러한 자료를 종합해서 1894년 「조선전도」를 제작했다. 이때 만들어진 정교한 지도 덕분에 청일전쟁 때 한반도 지리를 몰라서 헤매는 일본군은 없었다고 한다.

# 고종황제가 세운
# 대한제국익문사

명성황후가 시해된 뒤 공포에 짓눌린 고종은 러시아 공사관으로 피신했다(1896, 아관파천). 국가원수로서의 체통을 잃은 도피였다. 국민들의 환궁 요구가 드세지자 고종은 1년이 지난 다음 원래 거처였던 경복궁 대신 경운궁으로 돌아왔다.

고종은 환궁 이후 자주독립국가로서의 주권을 확립하기 위한 여러 가지 개혁을 단행했다. 국호를 '조선'에서 '대한제국'으로 고치고, 국왕의 명칭을 '군주'에서 '황제'로 바꿨다. 1897년 10월에는 대한제국 황제 즉위식도 가졌다.

고종은 1902년 6월 제국익문사라는 국가정보기관도 창설했다. 한반도를 둘러싼 일본과 러시아의 대립이 전쟁으로 치달을 조짐을 보이고, 정부 고위층이 친일파와 친러파로 분열되어 국가의 구심점이 흔들리던 시점이었다.

자주독립국가로서의 위상을 확보하기 위해서는 통치권자인 황제의 국정을 지원하기 위한 정보가 필요했다. 비밀정보기관이었던 제국익문사의 실체에 대해서는 1세기 동안 그 정체를 알 수 없었다. 서울대 이태진 교수가 1996년 11월 제국익문사 운영규정인 「제국익문사비보장정(帝國益

聞社秘報章程)」을 한국정신문화연구원 장서각에서 찾아내면서 비로소 그 실체가 드러났다.

일본인 학자 나라사키 게이엔(楢崎桂園)이 쓴 「한국정미정변사(韓國丁未政變史)」는 1907년 7월의 고종황제 강제 퇴위 사건을 다룬 책이다. 이 책에서 나라사키는 고종황제가 평소 내각의 친일 대신들을 의심해서 3~4인의 밀정을 붙여 모든 기밀을 탐지하게 했고 많은 일들이 이 밀정에 의해 결정되었다고 기술하고 있다(이태진, 2004: 389). 이로 미루어 제국익문사가 실제 활동을 벌인 정보기관이었다는 것을 알 수 있다.

제국익문사 비보장정에 따르면 제국익문사를 설립한 목적은 황제가 국가를 경영하는 데 필요한 정보를 제때에 정확하고도 완전하게 공급하는 데 있었다. 제국익문사의 핵심적 임무는 매일 비밀보고서를 작성해서 오로지 황제에게 보고함으로써 황제의 총기를 보필하는 데 있다고 밝히고 있다.

이 장정에 규정된 임직원은 총 65명이었다. 총책임자인 독리(督理) 밑에 3명의 임원을 두고 61명의 통신원이 담당 분야별로 정보를 수집했다. 통신원들이 비밀리 탐지해야 할 과제는 익문사 장정에 상세히 규정되어 있다. 이 장정은 수집과제를 세부적으로 명시하는 데 많은 양을 할애하고 있다.

수집과제를 보면 그 당시 대한제국이 처한 위기의식이 잘 나타나 있다. 그즈음 대한제국이 가장 두려워한 것은 일본의 위협이었다. 그에 따라 일본인의 동향을 은밀히 파악하라는 사항이 가장 많은 부분을 차지하고 있다.

제국익문사가 언제, 어떻게 해체되었는지에 대한 기록은 아직 발굴되지 않고 있다. 다만, 이 기관이 황제직속기관이었던 점으로 미루어 1907 년 7월 고종 황제가 강제 퇴위당하면서 이 기관의 활동도 멎은 것으로 보인다.

# 아카시 모토지로의
# 대한제국 와해 공작

아카시 모토지로(明石元二郎)는 일제가 한국을 강제 병합하던 시기 한국에 비밀감시 체계를 구축한 인물이다. 아카시는 1907년 10월 한국 주둔 헌병대장으로 부임했다. 고종이 강제 퇴위(1907.7.24.)를 당하고 한국군이 강제 해산(1907.8.1.)되어 국민들의 항일운동이 고조되던 시기였다.

1910년 한국이 일본에 강제 병합된 뒤에는 헌병과 경찰을 통합해서 지휘하는 경무총감에 부임했다. 1914년 4월까지 7년간 한국에 머무르며 한국을 강압적으로 일본에 병합시키는 데 주도적 역할을 수행했다. 의병들을 무자비하게 학살한 인물이다.

아카시가 전개한 한반도 공작은 대한제국 관료들을 매수하는 공작, 친일파를 이용해서 한일병합 여론을 조성하는 여론조작 공작, 항일운동을 감시하는 비밀감시체계 구축 등으로 구분된다.

매수 공작을 보면 대한제국 관료들을 금전으로 매수하고, 친일 성향의 젊은이들을 유학생으로 뽑아서 일본에 유학시킨 후 총독부의 행정 관료로 임명하는 방식으로 전개됐다.

여론조작은 한일병합이 한국인들에 의해 한국 내부에서 자연적으로 제기된 것처럼 꾸미는 일이었다. 한국을 강제 병합하는 데 대한 국제 비판여론을 희석시키려는 의도였다. 친일세력을 전면에 내세워 여론을 조작하는 방법을 썼다. 1909년 12월 4일 일진회가 발표한 한일합병 건의 성명이 대표적 사례이다.

아카시는 항일운동을 감시하기 위해 비밀감시체계를 구축했다. 헌병보조원 제도, 순사보 제도, 비밀정보 보고 제도가 아카시가 만든 대표적 비밀감시체계이다.

헌병보조원 제도는 1908년 6월 도입했는데, 한국군 강제 해산 때 해산된 한국군, 항일의병 가운데 투항한 자, 할 일 없이 돌아다니는 건달 같은 사람들을 매수해서 돈을 주며 항일운동 움직임을 수집해서 보고하도록 시켰다. 일본인 헌병 1명당 한국인 보조원 2~3명을 배치했다.

헌병보조원 이외 정탐이 따로 있었다. 한국인과 일본인이 섞인 정탐도 의병을 수색하고 민심을 정찰하는 일을 하는 사람들이었다. 1914년 조선총독부 자료에 따르면 헌병보조원은 4,749명, 정탐은 3,000여 명에 이르고 있다.

순사보 제도는 경찰을 보조하는 제도였다. 헌병보조원처럼 항일운동의 움직임을 추적해서 순사에게 보고하는 것이었다. 1914년 기준으로 한국인 순사보는 3,067명이었다. 경찰 전체 인원 5,756명의 절반 이상(53%)을 차지했다.

비밀정보 보고체계는 1914년 1월 22일 아카시가 전국 헌병과 경찰에 지시하면서 시작된 제도이다. 아카시는 정보를 보고하는 주기를 즉보, 월보, 반년보, 연보 등으로 구분해서 항일운동세력 움직임, 여행자 동향 등을 정밀히 파악해서 보고하도록 지시했다. 의병의 동향은 즉각 보고하도록 하고, 전염병과 대형화재 같은 경우는 매월, 수상한 여행자 동향은 반년에 한 번, 인구의 사망과 출생 등 인구 동향은 연간 단위로 보고하도록 제도화했다. 이렇게 축적된 자료는 일제가 패망하는 1945년 8월까지 30년간 식민통치 자료로 활용됐다.

일본인 헌병과 경찰에게는 즉결 심판권을 부여했다. 도박, 폭행 등의 범죄자들을 구류, 벌금, 태형과 같은 방식으로 제재를 가할 수 있었는데, 사람을 두들겨패는 태형은 한국인에게만 적용했다(김운태, 1988: 110-111, 220).

# 아카시 모토지로의
# 제정 러시아 파괴 공작

아카시 모토지로는 한국인들이 볼 때는 일제의 침탈에 저항하는 한국인들을 폭압적으로 억누른 한민족의 원수이지만, 일본인들이 볼 때는 제국주의 일본의 번영을 가져온 애국인물이다.

일본인들이 아카시 모토지로를 좋게 보는 데는 한국병합을 강제적으로 성공시킨 인물일 뿐 아니라 한반도 지배권을 놓고 대립하던 러시아를 굴복시키는 데 크게 기여한 점 때문이다. 아카시는 러일전쟁 때 러시아를 배후에서 교란하는 공작을 벌여 일본의 승리에 크게 기여했다.

1904년 2월 러일전쟁이 일어났을 때 아카시는 러시아 주재 일본공사관 무관으로 근무하고 있었다. 1902년 러시아 무관으로 파견됐다. 전쟁이 발발한 직후 일본공사관이 폐쇄되자 아카시는 스웨덴으로 퇴각했다.

스웨덴 스톡홀름에 공작 거점을 차린 아카시는 곧 러시아의 배후를 교란하는 공작에 착수하게 된다. 당시 일본군 육군참모차장 코다마 겐타로(兒玉 源太郎)로부터 명령받은 공작이었다.

러시아 황제 니콜라이 2세에 불만을 가진 반체제세력을 모아서 러시아 내부에 무장 폭동을 일으키고 일본과의 전쟁에 반대하는 반전시위와 파업을 일으켜서 러시아의 전쟁 수행 능력을 떨어뜨리라는 것이 코다마 겐타로의 지령이었다.

코다마 겐타로는 가와카미 소로쿠, 가쓰라 타로와 함께 일본 메이지 유신시대 육군의 3걸로 널리 알려진 인물이다.

러시아 배후를 교란하는 공작을 전개하기 위해서 아카시가 처음 접촉한 인물은 스웨덴에서 지하활동을 하던 핀란드 헌법당 당수 카스트렌이었다. 당시 핀란드는 러시아에 점령되어 있었고, 카스트렌은 스웨덴에서 핀란드 독립운동을 하고 있었다.

카스트렌을 은밀히 접촉해서 1차로 카스트렌을 포섭하는 데 성공한 아카시는 2차로 카스트렌의 소개로 실리야쿠스라는 인물을 만나 포섭하는 데 성공했다. 실리야쿠스 역시 핀란드 독립운동을 전개하고 있던 사람이었다.

카스트렌이 온건성향의 활동을 하고 있었던 데 비해, 실리야쿠스는 폭력으로 제정 러시아 체제를 붕괴시키는 운동을 하고 있었다. 아카시에 포섭된 실리야쿠스는 곧 '핀란드 과격 반항당' 이라는 반체제 조직을 만들었다. 이때부터 실리야쿠스는 아카시의 배후 조종을 받아서 공작기간 내내 핵심적 역할을 수행하게 된다.

아카시의 공작은 두 단계로 진행됐다. 첫 단계는 제정 러시아 체제에 불만을 가지고 유럽에서 활동하던 15개의 지하단체를 조직화하는 작업이었다. 모든 단체들이 비밀리에 활동하고 있었기 때문에 이 단체들을 끌어들이는 일은 무척 힘든 일이었다.

둘째 단계는 15개 단체를 활용해서 러시아 내부로 무기를 반입시켜 무장봉기를 일으키는 일이었다. 공작에 필요한 자금은 전부 일본 정부에서 충분히 대주겠다고 약속했다.

핀란드 지하세력을 대표하는 카스트렌과 실리야쿠스를 포섭하는 데 성공한 아카시는 공작목표를 이행하기 위해 러시아 반체제단체 대표들이 참여하는 연합회의 소집을 추진했다. 실리야쿠스를 표면에 내세워 1904년 10월 프랑스 파리에서 반체제세력 연합회의를 열었다. 러시아 내부에서 활동하던 반체제세력인 러시아 혁명사회당, 러시아 민권사회당의 대표도 이 회의에 참석했다. 하지만 레닌의 러시아 사회민주당은 참여하지 않았다.

이 회의에서는 러시아 내부에서의 무장봉기 및 파업, 대규모 시위, 요인암살, 언론을 통한 러시아 왕정 비판, 전쟁에 동원되는 러시아 군대의 진로를 방해하는 활동 등의 행동방침이 결정됐다.

1905년 1월 22일 일어난 '피의 일요일 사건'이 이 회의 결정에 따라 발생한 대표적 사례이다. 반체제 인물 가폰 신부가 이끄는 수십만의 노동자들이 임금인상을 요구하며 페테스부르크 광장에서 시가행진을 벌이다가 러시아 황제 군대가 발포한 총에 맞아 1천 명 이상의 노동자가 사망했다. 이 사건을 계기로 러시아 전역으로 동맹파업이 번져갔다. 러시아 내부에서 대규모 폭동을 일으키겠다는 아카시의 1단계 공작이 대성공을 거둔 것이다.

2단계로 아카시는 1905년 4월 스위스 제네바에서 러시아 반체제세력을 규합해서 2차 회의를 열었다. 2차 회의에서는 러시아 내부에서 무장봉기를 일으키기로 결정하고, 그에 필요한 총기를 유럽에서 구입해서 러시아 내부에 반입시키기로 결정했다.

무기 구입과 운송에 소요되는 경비 역시 모두 일본이 대주기로 약속했다. 유럽에 진출해 있던 일본 무역상사들도 이 공작에 협조했다. 2차 회의 결정에 따라 아카시의 공작원들은 스위스에서 소총 2만 4,500정, 탄약 420만 발을 구입해서 선박을 이용해 러시아로 들여보냈다.

러시아 배후교란 공작을 성공적으로 끝낸 아카시는 1905년 9월 전쟁이 끝나고 그해 12월 일본으로 돌아와 공작을 지령한 코다마 겐타로 참모차장에게 공작결과 보고서를 제출했다. 이 보고서는 참모차장 이외 외무성의 소수 인원에게만 배포됐다. 보고서의 표지에는 공작보안을 유지하기 위해 「낙화유수(落花流水)」라는 제목을 달았다. 공작보안을 유지하기 위해 공작 내용과는 조금 동떨어진 제목을 붙인 것이다.

# 나카노 학교의 롤모델이 된
# 아카시 모토지로

아카시 모토지로가 러시아 배후 교란 공작을 정리한 공작결과 보고서는 30년쯤 뒤 설립된 일본 육군 나카노 학교의 교육생들이 교재로 삼아 공부하는 교범이 됐다.

일본 육군 나카노 학교는 1938년 4월 창설된 비밀공작원 양성기관이다. 1937년의 중일전쟁을 계기로 중국 본토로 침공해 들어간 일본군은 전선이 확대되자 적의 후방에 침투해서 암살, 폭파, 전복, 친일세력 규합 등의 공작을 벌이는 비밀요원의 수요가 증가했다.

이러한 수요를 충당하기 위해서 일본군은 1938년 4월 방첩연구소라는 공작원 양성기관을 세웠다. 1년 뒤인 1939년 5월에 후방근무요원 양성소로 이름이 바뀌었다가 1940년 8월 육군 나카노 학교로 다시 개칭됐다.

나카노 학교 초대 교장인 아키쿠사 슈운(秋草俊) 대령은 방첩연구소를 설립할 때 교육생들에게 모범이 될 만한 교재를 찾다가 육군참모본부 창고에 방치되어 있던 아카시의 공작결과 보고서를 발견했다.

그리고 그 내용이 나카노 학교 교육생들이 이상적 모델로 삼아야 할 내용이라고 보고 나카노 학교의 기본교재로 채택했다. 그에 따라 아카시 모토지로는 나카노 학교 출신들이 추앙하는 일본 스파이의 롤모델이 됐다.

「낙화유수」라고 표지에 제목을 붙인 아카시의 공작결과 보고서는 A4 용지 80장 정도 분량으로, 9개 장으로 구성되어 있는데 공작목표인 제정 러시아의 역사, 아카시가 공작에 동원한 제정 러시아 반정부단체 및 인물들의 성향과 취약점을 분석하는 데 많은 분량을 할애하고 있다.

1장과 2장에서는 제정 러시아가 성립된 역사적 배경과 경제적 기반, 3장에서 5장까지는 제정 러시아 정부를 위협하고 있던 정치사상이었던 허무주의, 무정부주의, 사회주의 등을 설명하면서 러시아 내부의 반정부단체와 반정부인물들의 성향을 분석하고 있다.

아카시가 러시아 배후 교란 공작에 동원할 수 있는 단체와 사람들을 해부한 것이다. '적을 알고 나를 알면 백번 싸워도 지지 않는다.'는 손자의 말처럼 러시아 배후 교란 공작을 성공적으로 전개하기 위해서는 제정 러시아 체제에 불만을 가진 세력을 정확히 진단해야만 했던 것이다.

6장이 이 보고서의 핵심 부분이다. '불평당(반정부) 운동의 전말'이라는 소제목을 붙여서 공작의 시작과 전개 과정, 결과를 설명하고 있다. 7장과 8장에서는 공작을 전개하며 체험했던 첩보수집 방법, 비밀연락 방법, 위험했던 대인접촉 순간 등 정보활동기법을 모아서 기술하고 있다.

9장에서는 제정 러시아 체제의 미래를 예측하고 있다. 아카시가 보기에 러시아 국민들의 불만이 높아지고 있는데도 러시아 정부가 궁중음모만 일삼고 있어 제정 러시아 체제는 조만간 붕괴될 것이라고 내다봤다. 아카시의 예언대로 제정 러시아 체제는 1917년 레닌이 주도하는 공산혁명으로 전복됐다.

아카시는 결론 부분에서 러시아 반체제세력의 불만 요인들을 소개하고 있다. '러시아 황제가 국민을 사랑한다거나 국민을 지킨다는 것은 털끝만큼도 생각하지 않는다. 황제 자신의 몸을 사랑하고, 황제 자신의 궁전을 지키는 것이 황제의 책무라고 생각하고 있다.' 이것이 반체제세력 불만의 핵심이었다.

아카시는 러시아 국민들의 민심이 황제를 떠나고 있는 것을 읽고 있었다. 맹자는 역성혁명, 즉 민심을 잃은 군주는 강제로 몰아내도 된다고 했다. 민심이 곧 천심인데, 민심을 잃은 군주는 군주로서의 자격이 없다고 봤다. 아카시는 러시아의 민심이 황제를 떠나고 있는 것을 읽은 것이다.

지금까지 살펴본 바와 같이 러일전쟁 때 러시아의 배후에서 제정 러시아 체제를 전복하는 공작을 전개했던 아카시 모토지로는 그때 축적한 경험을 바탕으로 러일전쟁이 끝나자 한국 헌병사령관으로 부임해서 대한제국을 붕괴시키는 공작을 전개했던 것이다.

# 임시정부 경무국장 백범의
# 일제 밀정 단속

1919년 3월 1일 독립운동이 일어나고 그해 4월 11일 중국 상해 프랑스 조계지에서 임시정부가 수립됐다. 3·1운동 직후 상해로 망명한 백범 김구는 임시정부 내무부장이었던 도산 안창호의 천거로 그해 8월 12일 경무국장에 취임했다.

경무국의 임무는 왜적의 정탐활동을 방지하고, 독립운동자의 투항 여부를 정찰하여, 일본의 마수가 어느 방면으로 침입하는가를 살피는 것이었다. 백범은 정복과 사복 경호원 20여 명을 임용해서 이 일을 수행했다(김구, 2006: 302-303).

상해 임시정부가 위치한 프랑스 조계는 일본 경찰의 손길이 미칠 수 없는 안전지대로 알려져 3·1운동 후 독립운동가들이 이곳으로 모여들었다. 1919년 이전 100여 명에 불과하던 상해 한인은 3·1운동 직후 500여 명, 그해 연말에는 1,000여 명으로 늘었다(손과지, 2001: 55). 대부분 직업적 독립운동가들이었다.

국내의 핵심 독립운동가들이 상해로 모여들자 상해 주재 일본 총영사관은 경찰부에 조선인계를 설치하고 한국인을 통역으로 고용하여 독립운동가들에 대한 감시를 강화했다. 많은 밀정을 고용해서 임시정부의 동향을 사찰했다.

서울의 조선총독부에서도 경찰과 밀정을 상해에 파견하기도 했다. 밀정들의 준동으로 적인지 동지인지 분간하기조차 어려워 임시정부는 각종 회의를 비밀장소에서 주로 밤에 열었다.

이와 같은 열악한 환경에서 경무국장 백범은 임시정부를 보호하기 위해 상해 일본영사관과 대립·암투를 벌였다. 백범일지에 소개된 대표적 밀정 단속 사례를 보면 김가진(金嘉鎭)을 회유하기 위해서 잠입한 밀정을 처형한 케이스가 있다.

김가진은 구한말 농상공부 대신으로 한일병합 후 조선총독부로부터 남작(男爵)의 칭호를 받은 친일파였다. 그런 그가 3·1운동 후 친일행각을 참회하는 의미에서 상해 임시정부로 망명했다. 망명 직전에는 국내에서 조직된 비밀 독립운동 단체인 조선민족대동단의 총재를 맡고 있었다.

김가진은 대동단 본부를 상해로 옮기고 자신도 상해로 망명하여 임시정부에 가담하는 것이 옳다고 보고 밀사를 상해로 보내 내무총장 안창호에게 이런 뜻을 전했다(신복룡, 2014: 121).

이에 안창호는 김가진과 함께 의친왕도 상해로 탈출시키는 계획을 세우고 1919년 10월 측근인 이종욱을 서울로 밀파해서 김가진을 상해로 탈출시키는 데는 성공했으나 의친왕 탈출 계획은 일본 경찰에 발각됐다.

임시정부는 1919년 10월 31일 상해 도착 당시 일흔네 살의 고령이었던 김가진을 고문으로 추대해서 예우했다. 조선총독부로서는 큰 충격이었다. 남작의 지위까지 수여한 친일파 인물이 임시정부에 가담한 사실은 일제에 많은 부담을 주었다.

이에 조선총독부는 김가진을 회유해서 귀국시키는 방안에 골몰했다.

그 방법의 하나로 김가진의 며느리와 친척 되는 정필화를 상해로 보내 귀국을 종용했다. 이 사실을 알게 된 임시정부 경무국은 정필화를 검거하여 심문한 결과, 조선총독부로부터 지령을 받은 사실을 자백받고 그를 교수형에 처했다.

백범이 검거한 밀정 중에는 이중간첩도 있었다. 백범은 선우갑이라는 인물을 밀정 혐의로 체포했으나 상해에서 정탐한 문건을 임시정부에 바치겠다는 선우갑의 약속을 믿고 그를 살려주었다. 그런데 임시정부에 협조하던 선우갑이 갑자기 본국으로 귀국했다.

임시정부 수립 초기 미국에 체류하던 이승만은 심복 안현경을 상해에 파견해서 비밀리 임시정부의 동정을 탐문했다. 안현경이 이승만에 보고한 비밀문건에 보면 "상해에서 정탐으로 유명한 '선우갑'이 일본 본토에서 여행권을 발급받아 다른 세 명과 함께 미주로 갔는데 모두 성명을 변장하고 갔다 하므로 주의하라" 라는 내용이 나온다.

훗날 발굴된 자료들을 보면 백범이 살려준 선우갑은 본국으로 돌아가 밀정 노릇을 계속했다. 친일반민족행위진상규명위원회가 조사한 바에 의하면 상해를 떠난 선우갑은 1920년 4월 2일 미국으로 건너가 1920년 10월 16일까지 미주 지역 독립운동가들을 정탐했다. 당시 임시정부 대통령 신분이었던 이승만과 내무차장 현순의 동태를 파악해서 일본 정부에 보고했다. 일본 경시청에서는 뉴욕 주재 일본총영사, 시카고 주재 일본영사 등에게 공문을 보내 선우갑에게 협조하도록 요청하기도 했다(친일반민족행위진상규명위, 2009: 367).

2장 /

# 남의사의 지원을
# 받은 김원봉

# 개관

약산 김원봉은 항일독립운동을 전개하며 진국빈(陳國斌), 최림(崔林) 등 여러 가지 가명을 쓰고 있었다. 김원봉은 만주사변(1931) 직후 중국국민당에 비밀정보조직인 삼민주의역행사(일명 '남의사')가 창설되자 이 조직으로부터 활동자금을 받아서 항일투쟁을 전개했다.

이처럼 김원봉이 남의사(藍衣社)와 연결된 것은 남의사의 실무를 총괄하는 서기 등걸(滕傑)이 황포군관학교 제4기 동기였기 때문이다. 학교 동기라는 인연으로 등걸과 연계된 김원봉은 항일 비밀공작에 필요한 교육과 재정지원을 요청하여 장개석의 승인을 받음으로써 암살, 폭파 등의 의열투쟁을 전개할 수 있었다.

김원봉이 남의사의 등걸과 연결되는 과정에 대해서는 1980년대 초 한국정신문화연구원 연구진이 대만을 방문, 등걸과 그의 직속 부하였던 간국훈(干國勳)의 증언을 채증함으로써 전후 사실관계가 정확히 밝혀지게 되었다.

등걸은 김원봉과의 학교 인연을 이렇게 회고했다.

내가 황포군관학교 제4기에 입학해서 훈련을 받을 때 나와 같이 제1단(한국군의 연대급) 제5련(한국군의 중대급)에서 훈련받던 사람 중에 최림(김약산)과 楊儉(姜人壽) 등 두 사람의 한국 동창이 있었다. 권준이라는 한국인도 4기에 있었다. 이들은 모두 의열단을 영도하던 사람들로서 훗날 내가 (남의사 서기로) 명을 받아 한국을 원조하는 공작을 전개할 때 모두 의열단의 유력한 인물이 되어 있었다(한국정신문화연구원, 1983: 63).

남의사의 창설 배경과 의열단을 지원하는 과정에 대해서는 등걸과 함께 남의사 창립에 참여했던 간국훈이 보다 자세한 증언을 남겼다.

간국훈에 의하면 만주사변이 일어나자 일본과 소련에 유학하고 있던 황포군관학교 1기에서 6기 출신 20여 명이 중국으로 들어와 1932년 2월 25일부터 2월 29일까지 남경에서 장개석과 좌담회를 갖고 국민당의 대응 방안에 대해 논의했다. 이 논의의 결과 1932년 2월 29일 삼민주의역행사(三民主義力行社)가 창설됐다.

장개석은 약소 민족과 동등하게 연합하여 공동 투쟁하라는 손문의 유시에 따라 삼민주의역행사 하부조직으로 한국, 월남, 인도 등 피압박 민족의 독립운동을 지원하는 조직인 '민족운동위원회'를 설치했다. 간국훈은 이 민족운동위원회의 책임자인 주임위원에 임명됐다.

1932년 봄 남의사 서기 등걸이 의열단장 김원봉으로부터 지원 요청을 받고 장개석의 결재를 얻어 간국훈에게 김원봉 의열단장을 지원하는 업무를 맡아 처리하라는 지시를 내렸다.

그에 따라 간국훈은 1932년 5월 김원봉을 민족운동위원회 사무실로 불러 등걸의 노력으로 장개석으로부터 삼민주의역행사가 의열단을 지원하도록 재가받은 일을 통보해주었다. 여기에 대해 김원봉은 한국독립운동을 전개할 청년들을 훈련시킬 자금, 물자 및 훈련장소를 지원해주도록 요청했다.

이후 간국훈은 김원봉의 제안 내용을 다시 등걸, 장개석에게 보고하여 승인을 받게 되는데 그 과정을 간국훈은 이렇게 증언했다.

> 민족운동위원회는 회의를 열어 그 계획안을 토의, 대부분은 원안에 따라 통과시키고 나는 팔보가 역행사(남의사, 필자 주)에 가서 등걸 서기에게 경과 설명을 하였더니 등걸은 역행사 상무간사회의 통과를 얻은 다음 영수(남의사에서 장개석을 지칭하는 호칭)에게 품신하여 결재를 얻겠다고 하였습니다. 4일 후에 등걸이 전화로 나를 부르기에 팔보가로 가보았더니, 한국혁명간부훈련반에 대해서는 역행사 상무간사회 통과를 거쳐 영수로부터 재가를 받았으니 진국빈에게 통지하여주는 한편 창설을 진행하도록 하라고 하며 재가된 일건의 서류를 나에게 주었던 것입니다. 그러므로 나는 진국빈에게 그날 저녁 6시 30분경에 그의 집에 가서 저녁식사를 하겠다고 통지했습니다…(중략)…이 자리에는 황포군관학교 제5기 출신인 한국인 신악(申岳)도 동석했습니다(한국정신문화연구원, 1983: 16-17).

중국국민당은 남의사를 통해 의열단을 지원하면서 다른 한편으로 조직부를 통해 임시정부를 지원하고 있었다.

당시 두 개의 창구로 지원되던 중국의 원조 실상에 대해서는 남의사 서기 등걸이 1983년 한국정신문화연구원 연구자에게 증언을 남겼다.

> 삼민주의역행사가 성립된 지 얼마 안 되어 나와 중앙당의 진과부(陳果夫) 선생은 한국독립운동을 원조하는 공작을 전개하라는 명을 동시에 받았다. 진과부 선생은 김구 선생을 수반으로 하는 한

국임시정부를 원조하는 책임을 맡았고, 나는 삼민주의역행사의 서기 신분으로 조선의열단을 돕는 책임을 맡았다…(중략)…일본인 정탐들이 도처에서 우리 중국에게 온갖 공작을 가해와 우리는 그것을 피하기 위하여 의열단을 돕는 공작도 역행사의 공작처럼 모두 극비원칙하에서 진행하였다(한국정신문화연구원, 1983: 64-65).

# 황포군관학교와의 인연

약산 김원봉은 중국 황포군관학교 제4기 졸업생이다. 황포군관학교는 중국국민당 정부가 1924년 5월 설립한 군사학교다. 정식 명칭은 '중국국민당 육군군관학교'다. 1925년 7월에는 '국민혁명군 중앙군사정치학교'로 개칭됐다. 중국 광주에서 10㎞ 정도 떨어진 황포 섬에 있었기 때문에 황포군관학교로 통칭하게 됐다.

중국국민당 정부는 1917년 소련에서 레닌이 제정 러시아 체제를 무너뜨리는 혁명을 성공시키자 이 혁명이 레닌의 혁명군 때문에 가능했다고 보고, 소련식의 강력한 혁명군을 양성하기 위한 군사학교를 설립하기로 1924년 국민당 제1차 대표대회에서 결의했다.

장개석이 개교 당시부터 학교장을 맡았으며, 1924년 9월 주은래가 프랑스 유학을 마치고 돌아와 황포군관학교 정치부 주임으로 부임, 공산주의사상을 선전하기 위한 월간지 「중국청년」을 발행하면서 공산세력이 확산됐다.

주은래 지지세력이 1925년 1월 청년군인연합회를 결성하는 등 조직력을 강화하자 장개석 중심의 우파 학생들이 1925년 12월 29일 손문주의학회를 만들어 대응하는 등 국공대립이 격화되기 시작했다.

이에 장개석은 1926년 3월 20일 '중산함 사건'을 일으켜 국민당 군사위원회 주석에 취임하고 황포군관학교 당 대표 인사권을 장악하여 교내 좌파활동을 금지시켰다.

김원봉은 이처럼 교내 좌우갈등이 극심하던 1926년 1월 제4기생으로 입교했다. 제4기생의 조선인은 총 24명이었다(노권, 1982: 553-587).

중국인이 세운 군사학교에 김원봉 등 한국인이 입학할 수 있었던 것은 상해 지역 중국 지도자였던 진영사(陳英士)의 배려 때문이었다. 진영사는 군사 지휘권을 가진 상해 도독(都督)을 지낸 인물이다. 손문을 추종했던 진영사는 전 세계 민족은 평등하다는 손문사상을 존중해서 상해로 망명해온 한국, 베트남 등의 독립운동가들을 도와주고 있었다.

그러나 불행하게도 진영사는 정적이었던 위안스카이(袁世凱)에 의하여 1916년 살해당했다. 진영사가 사망한 후 장개석과 진영사의 조카 천궈푸(陳果夫)가 아시아 독립운동을 지원하는 일을 맡았다. 천궈푸의 친동생 천리푸(陳立夫)도 미국 유학을 마치고 1925년 12월 돌아와 장개석 학교장의 비서로 일하기 시작했다.

천궈푸는 상해에서 한국독립운동가들과 협의하고 황포군관학교 학생들을 모집하는 일을 하고 있었다. 이때 천궈푸는 중국 학생들과 함께 한국인들도 뽑아서 황포군관학교에 보냈다(한국정신문화연구원, 1983: 120).

천궈푸가 상해에 거주하던 여러 민족 가운데 한국인을 선발해서 보낸 것은 진영사의 유언 때문이었다고 한다. 진영사는 안중근 의사를 매우 존경했던 인물로 한국의 독립운동가들을 도와 안중근의 뜻을 계승하는 것이 자기의 의무라고 느끼고 있었다고 한다.

천궈푸는 삼촌 진영사의 이러한 뜻을 받들어 한국독립운동을 지원할 목적으로 한국인들을 뽑아 황포군관학교에 입학시켰다(한국정신문화연구원, 1983: 146-147).

안중근 의거의 거룩한 희생이 중국 지도자들을 감동시켜 한국독립
운동의 밑거름이 된 것이다.

# 김원봉이
# 장개석 간첩으로 몰린 이유

문재인 정부 출범 후 한때 항일운동가 김원봉을 독립유공자로 포상하자는 주장이 있었다. 그러나 김원봉이 해방 후 북으로 넘어가 북한정권 수립에 기여하고, 국가검열상, 노동상이라는 고위직까지 지냈는데 대한민국 정부에서 그를 포상한다는 것은 사리에 맞지 않는다는 반대여론이 크게 일어났다.

그러자 청와대는 2019년 6월 10일 정부규정상 김원봉에 대한 서훈이 불가능하다는 입장을 공식으로 밝혔다.

국가보훈처 독립유공자 포상심사 기준(8번 항목) "북한정권 수립에 기여 및 적극 동조한 것으로 판단되거나 정부 수립 이후 반국가 활동을 한 경우 포상에서 제외한다"는 규정을 들어 서훈 불가 입장을 밝혔다. 이 청와대의 발표 후 김원봉 서훈 논란은 사그라들었다.

그런데 김원봉은 북한에서의 행적에 대해서도 많은 궁금증을 남기고 있다. 그가 언제 어떻게 북한에서 생을 마감했는지 아직 미궁으로 남아 있다.

해방 후 중국에서 서울로 들어와 정치활동을 하던 김원봉은 북한으로 넘어가 1948년 8월 북한 최고인민회의 대의원에 선출됐다. 북한의 대의원은 한국의 국회의원에 해당하는 자리이다. 이어서 1948년 9월 북한 정권이 수립될 때 국가검열상이라는 요직에 앉았다.

6·25 전쟁 후에는 한국의 국회 부의장에 해당되는 최고인민회의 부의 장까지 지냈다. 그런데 1958년 6월 마지막으로 공개 활동을 한 이후 그 의 행적이 전혀 알려져 있지 않다.

북한에서 그가 고위층을 지낸 것으로 미루어볼 때 그가 죽은 후에는 한국의 국립묘지에 해당하는 북한의 애국열사릉에 묻히는 것이 당연하 다. 그런데 역사학자 김삼웅이 2007년 12월 평양을 방문했을 때, 애국열 사릉에 김원봉이 묻혀 있는지를 살펴봤으나 그의 묘비를 찾지 못했다고 한다. 이러한 사실을 근거로 그는 김일성에 의한 숙청설에 신빙성을 두었 다(김삼웅, 2013: 600).

그리고 중국 연변의 작가 김학철은 1989년 9월 한민족체육대회 참석 차 서울에 왔을 때 "김원봉은 장개석의 스파이로 몰려 수감됐다가 옥중 에서 스스로 목숨을 끊었다" 라는 증언을 남겼다.

정적을 간첩으로 몰아 죽이는 것은 김일성의 상투적인 수법이었다. 박 헌영, 이승엽 등 남로당 출신 간부들도 '미제의 간첩'으로 낙인찍혀 죽었다.

사실 김원봉은 장개석의 스파이로 몰릴 수 있는 소지를 안고 있었다. 그는 만주사변(1931.9.) 이후 중국국민당의 정보기관인 '남의사(藍衣社)'로 부터 재정적 지원을 받고 있었다.

# 좌우를 넘나든
# 김원봉의 이념적 편력

김원봉에 대한 서훈이 논란을 일으키는 것은 그의 이념적 정체성이 모호한 데서 비롯된다. 그를 좌익과 우익이라는 이분법적 시각으로 재단하기 힘든 것은 그가 무정부주의와 중국국민당 및 중국공산당을 넘나드는 행보를 보였기 때문이다.

해방 후에는 서울로 귀국했으나 남과 북에 독자적인 정권이 수립되어 서울이냐, 평양이냐를 선택해야 하는 순간이 다가오자 평양을 선택했다. 그리고 그는 한때 평양정권의 영웅이 되었다가 권력투쟁에 밀려 어느 순간 사라졌다.

약산 김원봉이 1919년 11월 만주에서 비밀결사체인 의열단을 만들어 독립운동을 시작할 때 그의 이념은 무정부주의였다. 단재 신채호가 그와 뜻을 같이했다.

신채호는 김원봉의 부탁을 받아서 일제에 대한 암살과 파괴의 정당성을 설파한 '조선혁명선언'을 써주었다. 신채호가 1923년 1월 발표한 조선혁명선언은 만해 한용운의 '조선독립의서'와 함께 식민지시대 2대 명문장으로 평가받고 있다.

조선혁명선언에서 신채호는 '일본의 강도정치 곧 다른 민족의 통치가 우리 조선민족 생존의 적(敵)' 이라고 선언하고, '폭력이 우리 혁명의 유일한 무기이고, 우리는 민중 속에 가서 민중과 악수하여 끊임없는 폭력, 암살, 파괴, 폭동으로써 강도 일본의 통치를 타파해야 한다.' 라고 천명했다. 의열단의 활동 명분을 정당화시켜주려는 논리였다.

무정부주의에 빠져 있던 김원봉이 공산주의를 접한 것은 황포군관학교에 입학하면서부터다. 황포군관학교에는 훗날 국민당 및 공산당 군부의 지도자로 성장하는 학생들이 함께 교육받고 있었다. 제1차 국공합작 시기(1924-1927)였기 때문이다. 제1차 국공합작이란 중국국민당과 공산당이 외세와 결탁된 군벌을 타도하기 위해 일시적으로 합작한 것을 말한다.

중국국민당의 장교 양성기관이었던 황포군관학교는 주은래가 1924년 9월부터 프랑스 유학을 마치고 돌아와 정치부 주임을 맡으면서 급격히 좌경화되기 시작했다.

김원봉이 1926년 1월 황포군관학교 제4기로 입학했을 때 학교 내 좌우대립은 극한으로 치닫고 있었다. 마침내 학교장이었던 장개석은 1926년 3월 학내 좌파활동을 금지시켰다. 이러한 시기 김원봉은 주은래의 지도를 받으면서 그와 가까워졌다.

이때 김원봉은 공산주의자인 주은래의 지도를 받으면서 다른 한편으로 훗날 중국국민당의 실력자로 부상하는 동기생 등걸(滕傑)과 인연을 맺게 된다.

만주사변이 일어나고 6년이 지난 1937년 중일전쟁이 일어났다. 일본이 만주에 이어 중국 본토로 침공해 들어갔다. 이렇게 되자 중국국민당과 공산당은 항일이라는 공동의 목표 아래 제2차 국공합작(1937-1945)을 맺었다. 김원봉으로서는 이제 중국공산당과도 정식으로 교류할 수 있는 기회가 마련됐다.

중일전쟁을 계기로 김원봉은 조선의용대를 결성(1938.10.)했다. 그러나 얼마 지나지 않아 소속 3개 지대 가운데 2개 지대가 중국공산당 근거지인 연안으로 넘어갔다. 김원봉은 연안으로 넘어가지 않고 중경에 남아 임시정부 군무부장을 맡았다.

그때 그가 연안으로 넘어가지 않고 중경에 머물렀던 실질적인 이유는 주은래가 중경에 있었기 때문이었다. 황포군관학교의 스승인 주은래는 그 당시 제2차 국공합작의 중공 대표로 국민당 정부가 있던 중경에 체류하며 국민당과 협상하고 있었다. 김원봉 이외 해방정국의 거물간첩이었던 성시백, 조선의용대 정치부 주임이었던 김성숙도 주은래와 협력하고 있었다.

김원봉, 성시백, 김성숙 등은 주은래가 중국국민당을 대상으로 통일전선전술을 벌이는 데 맞춰 임시정부 요인들을 대상으로 통일전선전술을 전개하고 있었다.

이처럼 김원봉은 일제 시기 국민당의 남의사로부터 활동자금을 지원받으면서도 중국공산당과 협력하는 이중적 행보를 보이고 있었다.

# 조선혁명 군사정치 간부학교

　　남의사 서기 등걸(滕傑)을 통해서 중국국민당과 연결된 김원봉은 남의사로부터 훈련기지와 숙소, 무기 및 매월 3천 원의 활동자금을 지원받았다.

　　이러한 자금을 바탕으로 김원봉은 1932년 10월 20일 중국 남경시 교외 탕산에 조선혁명 군사정치 간부학교를 세워 항일 공작원들을 양성했다. 3년(1932.10.-1935.9.) 동안 6개월 교육과정의 3개 기수 총 125명을 배출했다(김삼웅, 2013: 270). 남의사는 탕산의 조선혁명 군사정치 간부학교를 '탕산훈련반'이라고 불렀다.

　　만주사변이 일어나기 직전 북경에서 레닌주의 정치학교를 개설(1930.4.)해서 공산주의 노선을 교육하던 김원봉이 반공을 기치로 내건 국민당의 정보기관으로부터 자금을 지원받는 데 대해 의열단 내부에서도 반발이 일어났다.

　　의열단 간부였던 김성숙은 김원봉의 처신에 불만을 품고, 김원봉 주도로 민족혁명당이 결성(1935.7.)될 때 동참하지 않고 별도로 조선민족해방동맹을 결성했다(김학준, 2005: 120-122). 이청천 계열도 '우리 당의 특무대를 남의사의 정보기관으로 만드는 것은 혁명정신에 어긋난다.'라며 민족혁명당을 탈당했다.

탕산훈련반이 끝난 후 남의사는 강서성 성자현에 또 하나의 '성자훈련반'을 설치해서 요원을 양성했다. 성자훈련반에서는 의열단원들이 남의사 요원들과 함께 교육을 받았는데 의열단원은 100여 명이었다. 성자훈련반에서 교육받은 의열단원들이 중일전쟁 후 창설(1938.10.)된 조선의용대의 주축이었다(한국정신문화연구원 편, 1983: 71).

국민당은 남의사를 통해 의열단을 지원하면서 다른 한편으로 국민당 조직부를 통해 임시정부에 매월 5천 원의 자금을 지원하고 있었다. 의열단과 임시정부라는 두 개의 창구를 통해 한국독립운동을 지원하고 있었다. 국민당 조직부장 천궈푸는 장개석의 최측근으로 국민당 내부 공산주의자들을 척결하는 데 앞장섰던 인물이었다.

두 갈래로 지원되던 국민당의 원조는 태평양전쟁 발발(1941.12.)을 계기로 임시정부로 단일화됐다. 이렇게 되자 남의사의 지원에 의존하던 조선의용대는 광복군에 합류할 수밖에 없어 1942년 4월 광복군 제1지대로 합류했다.

김원봉으로서는 이제 임시정부를 통해서 국민당 지원금을 수령해야 하는 처지에 놓이게 됐다. 자신의 독자적인 세력을 형성하는 데 큰 도움을 주었던 남의사를 통한 국민당의 지원이 끊기면서 그는 정치적으로 어려운 입장에 빠지게 됐다. 그에 앞서 조선의용대 1·2지대는 거기에 불만을 품고, 모택동의 팔로군으로 넘어가기도 했다. 하지만 김원봉은 계속 중경에 머물며 임시정부 군무부장을 맡았다.

중경에 머무르던 김원봉은 주은래와 밀착됐다. 중국공산당은 제2차 국공합작(1937-1945)이 성사되자 1939년 1월 중경에 남방국을 설립하고 주은래를 서기로 임명해서 국민당과의 협상 임무를 맡겼다(리핑, 2005: 274).

그 당시 김원봉과 주은래의 밀착에 대해서는 김준엽이 여러 가지 증언을 남겼다. 김원봉으로부터 직접 주은래와 접촉하고 있다는 말을 듣기도 했다.

> 나는 어느 날 중경 거리를 혼자 다니다가 김원봉 선생을 우연히 길가에서 만난 일이 있다. 그는 언덕 위의 길목에 서서 누구를 기다리고 있었다. 내가 찾아갔을 때 집에 없어서 미안하다고 하면서 악수를 청하였는데 이때도 그는 웃는 낯이 아니었다. 방금 주은래를 만나고 오는 길이라고 하면서 언제 조용히 만나 이야기나 하고 싶다고 친절하게 말하였지만 끝끝내 나는 그를 단독으로 만나지 못하였다. 약산은 해방 후에 환국하였다가 월북하여 북조선 정부의 초대 국가검열상이 되었지만 연안파와 함께 숙청당하였다. 중경에 있을 때 그는 연안 독립동맹의 김두봉과 늘 연락을 취하고 있었고 중경에 남아 있던 김두봉의 딸(김상엽)을 그의 수양딸로 삼고 있었다(김준엽, 2017: 113).

김준엽은 김원봉이 중경에 잔류한 이유에 대해 주은래와 함께 임시정부 요인들을 중국공산당으로 끌어들이기 위한 통일전선전술의 일환이었던 것으로 보았다.

남의사는 제2차 국공합작이 성사되면서 1938년 6월 삼민주의 청년단(삼청단)이라는 공개 조직으로 개편됐다. 합작 협상 과정에서 공산당이 남의사의 해체를 강력히 요청하여 이를 받아들였다. 남의사가 수행하던 비밀기능은 국민당 군사위원회 조사통계국(약칭 군통)으로 넘어갔다.

남의사 특무처장이었던 다이리(戴笠)가 군통의 책임자를 맡았다. 다이리는 2차대전 내내 국민당의 비밀활동을 지휘하다 종전 직후인 1946년

3월 17일 자신이 타고 가던 비행기가 공중 폭파되어 숨졌다. 미국 연방수사국(FBI)으로부터 교관을 지원받아 FBI식 방첩학교를 북경에 건립하는 문제를 상의하러 가는 길이었다.

그의 의문의 죽음에 대해 일부 역사가들은 중국공산당이 비행기 폭파라는 수법을 동원해 그를 죽인 것으로 보고 있다.

# 영국 특수공작국과도 손잡았던 김원봉

　김원봉은 태평양전쟁이 일어난 후에는 영국 정보기관과 손을 잡았다. 중국국민당의 원조가 임시정부로 단일화되면서 남의사의 지원이 끊기자 그 대안으로 영국 특수공작국(SOE)과 협력관계를 맺었다.

　영국 특수공작국 SOE, 즉 Special Operation Executive는 영국이 2차대전 때 창설한 비밀공작 조직이었다. 유럽 각국의 레지스탕스 요원들을 영국으로 데려와 암살, 폭파, 사보타지 등의 지하활동 방법을 훈련시킨 다음 나치 점령 지역으로 투입시키는 공작을 전개했다. 특수공작국의 책임자는 찰스 함브로(Charles Hambro)였다.

　2차대전 당시 영국에는 프랑스, 폴란드, 체코슬로바키아 등 나치 독일군에 점령당한 국가들의 망명정부가 세워져 있었다. 그리고 이들 망명정부는 나치 치하에 있던 레지스탕스 단체들의 활동을 원격 조종하고 있었다.

　영국의 처칠 수상은 이러한 레지스탕스 단체들과 함께 나치 독일을 대상으로 비밀공작을 전개하기 위해서 1940년 6월 특수공작국을 창설했다. 특수공작국을 창설하면서 처칠은 '유럽을 불사르라(Set Europe ablaze!)'라는 유명한 말을 남겼다.

　특수공작국은 유럽 이외 인도, 동부 아프리카에서도 활동하고 있었다. 영국과 미국은 2차대전 때 해외 공작 지역을 분할해서 관할하는 협정을 맺었다. 해외 공작 지역이 서로 중복될 경우 일어날 수 있는 혼선을 방지하려는 목적이었다.

특수공작국 함브로 국장과 전략정보국 도노반 국장 사이에 1942년 8월 26일 체결된 이 협정서는 영국의 특수공작국이 유럽, 인도, 동부 아프리카를 관할하고 미국의 전략정보국(OSS)은 중국, 만주, 한국 등 동아시아를 관할하도록 구분했다. 그리고 두 기관은 관할 지역 이외에서 공작이 필요할 때는 사전에 상대방의 승인을 받도록 약속했다.

이와 같이 영국과 미국 사이에 정보 공작 협력체계가 구축되자 미국의 전략정보국은 중국 중경에 있는 한국임시정부를 협력 파트너로 정하고 임시정부와 공동으로 한반도에 침투하는 합동 공작을 시도했다.

태평양전쟁 초기에는 게일 미션, 올리비아 계획 등이 추진되었으나 모두 실패하고 태평양전쟁 말기에 이르러 독수리 작전과 냅코 작전이 성사되어 공작원 훈련까지 마쳤다. 그러나 일본이 너무 빨리 항복하는 바람에 합동 공작이 실제로 집행되는 단계로까지는 나아가지 못했다.

이렇게 임시정부가 미국 전략정보국과 합동으로 한반도 침투 공작을 추진해나가자 김원봉은 임시정부와 별개로 영국 정보기관과의 합동작전을 추진했다. 영국 정보기관도 인도-미얀마 전선에서 대일 심리전과 일본군 포로 심문에 일본어를 구사할 줄 아는 한국인이 필요했다.

그런데 당시 중국국민당은 영국 정보요원들이 중국에 진출하는 데 강한 경계심을 가지고 영국 정보요원들의 중국 진출을 저지하는 데 많은 노력을 기울였다.

그리고 임시정부는 미국과의 합동 공작을 추진했다. 국민당과 한국 임시정부가 미국과의 결속을 강화하고 있었다. 이러한 구도에서 소외된 김원봉이 영국 특수공작국과의 연계에 나선 것이다.

영국 특수공작국도 중국국민당과 한국임시정부를 배제한 채 김원봉에 접근하여 1943년 5월 인도 주둔 영국 특수공작국 대표 맥켄지(Colin Mackenzie)와 김원봉 사이에 협력협정이 체결됐다.

이 협정서에는 맥켄지가 주인도 영국군 대표라고 표기되어 있다. 그러나 그의 실제 신분은 인도 실론 지역 SOE 교육책임자였다(FOOT, 1999: 91). 협정서는 총 12개 항목으로 구성되어 있는데 주요 내용을 보면 '조선민족혁명당은 영국군과 합작하고 대일 전투를 역행하기 위하여 조선혁명당 연락대를 주인도 영국군에 파견한다', '연락대의 일체 경비는 영국군이 부담하며 영국군 장교와 동등하게 대우한다', '유효하고 강력한 공작과 영국군과의 긴밀한 합동작전을 위하여 인도에 상주 대표를 파견할 수 있다' 등의 내용을 담고 있었다.

이 협정에 따라 광복군 제1지대 소속 한지성(韓志成)을 대장으로 하는 9명의 대원이 인도-미얀마 전선에 투입됐다. 제1지대는 민족혁명당 계열이었다. 한지성은 해방 후 서울에서 김원봉과 인민공화당을 만들어 활동하다가 월북, 6·25 전쟁이 일어나 인민군이 서울을 점령했을 때 이승엽 서울시 인민위원장 밑에서 부위원장을 맡아 반공세력 숙청을 주도했던 인물이다(박진목, 1994: 194-195).

민족혁명당이 임시정부와는 별개로 영국 특수공작국과 연대활동을 하는 데 대해 임시정부는 개별 정당이 외국과 협정을 맺는 것은 정부 외교권을 부정하는 것이라고 비난했다. 이에 대해 김원봉은 임시정부가 외국의 승인을 받지 못했으므로 임시정부가 외교권을 독점할 수 없다며 반박했다(김광재, 1999: 130).

지금까지 살펴본 바와 같이 김원봉은 일제 시기 정보활동을 전개하며 중국국민당 및 공산당, 영국 정보기관과 교류했다. 그러면서도 임시정부를 유명무실한 조직으로 보고 임정 지도자들을 실제 활동이 전혀 없는 노인들이라고 비난하며 대립했다.

이와 같은 노선 차이가 해방 후 그가 북으로 넘어갈 수밖에 없는 주요 요인이 됐다. 그러나 북에서도 김일성 독재체제가 강화되면서 일제시대 중국 남의사와의 협력이 빌미가 되어 장개석의 간첩으로 몰려 생을 마친 것으로 보인다.

# 한국특무대독립군 리더 안공근

약산 김원봉이 남의사의 지원을 받아 항일 공작원을 양성하고 있던 1930년대 중반, 안중근 의사의 셋째 동생인 안공근은 백범 김구 선생의 지휘를 받아 한국특무대독립군이라는 항일 비밀결사를 조직, 항일 공작원을 양성하고 있었다.

중국국민당 조직부장 천귀푸를 통한 한국임시정부 지원은 1932년 4월 발생한 윤봉길 의거 직후부터 본격화됐다. 천귀푸는 장개석을 도와 공산당을 국민당에서 축출하는 데 앞장서는 등 장개석의 신임이 두터웠던 인물이다.

윤봉길 의거를 계기로 1932년 가을 장개석을 만난 김구는 장개석에게 항일 비밀공작에 소요되는 자금을 지원해주도록 요청했다. 백만 원의 돈을 지원해주면 2년 이내 일본, 조선, 만주 세 방면에서 대폭동을 일으키겠다는 것이 김구의 제안이었다(김구·도진순, 2003: 356).

이러한 제안에 대해 장개석은 매월 5천 원을 임시정부 측에 지원하고 중국국민당의 장교 양성기관인 중국 중앙육군군관학교에 한인특별반을 편성해서 항일요원을 양성해주기로 약속했다.

양측의 합의에 따라 중국 중앙육군군관학교 낙양분교 제2총대 제4대대 육군군사훈련반 제4대대를 만들어 한국인 92명을 입교시켰다.

1934년 2월 개설된 이 특별반은 흔히 '낙양분교'로 불리었다. 백범일지에도 '낙양분교'로 기록되어 있다.

교육기간은 1년이었는데 1935년 4월 9일 62명만 졸업했다. 교육 도중 교육 운영의 주도권을 놓고 재정권을 가진 김구와 운영 책임을 진 이청천 사이에 갈등이 생겨 김구를 추종하는 25명이 중도 퇴교했다. 이때 퇴교한 인물 25명 중심으로 1934년 12월 30일 결성된 비밀결사가 한국특무대독립군이다.

한국특무대독립군이 결성되는 과정과 현황에 대해서는 이 조직의 일원이었던 백찬기(가명 오주국)란 인물이 증언을 남겼다.

백찬기는 1935년 7월 폐결핵에 걸리자 조직을 이탈, 상해 프랑스 조계를 전전하며 치료를 받다가 병세가 악화되자 고향에 돌아올 목적으로 상해 일본총영사관에 자수하였는데, 상해 일본총영사관과 경기도 경찰부에서 작성한 백찬기의 진술서에 한국특무대독립군 관련 내용이 자세히 나와 있다.

경기도 경찰부에서 작성한 백찬기 조서에 따르면 당시 백범은 일본 경찰에 쫓기고 있었던 몸이라 특무대독립군 창립과 운영 전반을 안공근이 주도했다.

안공근은 창립식에서 '백범 선생의 명령에 의하여 지금부터 김구과 학생으로 한국특무대독립군을 결성한다'라고 전제하고 '백범 선생은 그대들을 부대 전투를 위한 군인으로 양성하고 있는 것이 아니라 유격대로서 양성하는 것'이라며 윤봉길 의사처럼 유격전술은 한 사람이 몇천 명, 몇만 명을 상대하는 일을 하는 데 있다고 설명했다.

그런데 안공근은 이 특무대의 목적이 조선국의 독립과 조선민족의 행복을 위한 공산주의혁명에 있다고 밝혔다(국사편찬위, 2000: 199). 그 당시 항일투쟁의 수단으로 독립운동 진영에 유입되고 있던 사회주의사상에 안공근도 기울어져 있었다.

안공근은 1939년 5월 30일 중국 중경에서 갑자기 행방불명됐다. 치과에 가겠다며 집을 나섰다가 사라졌다. 그 후 시신도 발견되지 않아 누군가에 의해 암살된 것으로 추정되고 있다.

안공근의 장남 안우생도 사회주의자였다. 해방 후 남북 제정당·사회단체 연석회의(1948.4.19.-5.4.)를 앞두고 김구 비서로 일하던 안우생은 김구의 평양 방문 의지를 김일성에게 전달하기 위해 그해 3월 8일 비밀리 입북, 김일성에게 김구의 의지를 전달하기도 했다(유영구·정창현, 2014: 267-276).

김일성이 남파한 공작원 성시백과 연결되어 있던 안우생은 1949년 김구 암살 사건 직후 홍콩을 통해 월북했다. 1986년 4월에는 북한 노동신문에 '민족 재단합의 위대한 경륜 - 남북연석회의와 김구 선생을 회고하면서' 라는 제목으로 1948년의 평양 정치협상을 회고하는 글을 쓰기도 했다. 1991년 2월 평양에서 사망한 안우생은 북한의 국립묘지인 애국열사릉에 안장됐다.

6·25 전쟁이 일어나 인민군이 서울을 점령했을 때, 이승엽 서울시 인민위원장 밑에서 부위원장을 맡아 반공세력 처형을 주도했던 한지성은 안공근의 사위였다.

# 3장

# COI의 한국인 동원
# 공작 추진과 좌절

# 개관

제2차 세계대전의 발발은 한국독립운동에도 큰 변화를 가져왔다. 임시정부는 중국 중경에서 광복군을 창설했다. 2차대전 참전국으로서의 국제적 지위를 확보하려는 노력이었다.

일제 토벌에 쫓겨 소련으로 넘어간 빨치산들은 소련군에 편입됐다. 소련군은 빨치산들의 일부를 정찰요원으로 발탁하고 88여단이라는 독립부대를 만들어 정찰교육과 유격훈련을 실시했다. 88여단은 1942년 8월부터 해방될 때까지 한번도 전투에 참가하지 못하고 해방을 맞았다. 김일성 역시 88여단에서 교육만 받다가 해방을 맞았다.

중국 중경에서 광복군이 창설되고 연해주 근처 소련 땅에서 88여단이 창설될 즈음 미국 워싱턴에서는 미국 최초의 국가정보기구인 정보조정관실(COI, Coordinator of Information)이 창설됐다. 영국 특수공작국의 비정규전 기법을 미국에 도입하려는 루스벨트 대통령의 결단에 의해 COI가 탄생됐다.

영국 특수공작국의 공작기법은 나치 독일이 점령한 유럽에서 저항활동을 전개 중이던 레지스탕스 운동을 지원하는 것이었다. 런던에 세워진 프랑스, 폴란드, 체코슬로바키아 등 유럽 국가의 망명정부와 협조해서 나치 독일에 대응해나갔다.

이러한 영국의 공작기법을 받아들인 COI는 극동 지역 공작을 준비하면서 해외에 망명 중인 한국인들에 주목하기 시작했다. 해외 망명 한국인들은 일본인들과 외모가 비슷하고 일본말을 구사할 수 있을 뿐 아니라 일본에 대한 적개심이 강했다.

그리고 한반도는 지리적으로 일본과 대륙을 연결하는 고리에 위치하고 있고 일본의 군수공장과 통신시설이 밀집되어 있었다. 따라서 이 연결고리에 타격을 가할 경우 일본군을 치명적인 상태에 빠뜨릴 수 있었다.

이러한 판단 아래 COI 창설자 도노반(William Joseph Donovan), 그리고 공작 담당 책임자 굿펠로우(Millard P. Goodfellow)는 해외에 망명 중인 한국인들과 협조하여 한반도 침투 공작을 전개하는 방안을 강구하기 시작했다.

# 미국 최초 국가정보기구 COI

미국 역사상 최초의 국가정보기구는 정보조정관실(COI, Coordinator of Information)이다. 1941년 7월 창설됐다. COI 창설을 주도한 인물은 도노반(William J. Donovan)이다.

COI는 1941년 12월 8일 일본의 진주만 공습으로 태평양전쟁이 일어나자 조직을 확대하고 명칭도 전략정보국(OSS, Office of Strategic Service)으로 바꿨다. OSS는 2차대전이 끝난 직후인 1945년 10월 1일 해체됐다. 도노반은 COI가 창설될 때부터 OSS로 개편되어 해체될 때까지 책임자를 맡았다.

도노반은 2차대전 발발 직후 루스벨트(Franklin Delano Roosevelt) 대통령에 의해 발탁된 인물이다. 루스벨트 대통령은 1939년 9월 독일의 폴란드 침공으로 2차대전이 일어나자 미국의 참전이 불가피하다고 보았다. 하지만 당시 미국 지식층에서는 전쟁 참여에 반대하는 고립주의가 강했다.

그에 따라 루스벨트는 고립주의 여론을 극복하기 위해서는 여야 정파를 초월한 민주당과 공화당 연립으로 구성되는 내각이 필요하다고 보고 이를 추진했다. 민주당 소속이었던 루스벨트는 공화당의 실력자들을 내각에 참여시키기로 결심하고 먼저 시카고 데일리 뉴스 발행인인 녹스(Frank Knox)를 1939년 12월 백악관으로 불러 해군성 장관을 맡아주도록 제안했다.

녹스는 1936년 공화당의 부통령 후보로도 출마한 인물이었다. 루스벨트의 파격적인 제안에 깜짝 놀란 녹스는 자기 혼자 민주당 정권에 참여할 경우 공화당으로부터 배신자로 몰릴 것을 우려, 루스벨트에게 도노반이 자기와 친밀한 친구라며 도노반을 전쟁성 장관에 임명해줄 경우 해군성 장관직을 수락하겠다는 뜻을 밝혔다.

녹스의 제안에 대해 루스벨트는 '도노반은 콜롬비아 로스쿨 동기로서 자기와도 친한 사이'라고 친분을 밝히면서도 국방 분야 요직에 공화당 인물을 두 사람이나 임용할 경우 여야 모두로부터 비판받을 수 있다며 도노반을 전쟁성 장관으로 앉히기는 어렵다는 반응을 보였다.

하지만 루스벨트는 6개월 후 녹스를 해군성 장관에, 그리고 또 다른 공화당 인물 스팀슨(Henry Stimson)을 전쟁성 장관에 임명했다.

전쟁성은 육군을 담당하는 정부부처였다. 2차대전이 끝나고 육군성으로 이름이 바뀌었다. 공군성은 2차대전이 끝나고 냉전 초기 새롭게 설립됐다.

녹스는 해군성 장관에 부임하자마자 도노반에게 차관으로 함께 해군성에서 일할 것을 제안했으나 도노반은 거절했다. 대신 도노반은 녹스로부터 해군성 장관을 대신하여 영국이 독일의 침공에 대응할 수 있는지 여부를 조사하는 사절로 영국을 방문해줄 것을 요청받고 이를 수락했다.

녹스를 대신해서 1940년 7월 런던을 방문한 도노반은 영국의 왕과 처칠 수상 면담 등 영국이 베풀 수 있는 최고의 환대를 받았다. 독일의 침공에 대응하기 위해 미국의 지원이 절실했던 영국으로서는 해군성 장관을 대신해서 영국을 방문한 도노반을 극진히 대접할 수밖에 없었다.

도노반은 영국에서 2주일 머무르다 귀국했다. 영국 방문을 계기로 도노반은 워싱턴에서 일하던 영국 정보기관 책임자 스티픈슨(William Stephenson)과 가까워졌다. 스티픈슨은 당시 영국의 처칠 수상으로부터 미 해군 예비함대가 보유하고 있던 구축함 50척을 영국에 지원해주도록 미국을 설득하라는 지침을 받고 있었다.

도노반은 스티픈슨의 로비에 적극 호응했다. 루스벨트 대통령과 녹스 장관에게 영국 방문결과를 보고하면서, 영국은 독일과 싸울 의지가 있으나 군수물자가 필요한데 특히 구축함이 필요하다고 강조했다. 영국의 입장을 적극 대변한 것이다.

1940년 12월 초 도노반은 녹스에게 스티픈슨과 함께 지중해 지역을 방문하고 싶다고 제안했다. 지중해 지역에서 전개되고 있던 영국의 해외 공작 현장을 살펴보고 싶었던 것이다. 녹스는 즉시 공식적으로는 해군성 장관을 대표해서, 비공식적으로는 대통령을 대리하는 특사로 지중해를 둘러보라고 허가했다.

도노반은 영국 정부로부터 여행비용을 지원받아 1940년 12월 8일부터 1941년 3월 8일까지 이집트, 그리스, 터키 등 지중해 지역을 광범위하게 돌아봤다(Maochun Yu, 1996: 2-4).

# 정보 공작은 국가방위를 위한
# 가장 중요한 수단

　영국 정부의 요청으로 런던을 방문해서 영국 정보기관들을 둘러보고 영국 정보기관의 주선으로 지중해의 정보 공작 현장까지 견학하고 돌아온 도노반은 녹스 장관에게 새로운 정보기구를 창설할 것을 제안한다.

　1941년 4월 26일 도노반은 녹스 장관에게 영국이 해외정보를 수집하는 방법에 관해 장문의 서한을 보냈다. 이 서한에서 도노반은 영국 정보계를 시찰하고 느낀 자기의 견해를 이렇게 적었다.

> 　정보 공작은 정파적 요구에 따라 수행되어서는 안 된다. 정보 공작은 국가방위를 위한 가장 중요한 수단 가운데 하나이다. 그러므로 대통령이 지명하는 사람에 의해 수행되어야 하고 대통령에게만 직접 책임을 지는 권한을 가져야 한다. 정보 공작을 위해서는 해외 조사에 필요한 독자적 자금이 필요하고 이 자금은 비밀리에 집행되어야 하며 오로지 대통령의 승인만 받도록 보장되어야 한다. 이러한 현안을 일괄적으로 해결하기 위해서는 조정관(coordinator)이 신설되어야 한다(Maochun Yu, 1996: 5-6).

　이러한 도노반의 제안에 대해 녹스가 적극 호응함에 따라 도노반은

5월 말까지 미국 최초 정보조직 창설을 제안하는 첫 공식 보고서를 작성했다. 이어서 6월 10일 대통령에게도 보고서를 보냈다. 일주일 후 녹스는 이 문제를 도노반이 대통령에게 직접 설명할 수 있도록 도노반을 데리고 백악관을 찾았다.

녹스와 도노반은 대통령 법률보좌관 코헨(Ben Cohen)이 배석한 자리에서 대통령에게 새로운 정보기구의 창설을 건의하고, 대통령이 이를 승인했다. 그리고 대통령은 그 자리에서 도노반을 새로운 정보기구의 책임자로 지명했다. 이렇게 해서 도노반은 모든 종류의 미국 국가정보를 조정하고, 대통령에게만 책임을 지는 자리인 조정관으로 임명됐다.

다음 날인 1941년 6월 18일 루스벨트는 도노반이 제출한 계획서의 표지에 "이 조직을 코헨 및 군부와 협의해서 비밀리 창설하라. 비상계획관실에는 알리지 마라"라는 메모를 써서 예산 집행관인 블랜포드(John B. Blandford Jr.)에게 주었다.

이 루스벨트의 지시문은 20세기 가장 중요한 글 중의 하나가 됐다. 왜냐하면 미국 초대 대통령 워싱턴 이래 미국 역사상 최초로 중앙집권적이며 특정 정부부처의 이해를 뛰어넘는 해외정보기구를 설립할 권한을 주었기 때문이다. 비정규전의 도입을 공식화하는 의미도 담고 있다.

그 가운데서도 가장 두드러진 의미는 루스벨트 대통령이 그러한 결정을 내린 방식에 있다. 루스벨트는 그 당시 활동하던 어떠한 정보 첩보기구와도 상의하지 않고 이러한 결정을 내렸다.

이런 과정을 거쳐 1941년 7월 11일 미국의 정보조정관실이 창설됐다.

# COI의 한반도 공작 담당관
# 에슨 게일과 굿펠로우

도노반 주도로 새로운 해외정보기구가 창설된다는 소식이 워싱턴에 알려지기 시작하자 워싱턴의 정계, 정보공동체가 술렁이기 시작했다. 루스벨트의 정적들은 COI가 소련의 게페우나 나치 독일의 게쉬타포가 될 거라고 비난했다. 전쟁성 정보참모부(G-2)의 책임자 마일즈(Sherman Miles) 준장은 COI가 모든 군사정보를 통제하는 기관이 될 것이라며 반발했다.

이러한 저항에 부딪쳐 도노반은 COI 창설 초기 관계기관과 원만한 협조관계를 구축하고 새로운 인력을 충원하는 데 많은 어려움을 겪었다. 그에 따라 도노반은 정보생산 절차에서 가장 중요한 부분인 분석 및 평가 부분에 참신하고 유능한 두뇌들을 충원하기로 결심하고 학계, 법조계, 경영계의 엘리트들을 영입했다.

그 결과 연구분석(Research & Analysis) 파트가 미국 정보기관 가운데 COI의 가장 경쟁력 있는 부문이 됐다. 윌리엄대학 총장 백스터(James P. Baxter), 하버드대학 역사학과의 랭거(William L. Langer), 맥케이(Don McKay), 페어뱅크(John K. Fairbank) 교수 등을 창설요원으로 선발했다.

백스터는 곧 개인 사정으로 사임하고 랭거가 그 뒤를 이어받아 전쟁

기간 내내 연구분석 파트를 지휘했다. 랭거는 연구분석 파트를 영국, 서유럽, 중앙유럽, 러시아와 발칸, 근동 지역, 지중해와 아프리카, 극동, 라틴아메리카 등 8개 지역별로 조직했다.

연구분석 파트의 극동 지역 책임자로는 미시간대 정치학과장인 헤이든(Joseph R. Hayden)이 임용됐다. 헤이든은 곧 분석차장으로 승진하고 후임에 헤이든과 같은 미시간대 교수 출신으로 중국 전문가인 레머(Charles Remer)가 부임해왔다. 일본 전문가인 포모나대학의 파스(Charles B. Fahs) 교수도 임용됐다.

이렇게 학계 출신들이 속속 임용되는 과정에서 한국임시정부와 인연을 맺게 되는 에슨 게일(Esson M. Gale) 교수가 영입됐다. 그 당시 에슨 게일은 캘리포니아대학에 근무하고 있었다.

연구분석 파트의 조직이 끝나자 도노반은 특수공작(special operation) 파트의 조직에 착수했다. 그러나 특수공작 파트 조직 문제는 육군 수뇌부의 강한 반발에 부딪쳤다. 육군참모총장 마샬(George Marshall)과 정보참모부장 마일즈는 도노반에 적개심까지 보이기 시작했다.

COI 창설이 논의되기 시작할 때 육군 수뇌부는 COI를 군사조직의 하나로 편입시킬 작정이었다. 그러나 도노반은 COI는 군사정보 이외의 추가적인 기능을 수행해야 한다는 입장을 고수하여 군사조직으로 편입되는 것을 막았다.

마일즈는 COI와의 업무협의를 위해 1941년 8월 굿펠로우(Millard P. Goodfellow) 대령을 연락관으로 COI에 파견했다. 굿펠로우는 COI가 창설되기 이전에 정보참모부에서 특수공작 훈련 계획을 수립해서 장교들을 훈련시키고 있었다. 이러한 굿펠로우의 경험이 COI 특수공작 파트를 신편하는 데 많은 도움을 주었다.

굿펠로우는 도노반이 기대한 것 이상으로 많은 정보장교들을 COI에 편입했다. 솔보르그(Robert A. Solborg)와 클리어(Warren J. Clear)가 이때 파견된 장교들이다. 도노반은 솔보르그를 영국에 보내 영국의 특수공작 기법을 배워오도록 조치했다.

육군 정보참모부의 연락관으로 일하던 굿펠로우는 태평양전쟁이 일어나자 COI 특수공작국장으로 전속되었다가 1942년 6월 COI가 OSS로 개편된 직후인 1942년 8월 OSS 부국장에 임명됐다. 도노반 국장 바로 밑의 부책임자로 승진한 것이다.

도노반은 2차대전이 끝나가던 시점인 1945년 5월 전쟁성에 굿펠로우를 준장으로 승진시켜줄 것을 상신하면서 굿펠로우의 실적을 자세히 적었다.

그 진급상신서에 보면 굿펠로우는 1942년 6월 도노반과 함께 영국으로 가서 영국 특수공작국과 함께 해외공작을 양국이 분장하는 협상의 실무를 맡았다. 도노반은 이 협상이 성공적으로 완수된 것을 굿펠로우의 공으로 돌렸다.

또한, 도노반은 굿펠로우가 부국장에 임명되기 이전 특수공작국장으로서 미국에 처음 도입된 특수공작의 요원들을 훈련시키고 해외에 파견하는 데 큰 업적을 남겼다고 소개했다(국사편찬위, 1996: 25-27).

이처럼 COI가 창설되면서 연구분석국에 임용된 에슨 게일과 특수공작국에 편입된 굿펠로우는 그 후 한국인들을 일제에 대항하는 공작원으로 양성하는 데 핵심적 역할을 맡게 된다.

# 도노반-맥아더의 충돌과
# 한국임시정부


맥아더(Douglas MacArthur)는 태평양전쟁 시기 태평양 지역 전투를 담당하는 태평양 전구 미군사령부의 사령관이었다. 그리고 그는 전쟁 기간 내내 도노반의 요원들이 태평양 전구에서 활동하는 것을 저지했다.

하나의 전투구역 내에서는 하나의 정보조직만 활동해야 한다는 것이 맥아더의 명분이었다. 하지만 그 배경에는 맥아더의 개인적 감정이 숨겨져 있었다.

맥아더가 도노반 요원에 반감을 갖게 된 배경을 보면, 도노반은 1942년 8월 26일 영국 특수공작국 함브로 국장과 해외공작 분담협정을 맺으면서 중국, 만주, 한국 등 동아시아를 OSS가 맡기로 합의했다. 이러한 합의에 따라 동아시아 지역 첫 공작으로 굿펠로우가 데려온 클리어란 인물을 활용했다.

클리어는 굿펠로우가 1941년 8월 COI 연락관으로 임명받기 이전 육군 정보참모부에서 특수공작 요원으로 훈련시켜 아시아 지역에 파견한 인물이었다. 굿펠로우는 COI 연락관으로 부임하면서 클리어 공작을 도노반에게 넘겼다.

이렇게 해서 클리어 공작은 도노반이 극동 지역에서 전개한 최초의 정보수집 공작이 됐다. 클리어의 임무는 극동 지역에서 COI의 정보수집 체계를 구축하는 데 필요한 여건들을 발굴하는 것이었다.

클리어는 1941년 7월 미국을 떠나 싱가폴 소재 영국 기관에서 두 달을 보냈다. 그 후 클리어는 태국, 프랑스령 인도차이나 등을 방문했다. 그 지역들은 필리핀에 주둔하고 있던 맥아더 사령부의 관할이었고, 시기적으로는 일본의 진주만 기습(1941.12.8.) 직전이었다. 결과적으로 클리어는 진주만 기습 직전 태평양 지역 미군의 전투 준비 상황을 현장에서 지켜본 요원이 됐다.

클리어는 미국이 진주만을 기습당한 것은 공군과 육군의 합동작전을 적절히 구사하지 못한 맥아더 때문이라고 보았다. 공군과 육군을 유기적으로 결합하는 작전에 실패함으로써 진주만 기습을 당했다고 보았다.

이러한 맥아더의 작전상 실패는 클리어에 의해 기록되어 워싱턴에 보고됐다. 또한, 클리어는 일본이 공군과 육군을 결합시키는 작전에서 미국보다 앞서 있다고 보고했다. 맥아더의 작전상 실패를 정면으로 비판하는 내용들이었다.

맥아더는 클리어가 자신의 관할 지역에서 정보수집 활동을 벌이고 워싱턴에 직접 무전으로 전송하고 있는 사실을 알고, 극도로 불쾌한 심경을 보이며 클리어를 관할 지역 밖으로 추방하라는 명령을 내렸다.

클리어는 이러한 맥아더의 명령을 사전 인지하고 1942년 2월 잠수함을 이용해서 맥아더 관할 지역을 탈출했다. 4월 중순 워싱턴에 도착한 클리어는 맥아더를 비판하는 종합 보고서를 작성해서 도노반에게 보고했다.

보고를 받은 도노반은 맥아더의 옹졸함과 COI 요원에 대한 적개심에 불쾌한 반응을 보이며 맥아더의 무능을 입증하기 위해 클리어의 보고서를 백악관으로 보냈다(Maochun Yu, 1996: 13).

이처럼 클리어 보고서는 맥아더가 COI에 대해 부정적 시각을 갖게 되는 결정적 계기가 됐다. 그 후 맥아더는 자신의 관할 지역에 도노반의 정보요원이 들어오는 것을 철저히 막았다.

그 결과 도노반은 태평양 지역이 아닌 중국으로 관심을 돌릴 수밖에 없었다. 중국-버마-인도 전구는 맥아더가 관할하는 태평양 전구 이외의 전구였기 때문에 극동 지역 공작의 교두보로 활용할 수 있었다.

이와 같은 도노반과 맥아더의 충돌은 한반도의 운명에도 큰 영향을 미쳤다. 결과적으로 도노반이 중국 중경의 한국임시정부에 관심을 갖도록 촉진시켰기 때문이다. 한국임시정부의 정보 공작적 가치에 도노반의 조직이 관심을 갖기 시작한 것이다.

# 망명 한국인은
# 항일 공작의 소중한 자산

도노반이 COI를 창설하면서 영국 SOE로부터 도입한 공작기법은 해외에 망명해 있는 임시정부들의 저항활동을 지원하는 방식이었다. 해외 망명 인물들을 대리인으로 내세워 레지스탕스 활동을 지원하는 것이었다. SOE는 런던에 망명해 있던 프랑스, 폴란드, 체코슬로바키아 등 망명정부의 유럽 지역 저항활동을 지원하고 있었다.

도노반이 생각하기에 중국 중경에 머무르고 있던 한국임시정부는 영국식 공작을 전개하기에 안성맞춤이었다. 더욱이 맥아더가 태평양 전구로의 진출을 억제하고 있어 도노반으로서는 한국임시정부와의 연결이 더욱 절실해졌다.

당시 도노반이 어떠한 생각을 하고 있었는지는 1942년 1월 24일 대통령에 보고한 그의 보고서에 잘 나타나 있다. 도노반은 이 보고서에서 "일본과 대치하고 있는 중요한 지점들에 한국인들이 분포되어 있어 이들을 항일 정보활동과 사보타지 요원으로 고용할 수 있는 길이 열려 있다"라고 전제하고, "이 일은 다른 민족, 특히 백인이나 중국인들은 일본인들에게 쉽게 노출되기 때문에 할 수 없다"라며 정보 공작적 자산으로서 한국인들의 가치에 대해 설명하고 있다(국가보훈처, 2001: 28-29).

이러한 판단 아래 도노반은 태평양전쟁 발발 직후 한국임시정부와 협조할 수 있는 다양한 방법들을 추진했다.

먼저, 에슨 게일(Esson M. Gale)에게 한국임시정부의 요인들과 접촉해서 합동 공작 가능성을 타진해보라는 임무를 부여했다. 에슨 게일은 중국에서 25년간 거주한 중국 전문가였으며 한국과도 인연이 깊었다. 그의 삼촌 제임스 게일(James S. Gale)은 1882년 한미조약이 체결된 후 최초로 한국에 왔던 미국인 가운데 한 사람이었다.

제임스 게일은 1888년 조선에 입국한 후 성서공회와 연동교회, 황성 YMCA 등에서 활동했고, 한성감옥에 투옥 중이던 이승만을 도와주고 이승만이 출옥하여 미국으로 건너갈 때 추천장을 써준 인연도 있었다.

이런 연고로 에슨 게일은 1909년 이후 한국을 여러 차례 방문했다. 그의 아내 애니 헤론(Annie Heron)도 서울에서 태어났다. 그녀의 부친은 서울에서 의료선교 활동을 하고 있던 헤론(J. H. Heron)이었다.

에슨 게일은 1942년 2월 8일 뉴욕을 떠나 3월 8일 중경에 도착했다. 에슨 게일을 중국으로 파견한 데 이어 도노반은 한국인들을 공작원으로 활용하는 공작 계획을 수립했다. 공작 전문가인 미국 보병학교의 데파스(Morris B. DePass) 중령을 COI 요원으로 영입해서 특수공작에 투입될 한국인들을 훈련시키는 계획을 수립하도록 지시했다.

데파스는 1942년 1월 27일 올리비아 계획(Scheme "OLIVIA")이라고 이름 붙여진 공작 계획을 수립했다. 중국 중경에 훈련기지를 설치해서 한반도, 북만주, 태국 등 아시아 8개 지역에 투입할 공작원들을 훈련시킨다는 것이 이 계획의 골자였다. 공작원들을 훈련시킬 요원들을 캐나다 토론토 근처에 있던 영국 특수공작국 훈련소에서 양성하는 방안도 담고 있었다(국가보훈처, 2001: 32-36).

데파스의 계획에 따라 1942년 3월 COI 1기생이 모집됐다. 36세의 재미교포 장석윤도 이승만의 추천으로 1기생에 입학했다. 1기생은 21명이었는데 대부분 미군이었고 중국계 3명, 핀란드계 1명이 포함되어 있었다. 미군 가운데는 훗날 주한 미8군 부사령관을 지낸 피어스(William Ray Peers)도 있었다.

1기생은 2주 동안 첩보수집 기법, 비밀 기록 방법, 생존술, 암호술, 폭파법 등을 교육받았다. 4월말 교육을 마친 교육생들은 5월말 출발하라는 명령을 받았다. COI는 1기 교육생들을 중심으로 101 파견대(Special Unit Detachment 101)라는 부대를 1942년 4월 14일 조직했다. 부대인원은 총 25명이었다(Peers, 임덕규, 1972: 56-63). 101 파견대의 임무는 중국 중경에 가서 한국인들을 모집하여 공작원 훈련을 시킨 다음 그들을 인솔하여 한국에 침투, 레지스탕스 활동을 전개하는 것이었다.

101 파견대는 1942년 7월 8일 인도 뉴델리에 도착했다. 101 파견대장 아이플러(Carl F. Eifler)는 요원들을 인도에 남겨둔 채 홀로 중국 중경으로 들어가 김구, 조소앙, 엄항섭 등 임시정부 요인들을 만나 공작 여건을 타진했다.

아이플러는 임시정부 요인들을 만난 후 1942년 8월 31일 도노반에게 보낸 보고서에서 한국으로 침투하는 라인을 개척하는 데 8천 달러의 비용이 소요되고 공작원 훈련 등 침투 준비에 4개월이 걸릴 것이라고 보고했다(국가보훈처, 2001: 50).

아이플러는 스틸웰(Joseph Stilwell) 중국-미얀마-인도 전구 사령관의 요청으로 101 파견대장에 임명된 인물이다. 도노반은 처음 올리비아 계획을 수립한 데파스를 중국에 보내려 했다. 하지만 스틸웰이 자기와 친분이 있는 아이플러를 요청함에 따라 아이플러를 파견대장으로 보냈다.

미국 LA에서 경찰관으로 일하던 아이플러는 스틸웰에 의해서 육군 장교로 발탁된 인물이다. 아이플러가 LA 지역 일본인들의 동향을 자세히 파악해서 보고하는 것을 눈여겨본 스틸웰은 아이플러를 육군 중대장으로 임용했다.

# 태평양전쟁 초기
# 한미 합동 공작 실패 요인

태평양전쟁 초기 에슨 게일과 아이플러를 중국 중경에 보내 한국임시정부와 항일 합동 공작을 전개하려던 도노반의 계획은 여러 가지 요인으로 좌절됐다.

가장 큰 실패 요인은 COI가 한국임시정부에 대해 정확한 정보를 가지고 있지 못했다는 점이다. 도노반은 1942년 1월 24일의 대통령 보고에서 한국임시정부의 인원이 3만 5천 명이고, 그 가운데 군인이 9,250명이라고 밝혔다. 에슨 게일로부터 보고받은 내용을 그대로 대통령에게 보고한 것이다.

그러나 이것은 오보였다. 당시 중경에는 군인으로 충원할 수 있는 인력이 50여 명도 되지 않았다. 1940년 9월 중경에서 광복군이 창설될 당시 병력이 부족해서 중경에서 동원 가능한 30여 명으로 광복군 총사령부를 구성할 수밖에 없었다.

도노반의 대통령 보고는 중경의 한국임시정부 현실과 큰 차이가 있었던 것이다. 김구 주석도 당시 중경에 설치한 광복군 제1지대의 대원이 50명 미만이어서 연합군의 인기를 끌 만한 아무것도 없었다고 백범일지에 기록하고 있다(김구, 도진순, 2003: 394).

태평양전쟁 초기 COI 계획이 불발된 데는 에슨 게일의 미숙한 정보 활동도 크게 작용했다. 게일은 '미국 정보처 요원'이라는 명함을 주변에 나눠주고 외신 기자들과 공개적으로 접촉했다. 1942년 4월 10일 열린 임정 수립 23주년 기념식에도 참석하여 연설했다.

이러한 게일의 행보에 대해 주중 미국대사 고스(Clarence Gauss)가 크게 반발하고 중국국민당 정보기관도 불만을 보였다. 급기야 중국공산당과 가까웠던 안나 루이스 스트롱(Anna Louise Strong) 기자가 'COI라는 미국 정보기관의 극동지역 대표 자격으로 게일이라는 사람이 중경에 왔다' 라고 보도했다.

비밀요원의 신분이 언론에 노출된 데 격분한 도노반은 게일에게 신분이 드러난 경위를 해명하라고 질책했으나 게일은 적절한 답변을 내놓지 못했다. 신분 노출로 중경에서의 활동이 어려워진 게일은 1942년 8월 임무를 포기하고 미국으로 돌아갔다.

# 백범이 아이플러의 합동 공작 제의를
# 수용하지 못한 이유

1939년 9월 나치 독일의 폴란드 침공으로 제2차 세계대전이 일어나자 중국 중경의 한국임시정부는 새로운 독립운동 노선을 모색하게 된다. 군대를 창설해서 연합군에 가담하여 일제를 붕괴시키는 데 참여함으로써 교전국으로서의 국제적 지위를 얻으려는 전략이었다.

이러한 대전략에 따라 1940년 9월 17일 중경에서 광복군이 창설됐다. 그 당시 중경에는 광복군 총사령부를 구성하기도 어려울 만큼 한국인이 부족했다.

그러나 특무 공작에는 경쟁력이 있었다. 이봉창 의거와 윤봉길 의거를 통해서 중국국민당으로부터 특무 공작의 실력을 인정받고 있었다.

그에 따라 백범 김구 주석은 광복군을 창설하면서 국민당의 재정적 원조를 지원받기 위해 광복군 창설 계획을 수립할 때 광복군 내부에 특무대를 설치하는 계획을 담았다.

백범이 1940년 5월 국민당 조직부에 제출한 「한국 광복군 편련계획 대강」을 보면 한국 광복군 총사령부에 특무부를 부설하고 특무부 직할로 특무대를 둔다고 규정하고 있다.

선전, 정찰, 파괴 등 항일 특무 공작을 위해 중국 특무기관과 수시로 연락하고, 자료를 교환하며 특무망을 설치하겠다는 방침을 밝히고 있다. 중국국민당의 재정원조에 의존하고 있던 임시정부로서는 그 당시 국민당의 정보기관과 긴밀히 연결되는 것이 절실한 과제였다. 그러한 시대적 인식하에 임시정부는 중국 특무기관과 긴밀히 연결되었다.

그리고 중국국민당은 광복군이 창설된 후 1년여가 지난 1941년 11월 임시정부 측에 '한국 광복군 행동 9개 준승'을 일방적으로 통고해왔다. 광복군이 지켜야 할 9개의 준칙을 말한다. 그 내용은 한국 광복군의 자주성을 인정하지 않는 내용이었다. 한국 광복군이 중국군 참모총장의 명령과 지휘를 받아야 하며, 임시정부는 단지 명의상으로만 통수권을 갖는다고 규정하는 등 광복군을 완전히 중국군에 예속시키는 내용이었다. 그에 따라 광복군은 자주적인 작전을 수행하지 못했다.

이러한 난관을 극복하기 위해 임시정부와 광복군은 많은 노력을 기울였다. 그러한 노력의 결과, 중국 측은 1944년 8월 행동 9개 준승을 취소한다고 통보해왔다. 광복군이 이제 임시정부의 국군으로서 독립성과 자주권을 회복한 것이다.

미국 전략정보국이 중국 중경의 한국임시정부와 합동으로 항일 공작을 전개하기 위해 101 파견대를 1942년 4월 창설해서 중국으로 보낸 때는 1942년 5월이었다.

이 시기는 중경의 광복군이 중국국민당 군대에 완전히 예속되어 있던 시기이다. 그러한 여건에 놓여 있던 광복군은 중국국민당 정보기관의 허가 없이는 미국 전략정보국과 합동으로 항일 공작을 전개할 수 없었다.

그리고 국민당의 정보기관은 미국과 영국의 정보기관이 중국에 진출해서 비밀공작을 전개하는 것을 적극 견제하고 있었다. 19세기 말 열강의 중국 침략처럼 영국과 미국이 정보기관을 내세워 중국을 장악해나갈 것을 우려하고 있었다. 특히, 영국과 미국의 정보기관이 모택동이 이끄는 중국공산당과도 협력하고 있는 데 대해 강한 불만을 가지고 있었다.

이러한 시기 미국 전략정보국의 101 파견대는 1942년 7월 8일 인도 뉴델리에 도착했다. 그리고 파견대장 아이플러는 중국 중경으로 들어가 김구 주석을 비롯하여 조소앙, 엄항섭 등 임정 요인들을 만나 합동 공작 가능성을 타진했다.

하지만 중국국민당에 예속된 상태에 있던 임시정부로서는 아이플러의 제안을 받아들일 수 없었다. 그에 따라 김구 주석은 아이플러에게 "지금의 정치적 여건을 감안해서 천천히 완전한 협력을 만들어나가자" 라며 완곡하게 거절 의사를 밝혔다(국가보훈처, 2001: 50).

이처럼 아이플러 역시 한국임시정부와의 협력이 어려워지자 미얀마 밀림 지역으로 활동 거점을 옮겼다. 이때 101 파견대에 대한 지휘권은 중국-미얀마-인도 전구 미군사령관이었던 스틸웰에게 넘어갔다.

도노반은 한국임시정부와의 협력이 무산되자 101 파견대에 대한 지휘권을 스틸웰에게 넘긴 것이다.

101 파견대는 스틸웰의 지휘 아래 미얀마에서 심리전, 정보전을 전개하다가 아이플러는 1944년 6월, 장석윤은 1944년 7월 워싱턴으로 돌아갔다.

# 미 전쟁성 G-2의
# 진주만 기습 예측 실패

도노반이 COI를 만들어 대학교수들을 정보분석요원으로 영입하고, 한국임시정부와의 합동 공작을 의욕적으로 추진하고 있을 때 미국 전쟁성 정보참모부(G-2)에는 딘 러스크(David Dean Rusk)라는 인물이 편입됐다.

그는 한반도의 38선을 긋고 6·25 전쟁 중에는 국무부 한국 담당 간부로 전쟁 전략을 주도적으로 처리하는 등 한반도 운명에 큰 영향을 미친 인물이다.

1931년 미국 데이비드슨 칼리지를 졸업하고 로즈 장학금을 받아 영국 옥스퍼드대학에서 1934년 국제관계 석사학위를 받은 그는 캘리포니아대 교수로 일하다 2차대전이 일어나자 1940년 12월 미 보병 제3사단에 대위로 징용됐다.

일본의 진주만 기습(1941.12.8.)이 일어나기 두 달쯤 전에는 다시 전쟁성 정보참모부로 차출됐다. 육군참모총장 조지 마샬(George Catlett Marshall)의 직속 조직이었다.

러스크는 G-2에서 영국이 점령하고 있는 아시아와 태평양 지역의 정보를 수집하는 조직을 새롭게 조직해서 그 임무를 맡았다. 미얀마, 말레이시아, 호주, 뉴질랜드 등이 그의 관할이었다.

러스크는 진주만 기습이 일어났을 때 미국 전쟁성 G-2의 실상을 가장 정확히 살펴볼 수 있는 위치에 있었다. 러스크가 관장하던 영국령 아시아태평양과와 일본을 담당하던 일본과의 사무실은 이웃해 있었다. 그에 따라 일본과의 움직임을 자세히 지켜볼 수 있었다.

러스크의 증언에 따르면 그 당시 G-2의 아시아태평양과와 일본과는 일본이 그해 12월 5일부터 7일 사이 남서 태평양의 어느 지역을 공격해 올 것으로 예상하고 있었다. 하와이 진주만처럼 멀리 떨어진 곳을 공격하리라고는 전혀 예측하지 못했다.

훗날 밝혀진 바에 의하면 그 당시 일본 함대는 무선통신을 끄고 하와이를 향해 항진하고 있었기 때문에 전쟁성 G-2와 해군성 정보망은 일본 함대의 행적을 놓치고 말았다. 진주만 기습이 일어나던 그날 러스크는 일본의 공격 징후를 파악하기 위해 새벽 여섯 시에 사무실로 출근하여 대기했으나 진주만이 공습당했다는 뉴스가 흘러나올 때까지 공격 징후를 모르고 있었다고 한다.

러스크는 진주만 기습 직후 G-2의 책임자들이 기습을 예측하지 못한 책임을 모면하기 위해 관련 보고서들을 모두 수거하여 파기했다는 증언을 남겼다.

관련 보고서들이 파기되기 직전 러스크는 일본과에서 작성한 일본군의 공격목표 예상 지점을 나열한 목록을 보았는데, 거기에 진주만은 들어 있지 않았다고 한다(다니엘 S. 팹, 1991: 37).

전쟁성 G-2에서 일하던 러스크는 1943년 6월 스틸웰이 지휘하는 중국-미얀마-인도 전구 사령부의 작전 참모로 전출되어 인도 뉴델리에서 1945년 6월까지 근무했다. 스틸웰 휘하에서 러스크는 OSS 101 파견대와도 긴밀히 협력하고 있었다.

　그에 따르면 당시 OSS는 베트남 공산주의자인 호지명에게 무기를 제공하고 호지명의 항일 첩보활동도 지원하고 있었다. 일본과 싸운다는 공동의 목표에 부합했기 때문에 OSS가 호지명을 지원했던 것으로 러스크는 보았다(다니엘 S. 팹, 1991: 276).

# OSS 출신 대한관찰부장
# 장석윤의 미얀마 전선 체험

1948년 8월 15일 대한민국 정부가 수립된 후 처음 설립된 국가정보기구는 대한관찰부이다. 불과 5개월여(1948.10.-1949.2.) 존재하다 사라진 기구였기 때문에 잘 알려져 있지 않다.

대한관찰부장에는 민정식이라는 인물이 잠시 앉았다가 곧 장석윤이 부임했다. 장석윤은 1904년 강원도 횡성군에서 태어나 서울 경기고를 졸업하고 1923년 미국 뉴욕으로 건너갔다. 1924년 뉴욕 감리교회 3·1절 기념식에서 처음 이승만을 만나 이승만의 신임을 받았다. 1936년 밴더빌트대 지질학과를 졸업하고 1941년 7월 COI가 창설되자 1942년 3월 이승만의 추천으로 COI 1기생으로 임용됐다. 정부가 수립될 때 이승만은 장석윤의 COI 경력을 고려해서 대한관찰부의 수장으로 임명했다.

다시 COI 창설 직후로 돌아가면, 장석윤이 소속된 COI 101 파견대가 1942년 5월 미국을 떠나 그해 7월 인도 뉴델리에 도착하는 사이 COI의 명칭은 OSS로 바뀌었다. 그에 따라 자연히 COI 101 파견대도 OSS 101 파견대가 됐다.

101 파견대는 미얀마 지역 게릴라전을 전개하기 위해 인도 동북부 미얀마 접경 지역인 아삼 주에 근거지를 마련했다. '나가' 산맥에 가까운,

영국인이 운영하는 농장이었다. 게릴라들을 양성해서 미얀마 북부로 침투시키기 좋은 지역이었다. 당시 미얀마 중부 및 남부 지역의 게릴라 활동은 영국군이 담당하고 있었다.

공작 거점이 확보되자 파견대는 비밀활동을 은폐하기 위한 위장 간판을 내걸었다. 간판의 이름은 야전실험단(Field Experimental Group)이었다.

영국인 농장주의 도움으로 공작 거점을 차린 101 파견대는 미얀마 내부에서의 공작을 전개할 인력으로 카친족(Kachins)을 선택했다. 카친족은 미얀마 북부를 중심으로 중국 운남성 남서부, 인도 북 아삼에 걸쳐 살고 있던 15만 정도의 소수민족이었다.

카친족은 미얀마 북부 산악지형의 게릴라 활동에 적합한 조건을 지니고 있었다. 미얀마를 점령한 일본군에 대한 불만이 강한데다가 산족(山族)으로서 밀림 속의 험악한 길을 헤쳐나가고 험준한 산맥을 타고 넘는 것이 몸에 배어 있었다.

101 파견대는 1차적으로 카친족 추장의 아들 4명을 선발해서 게릴라 부대의 선봉으로 삼아 요원들을 확보해나갔다. 요원들을 확보하는 수단으로는 일본군 지폐, 영국의 은화, 아편 등이 동원됐다. 그러나 일본군 지폐나 영국의 은화는 그것을 사용해서 구입할 물건이나 쓸 수 있는 가게가 없어 효용이 떨어졌다.

그에 비해 아편에 대한 수요가 많았다. 당시 북부 미얀마에는 질병을 치료할 의료시설이 없어 환자나 노인들은 아편에 의지해 고통을 해결하고 있었다. 그에 따라 아편에 대한 수요가 많았다.

101 파견대로서는 마약으로서의 아편에 대한 거부감보다는 게릴라 공작을 성사시키기 위한 수단으로서 아편을 사용할 수밖에 없었다. 그러

한 현지 사정에 따라 파견대는 정보수집이나 포위망 탈출 등 위급 상황에서는 아편을 지원했다(Peers, 임덕규, 1972: 113).

추장 아들 4명으로 시작된 카친족 게릴라 부대는 전쟁 말기에 이르러 그 수가 최대 1만여 명으로 늘어났다.

카친족 게릴라 부대의 가장 중요한 임무는 첩보수집이었다. 일본군의 동향을 수집해서 보고하는 것이었다. 처음에는 첩보수집과 보고 방법이 미숙해서 허위보고나 과장보고가 많았다.

그에 따라 파견대는 미얀마 내부 깊숙이 침투해서 첩보원을 물색한 다음 아삼의 공작 기지로 데려와 첩보수집 및 보고 요령 등을 3~5개월 훈련시킨 후 낙하산 혹은 도보로 투입하는 방식을 반복했다. 적진에 침투한 첩보원이 다시 첩보원을 물색해서 데려오고 새로 편입된 첩보원을 교육시킨 후 투입하는 사이클이 반복됐다.

게릴라 부대는 첩보수집 이외에도 허위정보를 일본군에 유포시켜 일본군을 교란시키는 공작도 전개했다. 일본군들을 기만하는 허위 공문서를 만들어 적진에 살포했다.

101부대가 수집한 첩보는 미군의 북부전투지구사령부(NCAC)와 제10비행단에서 적진 공습 등에 유용하게 사용됐다. NCAC 정보참모부(G-2)는 자신들이 사용한 유용 정보의 85~95%는 101부대로부터 지원받았다고 평가했다. 또한, 제10비행단은 출격 목표물의 85% 정도를 101부대 첩보에 의존한 것으로 집계됐다.

제10비행단의 출격이 끝나면 101부대 첩보원들이 출격 결과를 정찰해서 다시 제10비행단에 알려주고, 제10비행단은 정찰 보고서를 바탕으로 재출격 여부를 결정하는 방식으로 공습이 전개됐다(Peers, 임덕규,

1972: 316-317).

카친 게릴라들은 적진에 떨어진 미 공군 조종사와 승무원들을 구출하는 작전도 전개했다. NCAC 통계에 따르면 전쟁 중 101부대가 구출한 조종사와 승무원은 총 232명이었다. 당시 비행단 승무원들은 미얀마 북부의 울창한 밀림과 산악에 추락하는 것을 두려워하고 있었는데 101부대의 성공적인 작전은 이들 승무원들에게 많은 위안을 주었다.

OSS 101부대는 3년여간 임무를 수행하다가 1945년 7월 12일 해체됐다. 미얀마가 연합군에 의해 평정된 시점이었다. 2차대전이 끝나고 미얀마가 독립한 후 101부대에서 활동했던 카친족 게릴라들은 미얀마 육군으로 편입됐다.

4장 /

# 이승만과 OSS의
# FE-6 프로젝트

# 개관

한국 광복군은 미국 COI보다 앞선 1940년 9월 창설됐다. 그로부터 1년여 지난 1941년 7월 미국 COI가 설립됐다. 광복군은 미 COI가 창설되기 이전 중국군의 지원을 받아 창설됨으로써 자주적 운신이 어려웠다.

미국의 무기대여법(Lend-Lease Act)도 광복군 창설 이후인 1941년 3월 제정됐다. 이 법에 따라 연합국인 영국과 소련은 미국으로부터 많은 군수품을 지원받았으나 광복군은 받을 수 없었다.

이처럼 광복군이 중국군에 종속되어 미 OSS와의 합동 공작이 어려워지자 미국 워싱턴에 체류 중이던 이승만은 OSS 측에 새로운 대안을 내놓게 된다. 즉, 중국이 아닌 미국 본토와 하와이에 사는 한국인들을 훈련시켜 항일 공작에 참여시키자는 제안이었다.

이승만은 1942년 10월 10일 자신의 구상을 담은 서한을 OSS 부국장 굿펠로우에게 보냈다. 이승만은 굿펠로우가 전쟁성 정보참모부에 근무할 때부터 교류하기 시작한 것으로 알려져 있다.

굿펠로우에게 보낸 서한에서 이승만은 한국임시정부의 군사 자원을 미군당국의 지휘 아래 두려는 것은 한국임시정부의 오랜 소망이었다고 밝혔다. 그러면서 이승만은 미국 본토와 하와이에 거주하는 한국인들을 극동 지역의 미군사령부와 중국 중경의 광복군을 연결하는 연락 요원으로 훈련시키자고 제안했다(국가보훈처, 2005: 519).

이승만은 이러한 아이디어를 태국 수상과의 대화 중에 얻게 되었다고 밝혔다. 그 당시 굿펠로우는 일본군에 대항하는 자유 태국군을 양성하는 공작을 성공적으로 전개하고 있었다.

또한, 이승만은 굿펠로우가 게릴라전에 대비하기 위해서 50명의 한국인들을 확보한 것으로 알고 있는데, 50명에 추가해서 500명까지도 추가 고용할 수 있을 것이라는 자신의 의견을 밝혔다.

그리고 이승만은 이러한 계획이 승인을 얻게 되면 자신이 직접 미국 관계자와 함께 인도 캘커타로 가서 중국 중경의 이청천 한국 광복군총사령부 사령관과 김구 임시정부 주석을 캘커타로 불러내어 협의를 진척시키겠다고 제안했다.

캘커타에서 한국임시정부 대표들과 만나는 가장 큰 목적은 중국-버마-인도 전구 미군사령관인 스틸웰에게 한국임시정부와 광복군에 관한 자세한 자료를 제공하려는 것이라고 밝혔다.

OSS에서는 이승만의 제안을 받아들여 공작명 'FE-6 프로젝트'를 추진하게 된다. 이 공작 계획은 미국 본토에 거주하는 한국인을 항일 공작에 동원하는 사상 최초의 공작이었다.

1942년 11월 17일 OSS 극동 담당국장 레머(Charles Remer)는 이 공작을 승인했다. 레머는 이승만으로부터 한국인 24명을 추천받아 OSS 특별공작국으로 보냈다.

특별공작국 담당관 데블린(Francis T. Devlin) 대위는 이 가운데 12명을 다시 엄선했다. 이 12명을 대상으로 특별공작 훈련을 시켜 중국 중경으로 보내 한반도 침투 공작을 전개하는 것이 FE-6 공작의 목표였다.

# 공작명 FE-6 프로젝트 진행 경과

이승만이 OSS에 제안해서 성사된 FE-6 프로젝트의 담당관은 데블린 대위였다. 데블린은 훈련 진행 상황을 주간 단위로 상관인 포터(Warwick Potter)에게 보고했다.

1942년 11월 17일자 보고에서 데블린은 OSS 극동국장으로부터 이 프로젝트를 승인받았고, 이승만으로부터 24명의 명단을 통보받았는데, 이 가운데 12명을 OSS 특수교육과정에 입교시킬 계획이라고 보고했다. 그리고 훈련을 마친 후에는 이들을 중국 중경으로 보내서 한반도 공작의 핵심역할을 맡길 것이라고 밝혔다.

일주일 후인 11월 24일 보고에서는 이승만이 제출한 24명의 명단에서 12명 선발을 완료했다고 보고했다. 12월 1일 보고에서는 선발된 12명이 워싱턴으로 오고 있는데 12월 4일에서 5일까지 훈련안내문과 보수를 지급한 다음, 12월 7일부터 훈련에 들어갈 것이라고 훈련일정을 설명했다.

12월 8일에는 12명이 안전하게 워싱턴에 도착했는데, 그 가운데 1명이 신체검사에서 불합격 처리되어 11명을 대상으로 12월 7일부터 기초과정을 시작했다고 보고했다.

12월 18일에는 비서실의 푸첼(Edwin Putzell)에게 '한국인들'이라는 제목으로 훈련 진행 내용을 종합 보고했다. 푸첼에게 보낸 보고서의 주요 내용은 아래와 같다.

　　우리는 현재 우리의 특수학교에서 11명을 훈련시키고 있다. 이 훈련생들은 1942년 12월 7일부터 훈련을 시작했다. 비밀공작과 비밀정보활동을 포함해서 OSS에서 제공하는 모든 훈련과정에 그들을 참여시키려 한다. 이 교육생들은 나의 요청에 따라 이승만이 선발한 사람들이다. 이승만은 미국에 거주하는 한국인 가운데 가장 우수한 12명을 뽑았다. 그 가운데 1명은 신체적 결함 때문에 훈련 시작 단계에서 배제됐다. 그 사람 대신 다른 사람을 충원하지는 않았다. 이 사람들은 교육이 끝나면 FE-4 프로젝트를 보충하는 요원으로 활동할 것이다. OSS 공작국의 극동 지역 담당자가 이들을 지휘할 것이다. 공작국의 담당자는 이들을 한반도 공작을 단계적으로 추진하는 조직의 교관과 핵심인물로 투입할 것이다. 이 사람들은 사이오(Hsaio) 소령 및 해군 동료들과의 협의를 거쳐 임용됐다. 마일즈(Miles) 대위와도 협의했고 그 역시 이 사업을 인정했다. 우리는 마일즈 대위가 이 사람들을 어떻게 활용할 것인지에 대해서는 알지 못한다. 지금 훈련을 받고 있는 사람들은 FE-4 사업의 일환으로 참여하고 있기 때문에 그들의 최종 활동 계획에 대해서는 아직 구체적 일정이 세워져 있지 않다(국가보훈처, 2005: 526).

# 공작보안 누설 사고의 발생

이승만의 제안으로 착수된 OSS의 FE-6 사업은 공작보안이 누설되는 사고가 일어나면서 한때 중단될 위기를 맞았다.

당시 OSS 교육기관은 워싱턴에서 70마일 정도 떨어진 메릴랜드 주 산속에 있었다. 나중에 루스벨트 대통령이 별장으로 사용했고, 아이젠하워 대통령 때 '캠프 데이비드'로 이름이 바뀐 곳이다. COI 1기생인 장석윤, 피어스 등도 이곳에서 훈련을 받았다(Peers, 임덕규, 1972: 60).

미국 서부 지역에서 거주하던 한국인들이 OSS 훈련을 받기 위해서는 워싱턴으로 이동해야 했다. 그런데 당시 로스앤젤레스에서 발간되던 교포 신문이 OSS 공작을 알아차릴 수 있는 내용을 보도하는 사고가 일어났다.

로스앤젤레스에서 영문과 한글 혼용으로 발간되던 주간지 「뉴 코리아」는 1942년 12월 10일 '상항에 체류하는 이효, 길동우 양씨와 나성에 체류하는 현 피터, 조종익 등 7인은 특무 공작에 응모하여 며칠 전 비행기를 타고 워싱턴으로 갔다더라' 라고 보도했다.

비밀리 수행되어야 할 공작의 보안이 누설된 것은 OSS의 큰 실수였다. 이 보안사고는 OSS 연구분석과의 맥큔(George M. McCune)이 맡아서 조사했다. 맥큔은 1910년 한일병합 직후에 평양에 들어와 선교활동을 한 장로교 선교사의 아들이었다.

맥큔은 미국 내 한국인 지도자들과의 인터뷰, 한국인들로부터 받은 편지, 교포신문, 통신감청 자료 등을 통해서 이 보안사고가 이승만에 의해 일어났다고 판단했다. 조사보고서에서 맥큔은 구체적인 사례로 이승만이 추종자 600명에게 보낸 서한을 제시했다.

'주의 깊은 관심이 요구되는 사실들' 이라는 제목이 달린 이승만이 보낸 서한의 내용은 아래와 같다.

> 12명의 한국인이 임용된 사업이 잘 진행되기 위해서는 소문이 일어나지 않는 것이 중요하다. 그러므로 나는 여러분들이 이 사업의 극히 중대한 점을 고려해서 입을 다물고 있을 것이라고 믿는다. 이 독립운동에서 가장 걱정스러운 점은 비밀공작의 방법을 활용하고자 하는 임시정부를 반대하는 사람들이 있다는 것이다. 그들이 현재 진행되고 있는 사실들을 알게 되면, 수백 가지의 방법을 동원해서 이 사업을 비밀리에 방해할 것이다. 그러므로 나는 여러분들이 한국인들 사이에서조차도 말조심을 하며 비밀을 잘 유지할 것이라고 믿는다.

이처럼 이승만은 공작보안을 유지하기 위해 이를 당부하는 서한을 보냈다. 그러나 이러한 행위가 역으로 보안을 누설하는 결과로 나타난 것이다.

맥큔은 조사 결과 보고서의 결론을 이렇게 정리했다.

> 첫째, 특별 임무를 위해 한국인들이 훈련을 받고 있고, OSS가 그 훈련을 담당하고 있다는 소문이 광범위하게 퍼지고 있는 것은 사실이다. 둘째, 이승만에게 훈련생을 선발하는 일을 위임했기 때문

에 이러한 일이 일어났고 한국인 정치사회가 큰 혼란에 빠졌다. 셋째, 이 사태를 수습하지 않는다면 앞으로 더 큰 혼란 사태를 맞게 될 것이다(국가보훈처, 2005: 528-531).

이승만이 자신의 정치적 입지를 강화하기 위해 이 사업을 이용했고, 한편으로 공작보안을 유지하기 위해서, 다른 한편으로는 자신의 개인적 명성을 높이기 위해서 이 사업을 왜곡했다는 것이 맥큔의 평가였다. 이승만에 대해 매우 부정적인 시각을 담고 있다.

# 이승만의 보안 누설 사고 해명

현재 발굴된 OSS 문서를 보면, 이승만은 자신이 공작보안을 누설하지 않았다고 해명하는 서한을 1943년 2월 9일 굿펠로우에게 보냈다.

이승만이 굿펠로우에게 보낸 영문 서한의 관련 내용을 옮기면 아래와 같다.

> 귀하의 정책에 어긋나지 않는다면 12명의 공작 요원을 선발하는 과정에서 내가 보안을 누설했다고 당신에게 보고한 사람의 이름을 알고 싶다. 나는 어느 장소 누구에게도 글이나 말로 OSS를 언급하지 않았다. 내가 내 주변 사람들에게 보낸 서한을 동봉해서 보낸다. 그 서한을 보면 내가 보안을 누설하지 않았다는 것을 알 수 있을 것이다. 이 서한은 비밀이 누설되지 않도록 정교하게 작성됐다. 그 서한의 자구 하나하나는 공작 담당관인 데블린 대위와 상의한 다음 쓴 단어들이다. 나는 12명을 일주일 이내 워싱턴에 집결시켜 달라고 요청받았다. 샌프란시스코, 몬타나, 로스앤젤레스 등지에 흩어져 사는 사람들을 다양한 방법으로 모아야 했다. 그러기 위해서는 그들이 무엇을 하러 가는지 알아차릴 수 있도록 그들에게 설명하는 것이 불가피했다. 나는 보안 누설을 방지하기 위해 미국과 관련된 일이라고만 표현했다. 동봉한 서한을 보면 나에 대해 비판적인 시각을 가진 사람들이 지어낸, 내가 보안을 누설했다는 주장

은 완전히 근거가 없는 것이라는 사실을 알 수 있을 것이다. 나는 12명의 훈련생들이 자신을 교육시키는 기관이 OSS라는 사실을 알게 된 경위도 설명해야겠다. 1월 2일 그들이 제1캠프의 교육을 마치고 교육장소를 떠날 때 다우 대위가 그들에게 밀봉된 지시문을 나눠줬다. 교육생 와일리(Wylie, 한국명 이순용)는 교육장소를 벗어나 시내에서 그 지시문을 뜯어봤다. 그 지시문 속에 OSS라는 글자가 있었다. 와일리는 그 글자의 의미를 모르고 톰 우(Tom Wooh)에게 그 글자의 의미를 물었는데, 톰 우가 OSS가 무엇을 하는 곳인지 와일리에게 말해줬다고 한다(국가보훈처, 2001: 72).

한편, 이승만 해명서에 앞서 데블린이 보안 누설의 당사자를 이승만으로 추측하며 그 경위에 대해 추측하는 문건이 남아 있다. 교포신문 「뉴 코리아」에 관련 사실이 보도(1942.12.10.)된 지 12일 후인 1942년 12월 22일, 데블린이 관련 부서 관계자로 보이는 페인터(Henry Paynter)에게 보낸 서류에는 FE-6 사업이 시작된 배경과 이승만과의 관련사실이 자세히 기록되어 있다.

이 사업은 1942년 10월 10일 이승만이 굿펠로우 대령에게 보낸 서한에서 시작됐다. 굿펠로우는 이 서한을 데블린 대위에게 보내고 헌팅턴 대령과도 협의했다. 1942년 11월 14일자 서한에서 헌팅턴은 데블린 대위가 이승만을 지속적으로 만나서 상의한 후 이 사업을 주도적으로 시행하기 바란다는 답변을 주었다. 이 서한은 워싱턴과 해외에서 '우정' 프로젝트에 참여하고 있던 동료들과 논의됐다. 데블린 대위는 1942년 11월 10일 워싱턴의 한국임시정부 구미위원부에서 이승만을 처음 만났다. 그 후 계속된 만남에서 미국에 거주하는 12명의 한국인을 워싱턴으로 소집해서 훈련시키자는 결론에 이르게 됐다. 훈련이 시작된 12월 7일 이후의 상황은 비서실의 푸첼에게 보낸 메모를 동봉하오니 참고 바란다. OSS와 구미위원부의 유일한 접촉 창구는 데블린과 이승만이었다. 데블린은 구미위원부 사무실에서만 이 사업을 협의했고, 지금 진행되고 있는 일이 무엇인지, 앞으로 무엇을 하려고 하는지에 대해서는 다른 시간, 다른 장소에서 달리 말한 사실이 없다. 이승만은 이 사실을 알고 있으므로, 이승만이 그가 알고 있는 사실을 발설하지 않도록 OSS 당국이 권고해야 할 것으로 보인다(국가보훈처, 2005: 527).

이승만의 해명서는 1943년 2월 9일 작성됐다. 그보다 2개월 정도 앞선 1942년 12월 22일 공작 담당관 데블린은 페인터에게 보낸 위의 공문에서 이승만에게 보안유지를 권고하도록 건의하고 있다.

이로 미루어 데블린의 권고에 따라 OSS에서 이승만에게 보안유지를 권고하고 그에 대해 이승만이 해명서를 작성한 것으로 보인다.

# 이승만 제안 공작
# FE-6 프로젝트의 실패

FE-6 프로젝트의 결과는 이승만이 1943년 6월 11일 미 육군 정보참모부(MID, Military Intelligence Division, G-2)산하 군사정보국(MIS, Military Intelligence Service) 소속 어학 교육학교 골드(Karl T. Gould) 중령에게 보낸 서한에 기록되어 있다. 그 서한에 따르면 OSS의 FE-6 프로젝트는 1943년 4월 15일 종료됐다. 12명이 참여해서 3명이 훈련 도중 탈락하고 최종 9명이 훈련을 마쳤다고 이승만은 밝혔다. 그러나 OSS 내부 문건에는 최종 이수자가 8명으로 기록되어 있다.

교육을 이수한 8명의 이름은 OSS 요원 호프만(Carl O. Hoffmann) 대위가 작성한 문건에 담겨 있다. 미 중앙정보국(CIA)이 비밀 해제한 OSS 문건을 보면 FE-6 프로젝트의 행정처리를 담당한 요원은 호프만이었다. 인사 문제, 임금지불에 관한 공문이 그의 이름으로 작성됐다.

호프만이 1943년 5월 1일자로 작성한 문서에 보면 훈련을 완수한 8명 가운데 한국 이름이 확인되는 사람은 이순용, 장기영, 조종익, 피터 현 등 4명이다. 한국 이름이 확실하지 않은 훈련생은 토마스 우(Thomas Wooh), 샘 마르(Sam Marr), 윌리엄 전(William B. Chun), 찰스 리(Charles Lee) 등 4명이다.

이순용은 와일리(Allen C. Wylie)라는 영문 이름을 쓰고 있었는데 1897년 서울에서 태어나 경성공업전문학교를 졸업하고 1922년 미국으로 건너갔다. 해방 후 국내로 들어와 미군 방첩대에서 육군 중사로 근무하다 미군 철수 때 미국으로 다시 들어갔다. 1949년 12월 귀국하여 1952년 내무부장관, 체신부장관 등을 역임했다. 1942년 12월 FE-6 프로젝트에 참여할 때 그의 나이는 45세로 고령이었다.

장기영은 1903년 강원도 영월에서 태어나 1924년 일본 주오대학(中央大學)을 졸업하고 상해 임시정부에서 일하다 미국으로 건너가 1930년 버틀러대학을 졸업했다. 1932년부터 구미위원부에서 일하며 이승만의 독립운동을 지원하던 중 39세에 FE-6 프로젝트에 참여했다.

이승만의 서한에 의하면 불행하게도 훈련을 이수한 사람들 모두 해외로 파견해서 공작을 수행하기에는 자질이 부족하다는 판정을 받았다. 그에 따라 훈련 이수자들은 미국 육군 군사정보국으로 전속되어 어학 교육학교에서 일본어 교육을 받았다.

이 서한에서 이승만은 지금 하와이에 7천 명의 한국인이 살고 있는데, 골드 중령이 원하는 특수훈련에 이 사람들을 참여시키고 싶으면 자신이 주선해주겠다는 뜻을 밝히고 있다. 그러면서 이승만은 이와 관련된 일들에 대해 좀 더 깊이 알고 싶으면 OSS의 굿펠로우 중령과 연락하기 바란다고 제안했다.

당시 이승만은 FE-6 프로젝트의 실패로 항일 공작에 한국인들을 참여시키려는 미국 정보기관의 노력이 중단되는 것을 두려워하고 있었던 것으로 보인다. 골드에게 보낸 서한의 말미에서 이승만은 "일본과 싸우는 데 참여할 기회를 기다리는 2,300만 명의 한국인들이 있으므로 한국인들을 참여시키는 프로젝트를 포기하겠다는 생각은 잊어버려달라" 라고 호소했다(국가보훈처, 2001: 84).

이승만이 서한을 보낸 미 육군 정보참모부 산하 군사정보국은 2차대전이 일어나면서 신편된 조직이다. 2차대전 중 군사정보국의 중요한 임무는 해군성 정보기관(ONI, Office of Naval Intelligence)을 비롯, 미국 정보기관들과의 협력에 참여하는 일이었다.

COI가 새롭게 창설되면서 미국 정보기관 사이에 서로 협력할 일들이 많아졌다. 그에 따라 육군을 관할하는 전쟁성도 정보참모부를 완전히 새롭게 개편했다. 그 과정에서 정보참모부는 5개 부서로 세분화됐는데, 군사정보국(MIS)도 이때 신편된 조직이다.

군사정보국은 다른 정보기관과의 협조가 주요한 임무였다. 육군 정보참모부장의 직접적 통제 아래 놓여 있었고, 책임자인 스트롱(George V. Strong) 소장은 야전부대 지휘관을 그만두고 군사정보국장을 맡아 대외기관 협조와 함께 육군참모총장에게 정보를 수집해서 보고하는 일에 전념했다.

이승만은 OSS 주도로 전개된 FE-6 프로젝트가 불발되자 미 육군 정보참모부 군사정보국을 새로운 협력창구로 활용하기 위해 1943년 6월 11일 골드 소장에게 서한을 보내 한국인들의 항일 공작 동원을 호소한 것이다.

# 미 정보기관 관계자들의
# 한반도 문제 대책회의

2차대전 당시 한반도 문제와 관련된 미국의 정보기관은 전략정보국(OSS), 해군성 정보국(ONI), 전쟁성 정보참모부 산하 군사정보국(MIS), 연방수사국(FBI) 등이었다. 이들 정보기관들은 전략정보국이 창설된 후 한반도 문제를 담당하는 실무자들이 함께 참여하는 대책회의를 수시로 갖고 현안 문제를 논의했다.

OSS 주도의 FE-6 프로젝트가 불발되자 이들 관계기관 실무자들은 1943년 5월에서 6월까지 대책회의를 가졌다.

1943년 5월 7일 워싱턴의 해군성 본부에서 해군성 정보국의 데이비스(Donald M. Davies) 대위 주관으로 열린 첫 회의에서는 항일 공작에 한국인들을 계속 참여시킬지 여부에 대해 집중 토론했다.

이날 회의에는 데이비스 이외 군사정보국 방첩단 소속 중위 2명과 극동과의 키니(Robert Kinney), 전략정보국 연구분석과의 맥큔(George McCune), 연방수사국의 틸먼(Fred G. Tillman) 등이 참석했다.

회의를 시작하며 데이비스는 한반도 문제는 두 가지 측면에서 미국의 이해가 걸려 있다고 말했다. 첫째, 한반도 주변에 미군이 군사력을 점차 증강시켜나가고 있으므로 극동 지역 한국인들의 강점과 약점을 미국이 알아야 한다는 점, 둘째, 전쟁이 끝나고 미군이 점령 지역을 관리하는 데 필요한 정책이 준비되어야 한다는 점이었다. 일본의 항복 후 공백이 된 지역에서 미군에 저항하는 조직들이 나타날 수 있으므로 미국에 우호적인 조직들이 활동하도록 유도해야 한다는 것이었다.

이날 참석자들은 한국인들이 미국의 안전을 위협하지 않고, 미국이 정치적 혹은 군사적으로 한국인들을 전쟁에 참여시키지 않고 있으므로 이 문제를 빨리 해결해야 한다는 점에 공통된 인식을 보였다.

다만, 한길수를 비롯하여 하와이의 일부 한국인들이 일본공사관에 매수되어 일본에 정보를 제공하고 있으나 쓸 만한 정보를 주지는 못하는 것으로 보았다.

이 회의에서는 미국을 위해서 한국인들을 동원하는 문제를 논의한 후 세 가지 결론을 내렸다.

첫째, 한길수의 활동자금을 차단하고 외국정부 대리인 등록법에 따라 한길수를 등록시켜 그의 발언들을 추적해나가는 등의 방법으로 한길수를 한국인 사회에서 고립시키기로 했다.

둘째, 나이가 많은 이승만을 명예스럽게 퇴진시키고 젊고 활동력 있는 인물이 지도하는 한국인 단체를 새롭게 만들어 활용해나가기로 했다. 이 문제에 대해 회의 참석자들은 맥퀸과 키니가 한국 문제에 정통하고 한국인들과 오랫동안 교류해온 점을 존중해서 그들의 의견을 따르기로 했다.

셋째, 새롭게 한국인 단체를 만들 경우 그 단체는 미국의 통제하에 두어야 한다는 것이었다.

한 달 후인 6월 7일 열린 두 번째 회의에서는 한길수를 견제하는 대책이 중점 논의됐으나 뚜렷한 견제 방법이 없고 한인사회에 대한 한길수의 영향력도 크지 않다는 데 인식을 같이했다. 이날 회의에서 맥퀸은 한국인들을 심리전에 활용하는 방안을 강조했다. 또한, 일본과 중국, 러시아가 모두 한국인들을 정보 공작에 동원하고 있는 현실을 감안해서 미국도 한국인들을 일본과의 전쟁에 적극 참여시켜야 한다고 강조했다.

6월 11일 열린 세 번째 회의에는 기존의 맥퀸, 키니, 데이비스 이외 OSS 공작국의 호프만과 국무성의 샐리스베리(Lawrence Salisbury)가 참석했다.

호프만은 한국인들을 미국 정보기관들이 효율적으로 활용하기 위해서는 두 가지 점을 유의해야 한다고 지적했다. 첫째는 군대생활에 잘 적응할 수 있는 한국인들을 물색하는 것이고, 두 번째는 중국과의 협조를 고려해야 한다는 것이었다. 중국이 자기들이 훈련시키고 지원해온 한국인들을 선호하고 있기 때문에 미국에서 한국인들을 훈련시켜 중국에 보낼지라도 중국의 협조가 없으면 활동이 어렵다는 것이었다.

샐리스베리는 한국뿐 아니라 추축국이 점령한 지역의 민족들을 해방시키는 것이 미국의 정책 방향이나, 점령지 민족들도 스스로 자유를 얻는 방법을 찾아야 한다는 것이 국무부의 방침이라고 강조했다.

또한, 그는 한국 문제는 아시아 문제의 큰 틀에서 해결되어야 하고, 중국과 러시아가 지금 한반도의 미래에 관심을 가지고 접근하고 있으므로, 미국도 한국에 관한 정책을 조심스럽게 추진해야 하며 미국의 이해에 어긋나는 외교적 약속을 섣불리 결정하는 것을 삼가야 한다고 주장했다(국가보훈처, 2005: 19-20).

# 재미 한국인
# 동원 공작의 잠정 중단

미 해군성 정보국의 데이비스 대위 주관으로 1943년 5월 7일부터 개최된 관계기관 실무자 회의는 그해 6월 14일 마지막 회의로 끝났다.

전략정보국의 호프만 대위는 회의가 마무리된 다음 날인 6월 15일 도노반 국장에게 회의 경과를 보고했다. 호프만은 데이비스 대위의 초청으로 회의에 참가해서 회의 내용을 알게 되었다고 밝힌 다음, 데이비스가 한국계 미국인을 연합국 전력을 강화하는 데 도움을 주는 방향으로 참여시키고, 해외에 흩어져 있는 한국인까지 동원하는 방법을 관계기관 실무자들과 논의하기 위해서 이 회의를 소집했다고 회의 배경을 보고했다.

이 보고서에서 호프만은 미국에 거주하는 한국인들을 특수공작에 동원하는 문제에 대단히 비판적인 시각을 보이고 있다.

재미 한국인들을 연합국 전력에 참여시키기 위해 재미 한국인을 대표하는 조직을 새롭게 만들지라도 한국인들의 속성상 어떤 돌발적 행동을 보일지 모르고, 그렇게 되면 국무성뿐 아니라 다른 정부부처도 당황하게 될 것이라는 점에 회의 참석자들이 인식을 같이했다고 보고했다.

또한, 호프만은 이 회의에서 한국인들을 대상으로 공작 훈련을 시켜본 경험을 소개해주도록 요청받고 아래와 같이 말해주었다고 밝혔다.

한국인들을 동원하는 공작들이 모두 중국에서 전개된다는 사실을 가정한다면 한국계 미국인을 훈련시키는 것은 큰 의미가 없다. 왜냐하면 첫째, 중국인들이 그들의 활동을 수상히 여겨 그 공작을 억제할 것이기 때문이다. 둘째, 중국에서 충원되는 한국인들이 있기 때문이다. 재중 한국인들은 중국인들로부터 신뢰를 받고 있고, 중국에 거주하는 미국인들이 그들을 전문적으로 훈련시킬 수 있다. 이와 함께 나는 두 가지를 더 말했다. 첫째, 재미 한국인을 대표한다고 자처하는 사람들이 재미 한국인들을 훈련시키는 방법에 대해 중구난방으로 제안하고 있는데, 이를 적절히 억제하기가 어렵다. 둘째, 우리가 훈련시켜본 한국인들은 항상 특권(special privileges)을 고집한다. 그래서 그들을 통제하기가 어렵다.

보고서 말미에 호프만은 도노반 국장이 앞으로 한반도에 관한 정책들을 결정하는 데 정보기관 실무자 사이에 논의된 내용들이 영향을 미칠 수 있기 때문에 건의한다면서 이 회의에서 논의된 큰 줄기를 아래와 같이 정리했다.

국무성, 전쟁성 정보참모부 군사정보국, 해군성 정보국은 재미 한국인들을 동원하는 공작을 당분간 추진하지 않는 것이 바람직한 것으로 믿고 있다. 재미 한국인들을 정확하게 대변하는 리더십이 구축되고 이 리더십 아래 재미 한국인들을 단합시키는 것이 성공한다면 그러한 리더십과 협력해서 공작을 재개해나가는 것이 바람직할 것이다.

호프만은 도노반에게 회의 내용을 최종적으로 정리해서 보고하고 난

다음, 동료인 연구분석과의 맥퀸에게도 자신의 의견을 담은 문건을 보냈다. 이 문건에서 호프만은 자신이 그 회의 참석자들에게 하고 싶었던 말의 핵심은 두 가지라고 밝혔다.

첫째는 재미 한국인 동원 공작은 전략정보국 장교들의 통제 아래 수행되어야 한다는 것이 한국인들을 훈련시켜본 교관들의 경험이고, 둘째는 앞으로 재미 한국인들을 대규모로 훈련시키는 계획이 수립된다면 이는 중국의 태도에 달려 있는 것이라고 설명했다.

또한, 호프만은 관계기관 실무자 회의가 미래 정책을 결정하는 회의가 아니라 연합국 전력에 재미 한국인들을 동원하는 것이 유용한지 아닌지를 결정하는 모임이 되어야 한다는 느낌을 받았다며, 전략정보국의 훈련 경험이 재미 한국인 동원 공작의 진로를 결정하는 데 도움이 될 것이라는 입장을 보였다(국가보훈처, 2005: 609-611).

5장 /

# 이범석과 OSS의
# 이글 프로젝트

# 개관

미 OSS가 창설 초기 추진한 한반도 공작은 재중 한인 동원 공작과 재미 한인 동원 공작으로 구별된다.

재중 한인 동원 공작은 중국 중경의 한국임시정부를 파트너로 삼아 중국에 거주하는 한국인을 훈련시켜 한반도로 침투시키는 공작이었다.

재미 한인 동원 공작은 미국 워싱턴의 한국임시정부 구미위원부를 파트너로 삼아 미국에 거주하는 한국인들을 훈련시켜 중국 중경으로 보내 한반도로 침투시키는 공작이었다.

OSS는 전신인 COI 창설 초기에 에슨 게일과 아이플러를 중경으로 보내 김구 주석 등 임시정부 요인들과 합작 가능성을 타진했다. 그러나 에슨 게일의 서투른 정보활동, 중국국민당 정보기관의 견제, 중국-미얀마-인도 전구 미군사령관이었던 스틸웰 장군의 OSS에 대한 비협조, 중국국민당 군대에 예속되어 있던 광복군의 처지 등으로 무산됐다.

그에 따라 워싱턴 구미위원부의 이승만은 대안으로 미국에 거주하는 한인들을 훈련시켜 중국으로 보내 한국에 침투시키는 공작을 OSS에 제안했다. OSS는 이승만의 제안을 받아들여 코드 네임 'FE-6 프로젝트'란 이름으로 장기영, 이순용 등 재미 한인 12명을 모집해서 최종적으로 8명에게 OSS 전 훈련과정을 이수시켰다.

그러나 이들마저 최종 평가 단계에서 해외에 파견시키는 공작원으로서 자질이 부족하다는 판정을 받았다.

이러한 난관에 부딪치자 미 해군성 정보국(ONI) 주관으로 관계기관 실무자 대책회의가 열려 한국인 동원 공작을 추가로 전개하는 문제를 협의했다. 그러나 미국에서 한인들을 공작원으로 훈련시켜 중국에 보낼지라도, 중국국민당 정부가 이를 수용하지 않을 것이라는 주장에 미국 정보기관 관계자들의 의견이 모아져 더 이상의 한인 동원 공작을 펼치지 않기로 결정했다.

FE-6 프로젝트가 불발된 후 잠시 소강상태를 보이던 OSS의 한반도 공작은 미국이 1944년 7월 태평양상의 전략적 요충지인 사이판 섬을 탈환하면서 다시 추진됐다.

사이판 섬은 미국과 일본 양측에 중요한 전략적 요충지였다. 당시 미국의 신형 폭격기인 B-29는 항속거리가 5천km에 달했다. 사이판에서 출격하면 일본 본토의 도쿄나 오사카 등에 소재한 주요 표적들을 폭격할 수 있었다. 일본 국토의 심장부를 무방비상태에 빠트릴 수 있었다.

이러한 전략적 요충지를 미국이 1944년 7월 장악한 것이다. 태평양전쟁에서 미국이 승기를 잡은 중요한 터닝 포인트였다.

사이판 섬의 확보는 OSS에게도 중요한 전기가 됐다. 훈련된 공작원들을 잠수함이나 항공기로 일본 본토까지 실어나를 수 있는 여건이 조성된 것이다.

이러한 시기 한국 광복군이 자주권을 회복하고 OSS가 중국지부를 설치하는 등 한반도 침투 공작을 전개할 수 있는 조건들이 하나둘 개선되어나갔다. 그러한 시기 광복군 제2지대장 이범석은 OSS 중국지부에 한미 합동 공작을 제안했다. OSS와 광복군 사이 직접 교류의 물꼬가 트이기 시작한 것이다.

# 미국과 중국의
# 정보 공작 협력협정

미 OSS는 창립 초기 중국으로 진출하는 데 미국 내부와 중국국민당 양측으로부터 강한 견제를 받았다.

미국 내부에서는 미 육군참모총장 마샬(George C. Marshall)과 중국-미얀마-인도 전구 미군사령관 스틸웰을 중심으로 한 육군 수뇌부가 신생 정보기관인 OSS와의 경쟁의식에서 OSS의 중국 진출을 견제했다.

중국 측에서 보면 국민당의 정보기구인 조사통계국 다이리(戴笠) 국장이 자신들과 협의도 없이 영국, 미국, 러시아 등이 중국에서 비밀활동을 전개하는 데 강한 불만을 가지고 있었다.

특히, 미국이 태평양전쟁을 계기로 중국에 군수물자를 지원하면서 육군은 육군대로, 해군은 해군대로 각각 정보기관을 중국에 진출시켜 중국 현지에서 미국 정보기관끼리 다툼을 보이고, 영국 정보기관이 미국 정보기관의 지원을 받아 은밀히 중국에서 정보 공작활동을 벌이는 데 큰 두려움을 가지고 있었다.

이러한 시기 다이리는 미국과 중국의 마찰을 피하기 위해 별도의 협력기구를 만들 것을 미국에 제안했다. 중국에서의 혼선을 방지하려는 의도였다.

두 나라 사이에 많은 논의가 오간 끝에 루스벨트 대통령과 장개석 총통의 승인을 얻어 1943년 7월 4일 미국 측을 대표한 미 해군 대령 마일즈(Milton Miles)와 중국 측을 대표한 다이리가 '중미 특별기술 협력기구(SACO, Sino-American Special Technical Cooperative Organization)'의 창설에 합의하는 협정서에 서명했다. 미국과 중국이 중국에서의 정보 공작활동에 긴밀히 협력하는 제도적 장치가 완성된 것이다.

이 협정서는 이 기구의 책임자를 중국 측에서 맡고 부책임자를 미국이 맡는 것으로 규정하고 있었다. 중국에서의 양국 정보 공작활동이 모두 다이리의 통제하에 들어가는 구조였다.

이 문제에 대해 마샬은 처음 이의를 제기했다. 중국 주둔 미군이 중국군에 예속될 가능성 때문이었다. 마샬은 혼자 결심을 내리지 못하고 스틸웰에게 입장을 타진했다. 전투현장 사령관의 입장을 존중해주기 위해서였다.

스틸웰 역시 마샬의 입장에 동조를 보이다가 마일즈의 설득에 따라 입장을 번복했다. 다이리의 조직이 매우 비밀스럽고 의심이 많고, 중국에서 미국 정보기관을 대표해온 마일즈가 어렵게 다이리와 합의한 사항을 파기하게 되면, 앞으로 다이리가 미국에 협조하지 않을 것이라는 것이 스틸웰의 설명이었다. 중국국민당 및 미 해군과 많은 마찰을 보여온 스틸웰의, 예상 밖의 갑작스런 태도전환이었다. 마샬은 전투현장의 지휘관이 공식적으로 보내온 입장을 무시하기 어려워 이 협정에 동의했다.

그 이전 워싱턴의 OSS와 미 해군 사이에는 해군 정보기관을 대표해서 중국에 파견되어 있는 마일즈의 지휘를 OSS가 전적으로 따른다는 협정이 맺어져 있었다.

중국과 미국 사이의 정보 공작 협력협정은 OSS의 미국 진출에 좋은 기회를 가져왔다. 미 전쟁성과 중국국민당의 견제로 은밀하고 개인적인 활동에 머물러오던 중국에서의 OSS 활동을 이제 SACO라는 협력체제 아래에서 원활히 전개할 수 있는 여건이 조성된 것이다(Maochun YU, 1996: 95-98).

다이리는 중국국민당 비밀정보조직인 남의사 출신이다. 만주사변 직후인 1932년 2월 29일 설립된 남의사의 특무처장을 맡고 있다가 1938년 6월 남의사가 '삼민주의청년단'이란 공개조직으로 전환될 때, 특무처의 기능을 중국국민당 군사위원회 조사통계국으로 옮겨 2차대전 내내 조사통계국장으로 지내며 국민당의 정보 공작활동을 총괄했다.

# 굿펠로우의
# 한반도 침투 공작 재개 건의

이승만이 제안한 재미 한인 동원 공작(FE-6 프로젝트)이 불발되고 1년여가 지난 1944년 7월 미 OSS가 한인 동원 공작을 재개할 수 있는 새로운 여건이 조성됐다.

1944년 7월 미국이 사이판 섬을 탈환한 것이다. 그 직후 루스벨트 대통령, 중부 태평양 방면을 담당하고 있던 니미츠 태평양 함대 사령관, 맥아더 서태평양 방면 사령관 등 세 사람은 하와이에서 전략회의를 갖고, 사이판 섬에 이은 미국의 공격목표를 논의했다. 이 회의에서 필리핀과 대만을 놓고 심의하다 필리핀이 탈환목표로 새롭게 설정됐다.

이처럼 미국의 전쟁 전략이 큰 전환기를 맞이할 즈음 OSS의 2인자 굿펠로우는 도노반 국장에게 FE-6 프로젝트 이후 잠정 중단됐던 한반도 침투 공작을 재개할 것을 서면으로 건의했다.

사이판 섬을 탈환함으로써 한반도 혹은 일본 본토에 직접 공작원들을 투입시킬 수 있는 여건이 마련된 것을 공세적으로 활용하려는 계획이었다.

1944년 7월 22일 '한반도 공작(Korean Operations)'이란 제목으로 작성된 이 보고서의 전문을 번역하면 아래와 같다.

1942년 1월 국장님은 극동 지역 공작 계획인 '올리비아 계획(Scheme "Olivia")'을 승인했습니다. 이 계획의 제일 우선순위는 한반도였습니다. OSS는 몇 명의 한국인들을 훈련시켜보기도 하고 극동 지역 한국인들을 동원해보기도 했습니다만 한반도 내부에 있는 한국인들을 참여시켜보지는 못했습니다. 그 이유는 타이밍 때문이었습니다. 1942년 8월 13일자 스틸웰의 전문에 있는 것처럼 중국 중경에 있는 한국임시정부 주석 김구는 아이플러에게 "현재의 정치적 여건을 고려해서 천천히 완전한 협력을 이뤄나가자"라며 유보적 입장을 밝혔습니다. 지금 극동 지역의 전황은 김구가 언급한 정치적 여건을 고려할 필요가 거의 없어졌습니다. 중국을 통해서 공작할 필요가 없어진 것입니다. 중국의 도움도 받을 필요가 없습니다. 이제 OSS가 직접 한국인들을 훈련시켜 공중 혹은 수중을 이용해서 한반도로 침투시킬 수 있습니다. 한반도는 OSS에게 중요한 공작목표입니다. 한반도의 남북을 가로지르는 철도는 짧은 구간에 많은 터널을 가지고 있습니다. 하나의 발전소(수풍 발전소를 지칭하는 듯, 역자)가 군수공장의 모든 전력을 공급하고 있습니다. 한국인들은 일본의 노예상태로부터 해방되기를 바라고 있고, 같은 처지에 있는 프랑스, 폴란드, 노르웨이 국민들과도 공동보조를 맞출 수 있습니다. 동양인들은 OSS 공작기법을 빠르게 받아들여 배울 수 있습니다. 국장님께서 몇 개월 전 한반도 공작의 여건을 마련해주신 적이 있는데, 이제 다시 구체적 행동을 전개할 때가 왔습니다(국가보훈처, 2001: 119-120).

# 광복군의 자주성 회복

태평양전쟁 발발 초기 전략정보국이 의욕적으로 추진하던 한반도 침투 공작이 불발된 가장 큰 요인은 중국국민당에 예속되어 있던 한국 광복군의 처지였다.

그런데 1944년 8월 국민당측이 한국 광복군을 속박하던 '9개 행동준승'을 취소한다고 통보해왔다. 미국이 사이판 섬을 탈환함으로써 국민당 군대의 광복군에 대한 전략적 통제의 효용성이 약화된 것과 함께, 광복군의 자주성을 회복하려는 임시정부의 집요한 노력이 가져온 성과였다. 이제 광복군은 임시정부의 국군으로서 독립성과 자주권을 회복했다.

광복군이 자주권을 회복함으로써 독자적으로 미국의 전략정보국과 협력할 수 있는 길도 열렸다. 아이플러가 김구 주석을 찾아갔을 때 '지금의 정치적 여건을 감안해서 천천히 협력을 만들어가자' 라고 했는데, 9개 행동준승이 폐지됨으로써 정치적 여건이 조성된 것이다.

이러한 상황을 고려, 곧바로 김구는 워싱턴 임시정부 구미위원부의 이승만에게 서한을 보내 9개 행동준승이 폐지된 사실을 알려주고 미국의 원조를 받을 수 있는 방법을 강구해주도록 요청했다.

1944년 9월 21일자로 보낸 김구 서한의 요지는 아래와 같다.

중국군이 우리 독립당에 통보한 이른바 '9개 행동준승'은 상호 이해 차원에서 폐기되었습니다. 그리하여 다행스럽게도 우리 군은 앞으로 완전히 독립적인 지위를 누리게 될 것입니다. 그러므로 우리 군은 독자적으로 어떤 연합군과도 관계를 수립할 수 있습니다. 그러나 현실적인 관행상, 우리는 지리적인 혹은 이곳의 법률적인 이유 뿐 아니라 지금까지의 중국과의 긴밀한 합작 때문에라도 중국과는 어느 정도 밀접한 관계를 유지해야 할 것입니다…(중략)… 중국 자신이 군사적 손실과 격심한 경제적 어려움을 겪고 있는 만큼 앞으로 우리에게 어느 정도의 물질적 도움을 줄지는 큰 의문입니다…(중략)…지금 중국 정부는 한국이나 중국의 적 후방에서 조직, 통신, 첩보활동의 목적으로 우리에게 5백만 원을 제공하려고 합니다. 우리는 이 금액을 수령하기로 결정했습니다. 그럼에도 불구하고 큰 걱정거리가 있습니다. 현재의 5백만 원은 전쟁 이전의 5천 원에 상응합니다. 이 돈으로 얼마나 많은 요원들을 사천(四川) 지방에서 한국이나 중국의 적 후방으로 보낼 수 있을지, 또 그렇게 해서 어떤 결과를 얻을 수 있을지 쉽게 상상하실 수 있을 것입니다. 5백만 원은 이러한 공작의 성공을 거두기에는 너무나 부족합니다. 본인은 미국 정부와 교섭이 이루어진다면 첩보, 파괴, 조직, 통신 그리고 선전 공작의 비용으로 우리가 절실하게 필요로 하는 원조를 획득할 수 있을 것으로 생각합니다. 우리는 미국으로부터 원조를 획득해야 합니다(김광재, 1999: 29-30).

# OSS 중국지부의 설치

미 OSS 도노반 국장은 COI 창설 초기부터 중국에 거점을 마련하기 위해 많은 노력을 기울였다. 하지만 중국-미얀마-인도 전구 미군사령관이었던 스틸웰(Joseph Stilwell)의 저항에 부딪쳐 번번이 실패했다.

스틸웰이 OSS 지부 설치에 반대한 표면적 이유는 하나의 작전구역에서는 하나의 정보계통만 작동되어야 한다는 논리였다. 두 개 이상의 정보조직이 활동하면 작전에 혼선이 온다는 것이었다. 그러나 그 이면에는 스틸웰의 독선적 성격과 OSS와의 경쟁의식이 자리 잡고 있었다. 그는 장개석과도 잦은 불화를 빚었다.

태평양전쟁이 일어나 미국의 정보조직들이 중국으로 진출할 때 육군을 관할하는 미 전쟁성 정보참모부(G-2)는 OSS의 중국 진출을 견제했다. 조직 이기주의였다. COI에서 요원 한 명을 미 전쟁성 G-2의 중국조직에 파견시키려 했으나 이것마저도 전쟁성 G-2는 거절했다.

이처럼 육군 정보조직의 강한 저항에 부딪치자 도노반 OSS 국장은 미국 공군과의 협조체계를 구축했다. 당시 미 공군은 중국 운남성 곤명에 제14항공단을 주둔시키고 있었다.

도노반 국장은 14항공단의 첸놀트(Claire Chennault) 단장과 협의해서 1944년 4월 1일 OSS 장교와 미 공군 정보장교가 공동으로 참여하는 조직을 창설했다. 항공단 정보장교 14명과 OSS 요원 22명이 가담한 이 조직의 대외위장 명칭은 '공지전 자원기술 참모부(AGFRTS, Air and Ground Forces Resources and Technical Staff)'라는, 조금 생소한 이름이었다.

14항공단으로서는 일본군 진영을 공습하기 위해 적진 공습에 필요한 정보를 수집해야 했고, OSS로서는 훈련시킨 요원을 적진에 공중 투하하기 위해 항공기가 필요했다.

이러한 양측의 이해가 맞아떨어져 AGFRTS라는 협동조직이 탄생한 것이다. OSS는 이렇게 탄생한 조직을 심리전에도 활용했다. 많은 심리학자, 만화가들을 곤명에 배치해서 일본군의 심리를 교란시키는 유인물과 물품을 다량으로 만들어 비행기를 통해 일본군 진영에 살포했다.

항공단과의 협조기구가 창설된 지 6개월여가 지난 1944년 10월에는 중국에서의 입지가 더욱 넓어졌다. OSS의 중국 진출을 견제하던 스틸웰 사령관이 중국 전구를 웨드마이어(Albert Wedemeyer) 사령관에게 물려줬다. 중국-미얀마-인도 전구에서 중국 전구가 분리되어 웨드마이어는 중국 전구에만 전념할 수 있었다.

웨드마이어는 스틸웰과 달리 정보 공작의 유용성을 잘 이해하고 있었다. 워싱턴에서는 도노반과 합동심리전위원회에서 함께 일하며 도노반과의 개인적 친분도 두터웠다.

이와 함께 중국국민당 정보조직의 책임자였던 다이리(戴笠)도 OSS 중국지부의 설치를 희망하고 있었다. 중국에서 활동하는 OSS 요원에 대한 지휘체계가 모호해서 다이리는 OSS와의 협력에 많은 애로를 느끼고 있었다.

이에 따라 다이리는 도노반에게 도노반 국장이 직접 임명하고 도노반에게만 책임을 지는 중국 지역 책임자가 있으면 좋겠다는 의사를 보내고 있었다.

이러한 여건의 변화에 따라 OSS 중국지부가 곤명에 설치되고 1944년 12월 9일 인도 뉴델리에서 근무하던 변호사 출신 OSS 요원 헤프너(Richard Heppner)가 OSS 중국지부장으로 부임했다. 헤프너는 전쟁 발발 이전 뉴욕의 도노반 로펌에서 일하던 젊은 변호사였다.

공군과의 협조를 위해 설치했던 AGFRTS는 OSS 중국지부 설치와는 관계없이 그대로 존속했다.

OSS 중국지부가 새롭게 설치되자 이에 대한 지휘권 문제가 쟁점으로 부상했다. 웨드마이어는 이 조직을 자신의 지휘권 아래 두되 OSS가 독자적으로 활동할 수 있도록 보장해주겠다고 제안했다.

도노반은 처음 OSS 중국지부를 웨드마이어의 지휘 아래 둘 경우 자신의 지휘권이 흔들릴 것을 우려, 수용 여부를 놓고 고심하다가 타협책으로 '중국에서의 모든 공작은 OSS 국장의 직접적 지휘 아래 수행하되 웨드마이어 사령관에게도 공작 내용을 보고하도록 하겠다' 라는 대안을 제시하여 웨드마이어의 동의를 받았다. 결과적으로 OSS 중국지부장은 두 사람의 지휘관을 둔 셈이 됐다.

OSS 중국지부는 1945년 7월 기준으로 1,891명의 요원을 보유하고 있었다. 1944년 10월 웨드마이어가 부임할 때 중국 지역 요원 수는 106명에 불과했으나 히틀러가 1945년 4월 30일 자결하고 독일이 5월 7일 무조건 항복하자 유럽의 OSS 요원들이 대거 중국으로 전환 배치됐다(Maochun Yu, 1996: 226).

1945년 2월 기준 OSS 중국지부 간부들의 명단은 다음과 같았다.

| 지부장 | 헤프너(Richard P. Heppner, 대령) |
|---|---|
| 부지부장 | 버드(Willis H. Bird, 중령) |
| 부지부장 | 데이비스(Wm. P. Davis, 대령, 중경 연락관) |
| 비밀정보과장 | 헬리웰(Paul L. E. Helliwell, 대령) |
| 방첩과장 | 써스턴(Arthur M. Thurston) |
| 비밀공작과장 | 윌리스(Nicholas W. Willis, 중령) |
| 심리전과장 | 듈린(Roland E. Dulin) |
| 통신과장 | 호턴(Jack E. Horton, 소령) |
| 연구분석과장 | 스펜서(Joseph Spencer, 소령) |
| 교육훈련과장 | 네링(Eldon Nehring, 대위) |
| 현장 사진 담당 | 호지(Ralph O. Hoge) |

# 이범석의 한미 합동 공작 제안

광복군이 자주권을 회복하고 OSS 중국지부가 설치되는 등 광복군이 미국과 독자적으로 합작할 수 있는 환경이 조성되자 광복군 제2지대장 이범석은 OSS와의 협상에 나섰다.

이범석이 OSS에 접근하는 과정은 1945년 2월 24일 OSS 중국지부에서 작성한 공작 계획서인 「한국 비밀정보 침투를 위한 이글 프로젝트(The Eagle Project for SI Penetration of Korea)」에 자세히 기록되어 있다. 이글 프로젝트는 이범석의 제안으로 성사된 광복군 제2지대와 OSS 중국지부의 합동 공작이다.

이 계획서에 따르면 이범석은 1944년 10월 OSS 중국지부 비밀정보과장을 찾아갔다. 그때의 만남에서 이범석은 광복군 제2지대원과 일본군 탈영 한국인들을 미군에 편입시켜줄 것을 제안했다.

그와 함께 미군이 한국인들을 선발해서 훈련시킨 후 두 가지 임무를 주어 한국에 침투시킬 것을 제시했다. 두 가지 임무 가운데 하나는 미군에 필요한 전략정보를 수집하는 것이고, 다른 하나는 연합군의 한반도 상륙작전을 지원하는 지하조직을 한반도에 구축하는 것이었다.

또한, 이범석은 한국 침투에 성공한 이후에는 일본 본토로의 침투도 가능할 것이라고 자신감을 보였다.

이어 이범석의 초청으로 1945년 1월 미군 장교 2명이 중국 서안에 주둔하고 있던 광복군 제2지대를 방문해서 한국 침투 공작에 적합한 잠재력을 지니고 있는지 여부를 조사했다.

조사를 마친 두 장교는 이범석이 지휘하는 광복군들이 OSS 훈련과 공작에 적합한 자격을 갖추고 있다는 결론을 내렸다(국사편찬위, 1993: 261).

훗날 밝혀진 바에 의하면 이때 광복군의 잠재력을 조사한 장교는 OSS 요원 싸전트(Clyde B. Sargent)와 미 공군 소위 정운수였다.

싸전트는 1940년 미국 콜롬비아대학에서 중국어학으로 박사학위를 취득하고 중국 성도대학에서 외국어 교수(1933.9.-1942.2.)를 지내다 주중 미국대사의 특별보좌관(1942.5.-1943.6.)을 역임했다. 그는 태평양전쟁이 일어나자 OSS 장교로 입대하여 워싱턴에서 10개월간(1943.6.-1944.4.) 근무하다 2차대전 말기 다시 중국에서 2년여간(1944.4.-1946.5.) 복무했다. 해방 후에는 유엔 구제부흥부(UNRRA) 한국 단장으로 한국에서 활동하다가 1947년 4월부터 미소공동위 미국 대표단으로 일하기도 했다(김광재, 1999: 55).

싸전트와 함께 광복군의 잠재력을 조사한 정운수는 경북 의성 출신으로, 1928년 연희전문학교를 졸업하고 미국으로 건너가 1937년 미국 프린스턴 신학대에서 석사학위를 받고 임시정부 구미위원부에서 이승만 박사 보좌관으로 일하다 1944년 미 공군 소위로 입대했다.

임관 후 중국 곤명 주둔 미 공군에 파견되어 정보장교로 근무하다 싸전트와 함께 광복군 제2지대의 OSS 훈련 잠재력을 조사해서 보고하라는 지시를 받았다.

싸전트와 함께 중국 중경으로 간 정운수는 임시정부 요인 이시영과 함께 약 두 달간 숙식을 함께하며 모든 조사를 실시하고 이시영의 지시를 받았다. 1986년 사학자 이현희와의 인터뷰에서 정운수는 당시 조사 과정을 이렇게 회고했다.

> 나는 원하던 중경으로 가서 임시정부 사람들과 그곳 한국 사람들과 의논해서 유격대 편성 여부에 대해 보고하라는 미 육군성(전쟁성, 필자 주)의 명령을 받고 그리로 갔습니다. 거기서 김구 선생, 조소앙, 신익희 선생, 이시영 선생 등을 만나뵙고 이시영 선생 방에서 약 두 달간 기거하면서 모든 조사를 실시하고 이시영 선생의 지시를 받았습니다…(중략)…서안의 제2지대로 갔습니다…(중략)…다음 날 새벽 일찍이 일어나서 나가보니까 운동장에서 조기훈련을 받아요. 실제로는 한 500명밖에 안 되는 모양인데 제법 군대식으로 훈련이 잘된 것 같아 보였습니다…(중략)…다시 명령을 기다리고 있는데, 곤명으로 가라는 지시를 받고 그리로 가보니 제3지대장 김학규 씨와 그 사람 밑에 있던 김우전이란 사람과 연안의 공산당에서 파견한 한 사람 등 세 사람이 있더군요. 그래 제3지대엔 직접 가지 않고 이들에게 제3지대의 이야기를 듣고 상황을 보고했습니다. 그때가 1945년 초예요. 곤명에서 공군 소속의 웜스(Clarence N. Weems Jr.)라는 사람을 만났습니다. 그는 OSS 책임을 맡고 있다고 자기소개를 하더군요. 그분은 개성의 미국 선교사 아들이라고 하더군요…(중략)…그래서 웜스 대위와 만나 본격적으로 OSS 훈련에 관한 얘기를 나눴고, 제가 조사한 사실을 미국 군부에 보고하여 훈련을 시키라는 승낙을 받은 것입니다(한국정신문화연구원, 1986: 339-340).

# 코드 네임
# '이글 프로젝트'

OSS는 이범석의 제안을 받아들여 공작명 '독수리 작전(Eagle Project)'을 추진했다. 첫 작업으로 만주, 한반도 등 동북 지방으로의 침투 공작을 전개하기 위해 1945년 4월 섬서성 서안에 야전사령부(Field Unit Command)를 설치했다. 사령관에는 크라우제(Gustav Krause)가 임명됐다.

OSS 중국지부가 중국 남쪽 운남성의 곤명에 위치하고 있었던 관계로 만주, 한국으로의 침투를 용이하게 추진하기 위해서는 동북 지역과 지리적으로 가까운 곳에 공작원들을 훈련시키기 위한 별도의 훈련 거점이 필요했던 것이다.

이어 독수리 작전을 전개하기 위해 서안 야전사령부와는 별도로 서안에서 동남쪽으로 19.5㎞ 떨어진 두곡에 새로운 기지를 차렸다. 두곡은 광복군 제2지대가 주둔하고 있던 지역이었다.

독수리 작전의 OSS측 책임자는 싸전트, 광복군 책임자는 이범석으로 지정됐다. 싸전트의 공식 직함은 독수리 작전 야전사령관(field commander of the Eagle project)이었다. 싸전트는 OSS 서안 야전사령부의 통제 아래 독수리 작전 요원의 선발, 훈련, 파견, 공작 등 활동 전반을 지휘했다.

당시 서안 야전사령부에서는 독수리 작전 이외 불사조 공작(Phoenix operation), 칠리 미션(Chili mission)등의 이름을 가진 동북아 침투 공작들이 전개되고 있었다.

OSS 내부 문건을 보면 이글 프로젝트의 공작원으로 계획된 총인원은 100여 명이었다. 이 가운데 제1기 훈련에 50명이 선발되어 1945년 5월 11일 첫 훈련이 시작됐다. 총 교육기간은 약 3개월이었으며 하루 교육시간은 8시간이었다.

교육과목은 첩보의 중요성, 첩보보고서 양식, 일본군 전투서열, 독도법, 무전 등으로 편성됐다. 이 가운데 무전교육은 오전 1시간, 오후 1시간 등 하루 총 2시간씩 매일 반복됐다. 한반도에 침투하여 수집한 첩보를 효율적으로 서안에 보고하기 위해 무전교육에 집중할 필요가 있었다.

제1기 교육은 8월 4일 완료되었는데, 최종 수료인원은 38명이었다. 제2기 교육은 8월 13일 시작될 예정이었으나 일본이 조기에 항복하는 바람에 무산됐다.

교육이 후반기에 들어서는 7월초에 이르러 훈련을 마친 공작원들을 한국으로 침투시키는 방법에 대한 문제가 현안으로 떠올랐다. 그때까지는 이에 대해 아무런 대책이 없었다.

서안에서 무전장비를 지닌 채 육로로 출발하여 일본군의 경계를 뚫고 한반도 내부로 침투하기란 쉬운 일이 아니었다. 그 당시 OSS가 입수한 정보로는 일본군 최고사령관이 미국과 소련의 한반도 침투 공작을 눈치 채고 조선군사령관에게 특별경계 명령을 하달하고 있었다.

7월초 독수리 야전사령부는 곤명의 OSS 중국지부에 해안으로 침투하기 위한 잠수함을 지원해주도록 요청하였으나 뚜렷한 지침을 받지 못했다. 그에 따라 대안으로 공중침투가 모색됐다.

7월 중순경 훈련성적이 좋고 건장한 훈련생 12명을 선발해서 곤명의 낙하산 훈련소에 보내 훈련종료 즉시 안휘성의 입황으로 이동시켜 한반도로 침투하는 계획을 세웠다. 그러나 선발된 12명이 8월초 곤명에 도착할 때쯤 일본의 조기 항복으로 훈련 자체가 무산됐다.

OSS 내부 문건을 보면 서안에서 한반도로 침투하는 요원들의 중간기지 혹은 무선통신 중계소로 활용하기 위해 해방 직전 산동 반도에 독수리 제2기지가 만들어지고 있었다(김광재, 1999: 84-85).

# 김준엽의
# 이글 프로젝트 회상

이글 프로젝트 훈련생 가운데는 김준엽 전 고려대 총장도 있었다. 일본군 학병으로 징집되었다가 일본군을 탈영한 김준엽은 중국 대륙을 헤매다 중경의 임시정부를 찾아갔다.

1945년 1월 31일 김준엽이 임시정부를 찾아갔을 때 여기저기서 일본군을 탈영하여 중경 임시정부에 집결한 인원은 총 50명.

이들의 등장은 연합국으로부터 많은 주목을 받았다. 이들은 일제 강점기 한반도에서 태어나 성장하며 일본식 교육을 받아 일본어에 능통한 데다, 탈영하기 직전까지 일본군에서 복무했기 때문에 일본군의 내부사정에 밝았다. 한반도에 침투하기에 적합한 공작원으로서의 자격을 갖추고 있었던 것이다.

많은 연합국 기자와 정보요원들이 이들로부터 일본군과 관련된 정보를 얻기 위해 임시정부를 찾아왔다.

광복군 제2지대장 이범석은 이들 50명 가운데 지원자 19명을 뽑아서 이글 프로젝트에 참여시켰다. 이범석은 19명을 확정하기 전 50명의 리더인 김준엽을 따로 불러 이렇게 당부했다.

서안에 가면 미군의 특수훈련을 받은 다음 여러분들은 국내로 잠입하여 지하공작을 전개하였다가 우리 광복군과 미군이 상륙할 적에 항일세력을 총궐기케 하고 상륙군에 호응하여 왜적을 멸살케 하는 비밀 계획이오. 국내로 잠입한다는 것은 목숨을 거는 일이니 낮에 내가 강조한 대로 죽을 각오가 되어 있는 동지만 나를 따라 서안에 가도록 하시오. 되도록 많은 동지가 서안으로 갔으면 좋겠지만 사지로 가는 일이니 적은 수라 하더라도 조국을 위하여 목숨을 바칠 단단한 각오가 되어 있는 동지들만 지원토록 하시오(김준엽, 1988: 377).

이글 프로젝트에 참여하게 되는 19명이 중경 임시정부를 떠나던 4월 29일 아침 7시, 백범 김구 주석은 이들을 모아놓고 비장한 연설을 했다. 백범은 중국 두루마기 안주머니에서 아무 말 없이 둥근 회중시계 하나를 꺼내어 그들에게 보여줬다. 그러면서 작별사를 시작했다.

오늘 4월 29일은 내가 23년 전에 윤봉길 군을 죽을 곳에 보내던 날이오. 또 지금이 바로 그 시각이오. 여러분도 다 알 것이오. 상해 홍구 공원에서 폭탄을 던져 백천(白川) 대장 등을 죽이려던 그날의 의사 윤봉길이 나와 시계를 바꿔 차고 떠나던 날이요. 내가 가졌던 허름한 시계를 대신 차고, 내게는 이 회중시계를 주고 떠나가던 윤 군의 모습을 생각하며, 바로 같은 날인 오늘 앞으로 윤 의사와 꼭 같은 임무를 담당할 여러분을 또 떠나보내는 내 심중이 괴롭기 한이 없구료. '선생님, 제 시계와 바꿔 찹시다. 제가 가진 것은 선생님 것보다 나을 것입니다. 어차피 저는 시계가 필요 없어질 것이지만, 제 일이 성공하기 위해선 시계가 아주 없어서는 안 되겠지요' 하던 윤 의사의 눈망울이 이제 여러분의 눈동자로 빛나고 있기 때문이오…(중략)…그러나 그때보다 나는 더욱 마음 든든하오. 한 사람이 아니라 19명의 윤 의사와 같은 동지를 떠나보내니 조국 광복을 위하여 더 큰일을 성취할 것으로 믿기 때문이오…(중략)…여러분들의 젊음이 부럽소. 반드시 여러분의 훈련이 끝나기 전에 한번 서안에 가볼 생각이오(김준엽, 1988: 387).

# 아이플러의 냅코 프로젝트

이범석의 제안으로 중국 서안에서 이글 프로젝트가 한창 진행 중일 때, 미국에서는 냅코 작전(NAPKO PROJECT)이라는 새로운 한반도 침투 공작이 전개되고 있었다.

이 공작의 책임자는 COI 101 파견대장 출신 아이플러. 한국임시정부와의 합동 공작을 목적으로 1942년 7월 인도 뉴델리에 도착한 101 파견대는 한국임시정부 측 사정으로 합동 공작이 어려워지자 미얀마 전선에 투입되어 스틸웰 사령관의 지휘 아래 미얀마 카친족을 게릴라로 양성하여 항일 게릴라전을 전개하고 있었다.

아이플러는 스틸웰과 개인적으로 가까운 인물이었다. 도노반 국장은 처음 101 파견대를 창설할 때 데파스(Morris B. DePass)를 대장에 임명하려고 했다. 데파스는 올리비아 계획(Scheme "OLIVIA")을 입안한 인물이었다.

한반도를 비롯한 만주, 북중국, 인도차이나 등 일본이 점령하고 있던 극동 지역으로 침투하는 공작을 전개하기 위해서는 중경을 비롯한 중국 각지에 훈련센터를 세워 공작원들을 양성해야 한다는 것이 올리비아 계획의 골자였다.

올리비아 계획을 집행하기 위해서는 그 지역 담당 사령관인 스틸웰의 승인을 얻어야 했다. 스틸웰은 공작 계획 자체에는 반대하지 않았으나 그

공작 계획의 책임자를 데파스로 지명하는 데는 반대했다.

대신 스틸웰은 자신의 심복인 아이플러를 책임자로 임명해달라는 조건을 내걸었다. 스틸웰이 샌디에고의 육군훈련소에서 교관으로 일할 때 아이플러를 교육한 인연이 있었다. 그 당시 아이플러는 멕시코 국경에서 비밀정보요원으로 일하고 있었는데, 당시 육군에 아이플러가 대담하고도 도전적인 장교로 널리 알려져 스틸웰도 그를 좋게 보고 있었다 (Maochun Yu, 1996: 25).

지역 담당 사령관의 허가 없이 공작을 수행하기 어려웠던 OSS로서는 스틸웰이 요구한 아이플러를 파견사령관으로 임명할 수밖에 없었다.

도노반은 스틸웰의 요구대로 아이플러를 101 파견대장에 앉히는 대신 자신에게 충성할 수 있는 인물들을 파견대원으로 배치했다. 카플린(John S. Coughlin), 피어스(William Peers), 재미교포 장석윤(Montana Chan) 등이었다.

이처럼 아이플러는 101 파견대 창설 당시 스틸웰의 요청으로 임명된 인물이었다. 그에 따라 도노반으로서는 스틸웰 산하로 편입되어 미얀마 전선에서 근무하고 있던 아이플러가 스틸웰에게 지나치게 밀착되어 있는 것이 못마땅했다.

이에 도노반은 아이플러 대신 카플린을 101 파견대장으로 교체했다. 그 당시 워싱턴에는 장개석과 번번이 마찰을 빚고 있던 스틸웰이 중국-미얀마-인도 전구 사령관에서 해임될 것이라는 소문이 나돌고 있었다.

도노반은 스틸웰이 교체되는 낌새를 알아차리자, 그 기회에 아이플러 문제를 정리하기로 결심하고 1943년 12월 10일 '아이플러가 재충전할 수 있는 기회를 부여한다' 라는 명목을 내세워 아이플러를 워싱턴으로 소환한 다음, 카플린을 후임에 임명했다. 소환 통지를 받은 아이플러는 1944년 6월, 장석윤은 그해 7월 워싱턴으로 돌아갔다.

이렇게 해서 워싱턴으로 돌아와 있던 아이플러에게 도노반은 새로운 임무를 맡겼다. 1944년 7월 사이판 섬을 미군이 탈환한 직후 사이판, 괌 등에서 사로잡은 일본군 포로 가운데 강제 징용된 한국인들을 선발해서 한반도 침투 공작원으로 양성하라는 지시를 내렸다. 이것이 코드 네임 '냅코 프로젝트'이다. 일본군에 강제 징집된 한국인들은 일본군 내부사정에 밝은 것은 물론 일본어에 능통하고 한반도 지형에도 익숙하여 공작원으로서의 가치가 클 것이라는 판단이 냅코 작전을 추진한 배경이었다.

냅코 프로젝트는 공작원 물색에서부터 시작됐다. 장석윤은 당시 위스콘신 주 맥코이 포로수용소에 신분을 위장하고 잠입하여 1944년 11월 30일부터 40여일간 포로들을 관찰한 후 적임자를 물색했다. 장석윤이 수집한 한국인 정보를 바탕으로 아이플러는 공작 계획서를 수립해서 1945년 3월 7일 도노반에게 보고했다. 공작명의 냅코가 무엇을 의미하는지는 아직 밝혀지지 않고 있다. 아이플러 자신도 훗날 그 용어의 정확한 의미를 잊어버렸다고 말했다.

냅코 공작은 5명 규모의 공작팀을 10개 팀 양성해서 한반도로 침투시키는 계획이었다. 1차 선발된 19명이 로스앤젤레스 근처 산타카타리나 섬에서 훈련을 받고 태평양을 관할하는 맥아더와 니미츠 사령관의 승인을 기다리는 중 일본이 갑자기 항복함으로써 이 공작도 불발되고 말았다.

이 공작에는 김강, 변준호 등 좌익성향의 민족혁명당 미주지역 인물도 포함되어 있었다. 해방 후 일부 인물은 미국 공산당에 가입하고 일부는 북으로 넘어갔다(정병준, 2002: 168-169).

# OSS 한국 전문 정보분석요원 윔스

OSS 공작관 싸전트와 아이플러가 중국과 미국에서 한반도 침투 공작을 전개하고 있을 때, OSS 중국지부 연구분석과에서는 윔스(Clarence N. Weems, Jr.)라는 한국 전문 분석요원이 일하고 있었다.

현대 정보기관의 정보기능은 일반적으로 첩보수집, 정보분석, 보안 방첩, 비밀공작 등으로 구별된다. 싸전트와 아이플러가 비밀공작 분야에 종사한 공작관이었다면 윔스는 정보분석 분야의 OSS 요원이었다.

윔스는 1909년 한국에 들어와 개성 지방에서 선교활동을 했던 윔스(Clarence N. Weems) 목사의 둘째 아들이다. 윔스 목사는 개성동부교회 목사, 송도 고등보통학교 교장 등을 지냈다. 윔스 목사는 한국에서 셋째 아들 벤자민(Benjamin B. Weems), 넷째 아들 빌을 낳았다.

이들 가족은 모두 태평양전쟁이 일어나기 직전인 1940년 미국으로 안식휴가를 떠났다가 전쟁이 일어나는 바람에 한국으로 돌아오지 못하고 미국에 머물렀다.

전쟁이 일어나자 미국에 머물던 윔스는 1942년 2월 27일 미국 전쟁성 정보참모부(G-2)에 한국 담당 연구분석관으로 임용됐다. 한국에서 15년간(1909-1923, 1928-1929) 거주한 인연으로 한국어에 능통하고 한국문화에 익숙한 점이 한국 담당관으로 임용된 배경이었다.

전쟁성 G-2에 임용된 직후인 8월 4일 그가 작성한 이력서에 보면, 그는 1907년 5월 28일 미국 아칸소에서 태어나 1909년 아버지를 따라 한국에 와서 자라며 서울 미국인학교 교사(1928-1929)를 지내고 1930년 미국 밴더빌트대학을 졸업한 것으로 기재되어 있다.

전쟁성 G-2에서 근무하던 윔스는 1943년 3월 8일 OSS로 옮겨 OSS 샌프란시스코 사무소에서 잠시 근무하다 그해 10월 13일 OSS 연구분석 정보국 인도-중국 담당관으로 보직을 옮겨 1945년 9월 25일까지 근무했다.

연구분석국 소속으로 근무할 때인 1945년 4월에서 9월까지는 중국 곤명의 OSS 중국지부 연구분석과 한국 담당관으로 파견되어 일했는데, 파견기간 중인 6월에서 8월까지는 안휘성 입황에 설치된 한국인 훈련센터(Korean Training Center)를 총괄했다(국가보훈처, 2005: 287).

윔스는 중국에서 광복군 제3지대장 김학규를 파트너로 두고 일했다. 백범일지를 보면 "(광복군) 제2지대는 OSS 주관자 싸전트 박사와 이범석 대장이 합작하여 서안에서 비밀훈련을 실시하고, 본시 개성 출신으로 우리 언어가 능숙한 윔스 중위는 부양에서 김학규 대장과 합작하여 비밀훈련을 실시하였다" 라는 내용이 나온다(김구, 2002: 395-396).

윔스 자신도 1945년 10월 11일자로 작성한 '미국의 한국정책과 관련 광복군의 중요성'이란 보고서에서, 자신이 중국에 파견되어 한국 담당 일을 시작할 때부터 김학규를 알게 되어 한국인 훈련센터를 운영할 때 직접 만나 협의했다고 밝히고 있다(국가보훈처, 2005: 294).

# 김학규의 한미 합동 공작

이범석이 OSS 중국지부 측과 합동 공작을 협의하고 있을 즈음, 중국 안휘성 부양의 제3지대 김학규 지대장은 제14항공단과의 합작을 시도하고 있었다. 광복군 제3지대는 부양에 근거지를 두고 활동하던 광복군 징모 제6분처(徵募 第6分處)가 1945년 6월 30일 승격된 조직이다.

안휘성은 당시 중국 중부 지역에서 일본군에 포위되어 있던 고립 지역이었다. 그에 따라 일본군을 탈영한 한국인들이 집결하기에 좋은 지역이었다. 광복군이 안휘성에 징모조직을 둔 것도 일본군 탈영 한인들을 모집하기에 좋은 곳이었기 때문이다.

반면에, 안휘성 지역에서 한반도 침투 공작 훈련을 실시하기에는 적합하지 않았다. 일본군에 포위되어 있었기 때문에 성 외부와의 교류도 항공기를 이용할 수밖에 없는 처지에서 비밀훈련을 수행하기에는 보안유지가 어려웠다.

곤명에 본부를 두고 있던 제14항공단은 안휘성 임천 근처 사만(謝灣)에 연락소를 두고 있었다. 이러한 군사 상황에 따라 광복군 제3지대는 제14항공단과 교류할 수 있었다.

더욱이 제14항공단은 OSS와의 협력조직인 '공지전 자원기술참모부(AGFRTS)'를 1944년 4월 1일 창설해서 운영하고 있었다. AGFRTS를 매개로 광복군 제3지대가 미 OSS와도 교류할 수 있는 여건이 갖추어져 있었던 것이다.

2차대전 내내 중국에는 OSS를 비롯 방첩대, 육·해·공군의 정보팀 등 10여개 이상의 미국 정보기관들이 각각 진출해서 각자 워싱턴 본부의 지휘를 받으면서 중국 현지에서 정보기관끼리 서로 경합하고 있었다. 중국 현지에서 정보기관이 서로 협력할 수 있는 조정·통합 체계가 없어 정보기관 간 경쟁과 혼선이 극심했다.

새롭게 창설된 OSS가 중국에 진출하면서 미국 정보기관들과 협력하게 되는 과정을 보면 처음 101 파견대가 스틸웰 사령관의 지휘 아래 활동했고, 그다음 해군 정보국과 중국 조사통계국 주도로 설치된 SACO의 통제를 받았으며, 이어 제14항공단과의 협조 아래 AGFRTS를 만들어 활동하다가, 최종적으로 웨드마이어 사령관의 지원으로 OSS 중국지부를 만들어 독자적인 영역을 구축하는 순으로 변화했다(Maochun Yu, 1996: 267-268). 광복군 제3지대는 이러한 정보기관 가운데 AGFRTS와 연결됐다.

두 조직의 교류에 처음 물꼬를 튼 사람은 제3지대의 김우전과 제14항공단 사만 연락소에 근무하고 있던 버치(John M. Birch) 대위였다. 버치는 제14항공단 소속 정보장교로 AGFRTS에 파견되어 있었다.

김우전은 버치에게 광복군에 무전교육을 시켜주도록 제안하여 승낙을 받고, 김학규 제3지대장에게 보고하여 승인을 받았다. 이어 김학규 대장은 임시정부 및 제14항공단의 승인을 얻어내기 위해 그해 2월 28일 김우전, 버치와 함께 임천을 출발하여 3월 13일 곤명에 도착, 제14항공단 체놀트 단장과 면담하여 승인을 받았다.

김학규 일행은 제14항공단과의 협력이 성사되자 3월 16일 중경을 찾아가서 임정 및 광복군 지도부에 보고하여 재가를 받았다. 제2지대와 미 OSS의 합작을 모르고 있었던 김학규는 중경에 가서야 합작이 진행되고 있다는 걸 처음으로 알게 되었다. 그 사실을 알고 김학규는 군사적 고립 지역인 안휘성에서 합동훈련을 실시하는 것보다는 서안이 지리적으로 안전하다는 판단하에 합작 추진을 중단한 것으로 알려지고 있다(김광재, 1999: 95-98).

한편, OSS 요원 윔스는 1945년 6월에서 8월까지 안휘성 입황에서 한국인 훈련센터를 운영했다고 자기의 이력서에 써놓았고, 김구 주석은 백범일지에서 '윔스 중위는 부양에서 김학규 대장과 합작하여 비밀훈련을 실시하였다'라고 기록했다. 이로 미루어 백범이 남긴 기록은 윔스가 스스로 밝힌 한국인 훈련센터를 지칭하는 것으로 보인다.

그러면 윔스의 한국인 훈련센터란 무엇인가? 그 실체는 비밀 해제된 OSS 문건들에서 찾을 수 있다. 굿펠로우는 1944년 7월 22일 한국인 동원 공작을 재개할 것을 도노반 국장에게 건의하면서 1942년 1월 수립했던 올리비아 계획의 제일 목표가 한반도 침투 공작이라는 사실을 환기시켰다.

그런데 올리비아 계획을 보면 한국, 북중국, 인도차이나 등지로 파견하는 공작원들을 양성하기 위해 중국 각 지역에 훈련학교를 세워야 한다는 내용이 포함되어 있다. 이로 미루어 윔스가 밝힌 한국인 훈련센터는 올리비아 계획에 따라 세워진 공작원 훈련학교의 하나였던 것으로 보인다.

엄해도, 윤영무, 김영일 등 광복군 22명은 1945년 7월 7일 안휘성 입황 부근의 훈련소에서 미군복과 미군용 보급품을 지원받으며 3개월간 미군 장교 1명과 하사관 두 명으로부터 무전교육, 폭파, 첩보학 등을 교육받았다는 증언을 남겼다(김광재, 1999: 100-101). 이러한 증언들은 웜스가 밝힌 한국인 훈련센터가 실제로 가동되었음을 보여준다.

# 김구와 도노반의
# 한미 합동 공작 선포

　　1945년 8월 7일 중국 서안의 광복군 제2지대 사무실에서는 한미 관계의 역사에 큰 획을 긋는, 의미 있는 행사가 열렸다. 이글 프로젝트의 훈련이 완료되어 한미 합동 비밀공작의 시작을 알리는 의식이 개최된 날이다. 인류 최초의 원자탄이 히로시마에 투하된 다음 날이었다.

　　이 행사에 참석하기 위해 도노반 국장은 워싱턴에서 일부러 왔다. 그만큼 도노반에게도 중요하고 뜻깊은 행사였다. 그가 COI를 창설한 이후 집요하게 추진해온 한반도 침투 공작이 마침내 성사되는 날이었다. 이날 열린 선포식의 광경을 김구 주석은 이렇게 묘사했다.

　　제2지대 본부 사무실 정면 오른쪽 태극기 밑에는 내가 앉고, 왼쪽 성조기 밑에 도노반이 앉고, 도노반 앞에는 미국 훈련관들이 앉았고, 내 앞에는 제2지대 간부들이 앉은 후, 도노반 장군으로부터 정중한 선언 발표가 있었다. "금일 금시로부터 아메리카합중국과 대한민국임시정부와의 적 일본에 항거하는 비밀공작은 시작되었다." 도노반과 내가 정문으로 나올 때에 활동 사진반들이 사진 촬영을 하는 것으로 의식을 끝마쳤다(김구, 2002: 396).

도노반은 합동 공작 선포식에 참석하기에 앞서 곤명의 OSS 중국지부를 시찰한 다음 8월 5일 중경에 도착했다. 중경에 도착하던 날 밤 웨드마이어 사령관은 환영 만찬을 베풀며 장개석 총통과의 면담을 주선하겠다고 밝혔다.

다음 날인 8월 6일 웨드마이어 주선으로 가진 장개석과의 단독 회담에서 도노반은 만주와 한반도로 침투하는 OSS 공작에 중국이 적극 협조해줄 것을 요청했다. 그에 대해 장개석은 크게 환영하며 무조건적인 지원을 약속했다. 즉석에서 제1전구에 전화를 걸어 즉각적인 지원을 지시하기도 했다.

8월 7일 한미 합동 공작 선포식이 열린 다음 날부터 국제 정세가 긴박하게 돌아갔다. 소련이 대일전쟁을 선포(8.8.)하고 만주로 진격하는가 하면 그 다음 날인 8월 9일 일본 나가사키에 두 번째 원자폭탄이 떨어졌다.

8월 9일부터 도노반이 머무르던 서안 지역에 일본이 곧 항복할 것이라는 소문이 돌았다. 사태가 급박하게 진전되자 도노반은 "소련 적군이 만주로 진입한 것은 우리가 동북 지역으로 침투하는 공작이 이미 늦었다는 것을 의미한다. 소련이 한반도와 만주에 있을 때, 우리가 거기에 함께 있지 못하면 우리는 결코 거기에 진입하지 못할 것이다" 라는 말을 남기고 서둘러 워싱턴으로 돌아갔다.

8월 10일 곤명 공항을 이륙하자마자 도노반은 헤프너 지부장으로부터 일본이 항복했다는 보고를 받았다(Maochun Yu, 1996: 229-230).

**6장** /

# 미 OSS 중심
# 한미 관계의 단절

# 개관

태평양전쟁 말기 이글 프로젝트를 통해 미 OSS와 한국임시정부의 협력관계가 어렵게 형성됐다. 도노반 국장은 이글 프로젝트 훈련생 수료식에 참석하기 위해 미국에서 중국 서안까지 날아오기도 했다. 대단한 관심과 성의의 표시였다. 이러한 협력관계가 전후에도 지속된다면 임시정부는 연합국의 지원 아래 한반도를 대표하는 합법정부로 국제적 승인을 받을 수 있었다.

하지만 이와 같은 기대는 미 국무부의 반대로 불발됐다. 한국을 비롯한 프랑스, 폴란드 등 망명정부를 모두 합법정부로 인정하지 않는다는 것이 미 국무부의 방침이었다.

전쟁이 끝난 직후 미 OSS의 간부들은 전시에 조성된 한국임시정부와의 협조관계를 전후에도 그대로 유지해나가려는 노력을 보여줬다. 도노반 국장은 미국과의 지속적인 우호관계 유지를 희망하는 김구 주석의 서한을 트루먼 대통령에게 전달하기도 했다.

중국지부장 헤프너는 이글 프로젝트 팀에 연합국 포로 구출 등의 임무를 주어 서울로 들여보냈다. 하지만 버드가 인솔한 서울 진입팀은 한반도에 진입하는 데 실패하고 말았다. 그 직후 이범석은 OSS 중국지부의 비밀정보과장에게 서한을 보내 임시정부와 광복군의 조기 귀국을 주선해달라고 호소했다.

그러나 이러한 노력들은 워싱턴의 반대로 모두 실패하고 만다. 더욱이 트루먼 대통령은 전쟁이 끝난 지 한 달 반 정도 지난 10월 1일자로 OSS를 해체했다.

이로써 미 OSS와 임시정부가 협력할 수 있는 인적 네트워크는 완전히 단절됐다. 그에 따라 임시정부 요인들은 정부 대표 자격이 아닌 개인 자격으로 귀국길에 오를 수밖에 없었다.

# OSS 중국지부장의
# 한반도 선점 명령

OSS 중국지부는 일본 천황이 8월 15일 정식으로 항복을 선언하기 이전인 8월 10일 일본의 항복을 비공식으로 확인하고, 일본이 지배하고 있던 한반도와 만주를 소련에 앞서 점령하는 조치들을 긴박하게 추진했다.

당시 OSS의 경쟁상대는 소련과 중국공산당이었다. 소련이 대일전쟁을 선포한 후 만주와 한반도에 병력을 투입함으로써 OSS도 이에 맞대응해야 했다. 소련은 중국국민당 군대가 만주에 진출하는 것을 저지하면서 중국공산당에게는 일본군이 남긴 무기와 장비들을 건네주고 있었다.

웨드마이어 사령관은 중국국민당 군대가 이러한 난국을 헤쳐나갈 역량이 없다고 보고, 전쟁성에 소련군에 대응할 수 있도록 7개 사단을 파견해주도록 요청했으나 거절당했다(Wedemeyer, 1947: 348).

독수리 작전 합동 선포식 참석차 중국을 방문하고 있던 도노반은 8월 9일 일본의 항복 소식이 들리자 웨드마이어 사령관과 후속조치를 협의했다. 두 사람은 소련이 만주와 한반도에서 지배력을 확보하기 이전에 이 지역으로 OSS 팀을 침투시켜야 한다는 데 합의했다.

OSS 중국지부장 헤프너는 이러한 지휘방침에 맞추어 8월 10일 중경의 OSS 연락관 데이비스(William P. Davis)에게 긴급전문을 보내 네 가지 지침을 제시했다.

데이비스는 곤명의 OSS 중국지부가 중경의 웨드마이어 사령부에 파견한 연락관이었다. 헤프너 지부장과 웨드마이어 사령관의 업무협의를 긴밀히 유지하는 것이 그의 임무였다. 이날 헤프너가 데이비스에게 하달한 네 가지 지침은 아래와 같다.

> 첫째, 중국 전구 미군사령부와 협의해서 중국의 주요 도시에 코맨도 팀을 투입하라. 이 팀이 일본군사령부들에 침투해서 중요한 문서와 인력을 확보할 수 있도록 이들을 수송할 항공편을 준비하라. 이 팀은 내일이라도 당장 떠날 준비가 되어 있어야 한다.
> 둘째, 러시아가 만주에 도착하기 전에 OSS 팀이 거기에 진출할 수 있도록 만주의 결정적 지점에 OSS 팀을 즉각 투입할 수 있는 항공편을 중국 전구 미군사령부와 협의해서 확보하라.
> 셋째, 러시아가 한반도를 점령하기 이전에 한반도에서의 미국 이익이 보호받을 수 있도록 한반도의 전략적 지점에 OSS 팀을 투입할 수 있는 항공편을 마련하라.
> 넷째, 미국과 중국국민당의 이익이 보호받을 수 있도록 중국 본토의 중요한 지점에 OSS팀을 배치할 수 있는 공수로를 확보하라(국사편찬위, 1995: 282-283).

도노반 국장과 헤프너 지부장의 지침에 따라 독수리 작전을 관장하던 중국지부의 헬리웰 비밀정보과장도 8월 10일 독수리 작전 야전사령관 싸전트 대위에게 긴급 전문을 하달했다. 이 전문은 서안 야전사령부의 클라우세 사령관을 거쳐 싸전트에게 전달됐다. 당시 두곡의 독수리 작전 야전사령부는 서안의 야전사령부를 거쳐 곤명의 중국지부와 통신하고 있었다. 헬리웰이 싸전트에게 보낸 전문은 아래와 같다.

> 아직 비공식적이지만 일본이 무조건 항복했다. 평양, 부산, 청진에 미국 요원, 한국계 미국 요원, 핵심 한국 요원들을 투입할 계획이므로 사령부의 명령을 대기하라. 독수리 작전 계획도 조정하라. 적절한 시기가 오면 요원 공수에 필요한 항공편을 제공할 것이다. 요원을 투입하라는 명령을 받으면 12시간 안에 집행해야 한다. 꼼꼼히 준비하라. 추가 명령을 받을 때까지 어떠한 팀도 움직여서는 안 된다(국사편찬위, 1995: 285).

헤프너와 헬리웰의 전문에서 보는 것처럼 일본의 항복 직후 OSS의 목표는 소련에 앞서 한반도와 만주에 진출해서 그 지역을 장악하는 것이었다.

이러한 OSS의 목표는 3일 후 웨드마이어 사령관의 명령에 의해서 일부 수정된다. 웨드마이어는 중국 전구 미군사령부가 시급히 해야 할 최우선적 과제로 한국과 북중국, 만주 지역에 억류되어 있는 연합국 포로 구출이라는 임무를 제시했다.

웨드마이어의 통제를 받고 있던 OSS 중국지부 역시 이러한 지침에 따를 수밖에 없었는데, 이 지침은 OSS가 이들 지역으로 침투할 명분을 내세우는 데 좋은 위장 구실이 됐다(Maochun Yu, 1996: 232). 즉, 포로를 구출하는 명분으로 잠입해서 OSS 본래의 목적인 정보수집과 비밀공작의 기반을 구축하는 것이었다.

# OSS팀의 서울 진입 시도

1945년 4월 12일 미국의 루스벨트 대통령이 갑자기 뇌출혈로 사망했다. 전쟁을 지휘해오던 그의 갑작스런 죽음은 미국의 전후정책에 많은 혼선을 가져왔다.

미국, 영국, 소련의 수뇌는 독일의 패색이 짙어지자 1945년 2월 크림반도 얄타에서 회담을 갖고 전후대책을 논의했다. 이 회담에서 극동 문제에 대해 비밀의정서가 채택됐다. 소련이 독일 항복 후 2~3개월 이내 대일전에 참전하며, 그 대가로 연합국은 소련에게 러일전쟁에서 잃은 영토를 반환해주겠다는 내용이었다. 전후 극동지역 질서에 중요한 영향을 미치는 협약이었다.

하지만 루스벨트 대통령은 이 합의 내용을 장개석, 헐리(Patrick Hurley) 주중 미대사, 웨드마이어 사령관 등에게 알려주지 않은 채 사망했다. 그에 따라 전후 미국의 극동정책에 많은 혼선이 일어났다. 얄타 회담의 당사자인 영국의 처칠 수상은 전후 홍콩, 싱가폴 등 과거 영국 식민지들을 되찾는 데 골몰했고, 소련의 스탈린은 만주와 한반도를 차지하는 데 전력을 기울였다.

도노반의 OSS가 소련에 앞서 한반도와 만주를 선점하려고 시도했던 것도 얄타 회담에서 합의된 내용을 모르고 있었기 때문이다.

OSS 중국지부는 하얼빈, 심양, 해남도 등 8개 지역에 우선 OSS 코맨도 팀을 급파해서 포로 구출 임무를 벌였다. 해남도 담당 싱글러브(John C. Singlaub) 팀은 낙하산으로 해남도에 투입되어 400명의 포로들을 구출해서 홍콩으로 후송했다. 싱글러브는 1970년대 카터 미 대통령이 주한미군 감축을 추진할 때 주한 미군사령부 참모장으로 근무하며 미군 감축에 반대하다 해임된 인물로 유명하다.

산동 반도로 진출했던 버치(John Birch) 대위는 중국공산당에 피살됐다. 8월 16일 낙하산으로 심양에 투입된 OSS 팀은 웨인라이트(Jonathan Wainwright) 중장을 구출했다. 웨인라이트는 1942년 동남아 전투에서 일본군에 체포됐던 인물이다(Maochun Yu, 1996: 242-243).

8월 10일 헤프너 지부장으로부터 한국 침투를 지시받은 중경의 OSS 연락관 데이비스는 8월 14일 웨드마이어 사령관에게 한국 침투 승인을 요청해서 승낙을 받았다. 데이비스가 상신한 승인요청서의 전문은 아래와 같다.

1. 일본이 항복해서 우리 조직은 한반도 침투를 위한 이글 프로젝트를 수행할 수 없게 되었습니다. 현재 한반도 내부 상황에 관해서 정보를 수집할 수 있는 출처가 없어 중국 지원사령부에 지원할 만한 정보가 없는 실정입니다. 따라서 중요한 정보를 즉시 수집하고, 한반도의 중요한 지점에 요원들을 배치해서 주요 문서들을 확보하는 한편 연합국 포로들을 보호하고 철수하는 것이 매우 중요한 현안입니다.

2. 현재 한국 침투를 준비하기 위해서 훈련받은 한국인들이 서안에 있습니다. 그리고 미군 장교들과 기간병들이 이글 프로젝트

에 참여하고 있습니다.

3. 일본군의 적대적 태도가 중지되어 적절한 조건이 갖춰지면 3~4명의 미군 장교와 기간병, 8명 정도의 한국인들로 구성되는 서울 진입팀을 구성해서 투입할 계획입니다. 서울 진입팀은 서안 야전사령부와 직접 교신할 수 있고 다른 기관들과도 통신할 수 있는 위치에 자리 잡을 수 있습니다.

4. 이 사업이 매우 중요하고 매우 빠른 시일 내에 수행되어야 한다는 점을 고려해서, 긴급히 승인해주시길 요청드립니다(국사편찬위, 1993: 217).

웨드마이어 사령관의 승인이 떨어지자 OSS 중국지부는 OSS 요원 18명과 이범석, 김준엽, 장준하 등 광복군 4명, 총 22명으로 구성된 서울 진입팀을 구성했다. OSS 요원 18명 가운데는 한국계 미군이었던 정운수와 함용준, 서상복 등 3명도 포함되어 있었다.

헤프너 지부장은 이 팀의 책임자로 버드 부지부장을 임명한 후 8월 14일 아래와 같은 지시문을 버드에게 보냈다.

한국으로 진입하는 당신의 임무를 중국 전구 미군사령부로부터 승인받았다. 당신의 최우선적 임무는 서울, 인천, 부산에 수용된 포로들과 접촉해서 그들에게 보급품을 지원하고 철수 계획을 세우는 것이다. 당신이 도노반 국장의 특별지시에 따라 이글 팀을 지휘하게 됐다는 것을 이범석 장군에게 강조하라(국사편찬위, 1993: 224).

# 버드의 서울 탈출과
# 재진입 명령 거부

버드는 독수리 팀을 중심으로 서울 진입팀을 구성할 때, 헤프너 지부장에게 보고도 하지 않고 전쟁공보국(OWI) 기자 리버만(Mr. Lieberman)을 포함시켰다. 태평양전쟁 후 처음으로 한국 땅을 밟는 미군의 책임자라는 명성을 널리 알리기 위한 공명심에서 리버만을 데리고 갔다. 며칠 뒤 이러한 행위가 큰 문제를 일으켰다.

제2차대전 내내 전쟁공보국은 전 세계 모든 곳에서 들을 수 있도록 40개 이상의 언어로 24시간 방송되는 라디오 방송인 '미국의 소리'를 운영하고 있었다.

버드 일행은 일본 항복 방송 직후인 8월 16일 서안에서 서울로 향했으나 일본의 가미가제 특공대가 아직 연합군을 공격하고 있다는 소식을 비행기에서 듣고 곧 회항했다.

다시 서안을 떠난 버드 일행이 여의도 비행장에 도착한 날짜는 1945년 8월 18일이었다. 그날 오전 5시 30분 서안을 출발해서 12시경 여의도에 도착했다.

버드는 비행장을 관할하는 일본군 책임자에게 웨드마이어 사령관으로부터 포로 구출 명령을 받고 왔다며 협력을 요청했으나, 일본군은 전쟁포로들이 좋은 대우를 받고 있으며 안전하게 지내고 있으므로 이 사실을 웨드마이어 장군에게 전해달라고 답변하며 그 외 전쟁포로에 대한 어떠한 정보도 줄 수 없다는 입장을 보였다.

그와 함께 일본군은 본국 정부로부터 당신들에 관한 어떠한 지침도 받지 못했으므로 즉각 돌아가라고 강요하며 정부의 지침이 하달될 때까지 당신들을 억류하겠다고 통보했다.

그에 대해 버드는 돌아가려고 해도 비행기 연료가 없다고 주장하자 일본군은 비행기 연료를 구해주겠다고 약속했다. 당시 버드 팀이 타고 간 C-47의 수송기는 옥탄가 100의 가솔린을 쓰고 있었는데, 일본군은 이러한 가솔린을 구하기 힘들었다. 당시 일본군은 옥탄가 87의 가솔린을 쓰고 있었고, 옥탄가 92 정도의 가솔린도 매우 우수한 가솔린으로 취급하고 있었다.

가솔린을 구할 때까지 버드 팀은 비행장 내 건물에 억류되었다. 버드 일행은 이 건물에서 하룻밤을 묵은 후 8월 19일 15시 30분 여의도 비행장을 떠났다. 그런데 서안까지 되돌아가는 데는 800갤런의 가솔린이 필요했으나 일본군은 500갤런밖에 주지 않았다.

그에 따라 버드 팀은 단번에 서안으로 돌아가지 못하고 산동 반도 유현(濰縣)에 중간 기착했다. 유현에 도착한 시간이 8월 19일 18시 5분이었다(버드, 1945.8.23.).

버드 팀이 유현에 도착했을 때, 웨드마이어 사령관으로부터 '일시적으로 일본군에 억류될지라도 다시 서울로 되돌아가 포로 구출 임무에 집중하라' 라는 명령을 받았다.

그러나 버드는 이 명령을 거부하고 8월 22일 다른 일행을 유현에 남겨둔 채 비행기를 타고 중경으로 날아가 웨드마이어 사령관을 만나 '지금 서울로 다시 되돌아가는 것은 곧 22명의 사형 집행을 의미하는 것'이라며 명령의 부당성을 따졌다.

하지만 버드가 웨드마이어에게 서울 재진입의 부당성을 어필하고 있을 때, 버드가 데리고 갔던 리버만은 여의도 비행장에서 하룻밤 묵을 때의 상황을 정리한 보도자료를 만들고 있었다.

다음 날 아침 리버만은 여의도 비행장에서 하룻밤 지낼 때 일본군으로부터 맥주와 일본 정종을 얻어 마시고 서로 군가를 합창하는 등 우호적인 분위기였다는 기사를 '미국의 소리'에 내보냈다. 버드가 웨드마이어에게 보고한 내용과는 뉘앙스가 다른 보도였다.

이 방송을 들은 웨드마이어는 버드가 미군과 중국 전구 미군사령부의 명예를 더럽혔다고 흥분하며 한국의 포로를 구출하는 임무에서 이글 프로젝트 관계자들은 손을 떼라는 지시를 내렸다. 웨드마이어의 참모들은 버드를 예편시켜야한다고 건의했다.

이에 놀란 중경의 OSS 연락관 데이비스는 헤프너 지부장에게 버드를 이글 프로젝트의 책임자에서 해고할 것을 건의, 헤프너는 버드 대신 서안 야전사령부의 클라우세를 새로운 책임자로 임명했다.

그와 함께 헤프너는 데이비스에게 '버드가 OSS 및 중국전구 사령부 이외의 모든 사람들과 접촉하는 것을 차단시키라' 라고 지시하는 한편 워싱턴의 도노반에게 사태 진전 상황을 보고하고 조직을 보호할 대책이 필요하다고 건의했다. 화가 난 도노반은 헤프너에게 버드의 명령 위반사항을 확인한 후 즉시 제대조치하든가 아니면 재량껏 징계하라는 지침을 내렸다.

후속조치로 헤프너는 심리전 담당 둘린(Ronald Dulin)을 언론 담당으로 지정하고 둘린 이외 모든 OSS 요원들은 언론 관계자들과 OSS 활동에 대해 발설하지 말라고 명령했다.

하지만 버드는 아무런 징계를 받지 않았다. 웨드마이어가 태도를 바꾸어 징계를 반대했기 때문이다. 8월 26일 워싱턴의 도노반에게 보낸 전문에서 헤프너는 "버드가 상황을 잘못 판단했을 뿐 그의 행동은 큰 용기와 역량을 보여주었고, 이번 일로 버드에게 불명예를 주지 않는 방식으로 그를 제대시킬 계획이라는 입장을 웨드마이어가 밝혔다" 라고 보고했다(Maochun Yu, 1996: 234-235).

버드의 항명 사태를 겪으며 유현에 남아 있던 일행은 모두 서안으로 돌아가라는 명령을 받고 8월 28일 서안으로 귀환했다. 김준엽은 아무런 성과 없이 서안으로 돌아갈 때의 심경에 대해 "풀이 죽어 어깨를 내려뜨리고 두곡을 찾아들어갔다" 라고 밝혔다(김준엽, 1988: 437).

전쟁이 끝나고 버드는 CIA 요원이 되어 태국 여자와 결혼하여 방콕에서 살았다.

# 여의도 회군의 진실

1945년 8월 18일. 버드 팀의 일행으로 여의도 비행장에 도착한 한국인은 이범석, 김준엽, 장준하, 노능서 등 광복군 4명과 정운수, 함용준, 서상복 등 재미교포 3명, 총 7명이었다.

이 가운데 김준엽과 장준하는 당시 여의도 비행장의 상황을 증언하는 회고록을 남겼고, 정운수는 사학자 이현희와의 대담에서 당시 상황을 회상했다.

김준엽과 장준하는 일본군이 극도로 공포 분위기를 조성해서 부득이 철수할 수밖에 없는 상황이었다는 의견을 피력했다. 버드가 웨드마이어에게 보고한 것과 같은 맥락이다.

두 사람은 여의도 비행장에서 하룻밤 묵을 때, 일본군이 접대한 술을 마시고 노래를 불렀다는 보도도 부정하지 않았다.

> 장 동지가 옆에 없기에 찾아보았더니 방 한구석에서 성경을 읽고 있었다. 그는 목사라는 별명까지 얻은 독실한 기독교 신자로서 술, 담배를 일체 입에 대지 않는 것을 나는 잘 알고 있다. 그러나 오늘 저녁만은 사정이 다르다. 나는 장 동지 옆으로 자리를 옮겨 설득했다. "장 형, 오늘 저녁만은 술을 마셔야 하오. 우리가 언제 살아남아 왜놈의 항복을 보고 또 왜군 대좌가 꿇어앉아 술을 권하리라

고 꿈이나 꾸었겠소. 이 승리의 술잔만은 죽는 한이 있더라도 받아야 하오." 이때가 장 동지로서는 난생처음 입에 댄 술잔이다(김준엽, 1988: 431).

장군은 또 왼편의 우에다(上田)에게 한마디 하셨다. "당신은 공군 출신이라니, 저 일본 공군가나 한번 불러보구려." 제법 맥주 기운이 올라 벌겋게 달아 있던 우에다는 정말 "바꾸오온 다까구 고오도오 지시떼…" 라고 비창하게 불러대는 것이 아닌가?…(중략)…이곳, 이 순간에 나는 내 생애에 기록될 만한 일을 저질렀다. 그건 처음으로 술잔을 입에 댄 것이었다(장준하, 1971: 380).

그날 저녁 일본군과의 대립 속에서 그처럼 태연하게 술을 마시고 노래를 부를 수 있었는지 의아한 부분이 있다. 리버만이 기술한 것처럼 그렇게 위협적 분위기가 아니었을 수도 있다.

김준엽과 장준하의 증언에 비해 정운수의 구술은 비교적 사실에 가까운 측면이 있다. 아마 훗날 그가 당시 상황을 개인적 선전에 활용할 아무런 이유가 없었기 때문에 비교적 중립적 입장에서 구술한 것으로 보인다.

그때 거기에 일본군 200여 명이 남아 있었는데 일본이 항복은 했지만 충성심에 당신네들 24명(정운수는 일행을 24명으로 기억)을 다 쏴죽이고 자기들은 할복을 한다면 낸들 어떻게 하겠는가 하는 거예요. 제발 돌아가달라고 애원까지 하더군요. 그래서 우린 우리 총사령관의 명령에 따르기로 하고 교신을 했습니다…(중략)…웨드마이어 장군에게서 답이 오기를 "그들이 감히 살상을 하지는 못할 것이니 기다렸다가 목표 달성을 하고 돌아오라"라는 명령이 하달된 것입니다. 그러니까 있으라는 얘기죠. 그때 우리 총책임자는 버드

(Bird)라는 중령이었는데 그 사람이 대원들을 모아놓고 얘기를 하니까 돌아가자니, 남자니 의견이 분분했어요. 그래서 우리들은 투표를 했죠. 그러자 싸전트, 이범석 장군, 나 이렇게 세 사람만이 "군대니까 상부의 명령에 복종해야 한다. 명령에 따르자"라고 했죠. 결국 21:3으로 돌아가기로 결정을 하고 일본군에게 "가더라도 조건이 있다. 우리가 서안에서 올 때 왕복 휘발유를 안 넣고 왔으니 휘발유를 공급해다오" 했지요. 그때 평양에 일본 공군부대가 있었으므로 평양에서 가솔린을 공급받아 가지고…(후략)(한국정신문화연구원, 1986: 343).

# 김구 서한을 전달한
# 도노반에 대한 트루먼의 질책


김구 주석은 전쟁 기간 중 구축된 임시정부와 OSS와의 협력관계를 전후에도 계속 이어가고자 노력했다.

그러한 노력의 하나로 종전 직후인 8월 18일 도노반 국장에게 트루먼 대통령에게 보내는 서한을 전송하며 백악관에 전달해줄 것을 부탁했다. 버드 일행이 서울로 떠난 그날이었다. 도노반이 중국 서안을 방문해서 한미 합동 공작 선포식을 갖고 돌아온 일주일쯤 지난 뒤였다.

김구 서한의 요지는 이러했다.


한국민들은 한미 공동의 적인 일본을 항복시킨 미국 정부에 고마운 마음을 가지고 있습니다. 한국민들은 지금 독립국가와 극동 지역 민주주의의 교두보를 구축하려는 중대한 과업을 시작했습니다. 우리는 대통령께서 한국의 독립을 보장하고, 한국의 독립이 극동 평화의 중심이라는 사실을 믿고 있다고 봅니다. 자주적인 민주주의 국가를 건설하려는 우리의 노력은 미국 정부와 국민들의 이해와 협조를 바탕으로 하고 있습니다. 일본에 대항하기 위해서 지난 몇 개월간 중국에서 시작된 한미 간 협력이 전후에도 계속되고 확대되기를 우리는 바라고 있습니다. 두 나라 국민들은 전쟁의 대가로 얻은 민주세계의 평화를 지켜나갈 것입니다. 3천만 국민을 대

신해서 우리의 재건을 지지해주는 미국 정부와 국민들에게 감사드
립니다(국가보훈처, 2001: 738-739).

도노반은 김구의 서한을 백악관에 보내면서 '김구는 한국임시정부의
대표이며, OSS는 김구와 함께 한국으로 침투하는 공작원들을 양성해왔
다'라고 소개했다.

당시 백악관에서 정보기관을 담당하는 비서관은 해군 출신의 레이히
제독(Admiral Leahy)이었다. 레이히는 김구 서한을 검토한 다음, 8월 22일
대통령에게 '도노반이 미국 정부가 인정하지 않는, 자칭 임시정부의 대표
라는 사람의 메시지를 대통령에게 전달한 것은 바람직한 처사가 아니다'
라며 김구 서한에 답변할 필요가 없다는 의견을 제시했다.

그에 따라 트루먼 대통령은 8월 25일 도노반에게 김구 서한을 전달
한 처사를 힐책하는 서한을 보냈다.

> 도노반에게:
> 한국임시정부의 대표라고 자처하는 김구가 8월 18일 귀하를 통
> 해 나에게 보낸 메시지에 대해 내가 답신을 보내는 것은 바람직하
> 지 않다고 본다. 당신은 미국 정부가 인정하지 않는 자칭 임시정부
> 의 대표라는 사람의 메시지를 미국 대통령에게 보내는 창구 역할
> 을 했다. 그들의 부적절한 행동에 대해 귀하가 그에게 적절히 환기
> 시켜주기 바란다(국가보훈처, 2001: 735).

도노반에 대한 트루먼의 질책은 미 OSS를 중심으로 전쟁 중에 구축
된 한미 관계가 파탄나는 신호탄이었다. 그로부터 한 달여 뒤인 9월 20

일 트루먼은 OSS 해체를 결정하는 보고서에 서명했다.

# 한반도 관할 미군사령부의 변경과
# 독수리 팀 해체

독수리 작전 팀을 중심으로 구성된 OSS 서울 진입팀은 8월 28일 서안으로 돌아온 다음 영원히 재진입할 기회를 얻지 못했다. 4일 후인 9월 1일자로 한반도를 관할하는 미군사령부가 중국 전구에서 태평양 전구로 바뀌었기 때문이다. 웨드마이어 사령관 관할에서 맥아더 사령관 관할로 이관된 것이다.

웨드마이어의 지휘를 받아오던 OSS 중국지부는 이제 한반도 진입작전을 전개하기 위해서는 태평양 전구 관할 사령관인 맥아더의 통제를 받아야 했다.

그 직후 이범석은 OSS 중국지부 측에 이글 팀의 진로에 대해 문의했다. 미군들에 의해서 훈련받고 미국과 가치를 공유하는 한국인 그룹은 한국 주둔 미군에게 큰 도움이 될 것이라고 전제하고, 임시정부와 광복군은 반공주의자들이며, 한반도 북부를 장악한 소련에 대항해서 싸우는 데 기여할 것이라는 소신을 밝혔다. 맥아더 사령부에도 도움이 될 것이라는 점도 덧붙였다(국사편찬위, 1993: 291).

하지만 중국 전구 미군사령부는 9월 13일 OSS 중국지부에 전문을 보내 '독수리 팀을 해체하고 태평양 전구와의 협조문제는 워싱턴 OSS 본부의 지침을 받으라' 라고 통보했다.

워싱턴의 합동참모본부는 작전을 원활하게 전개하기 위해 한반
도를 태평양 전구로 이관하는 공문을 보내왔다. 이에 따라 중국 전
구 사령부는 앞으로 한반도 관련 정보 공작을 요구하지 않을 것이
다. 한국 진주에 참여하는 태평양 전구는 군정에 필요한 한국민들
을 모집하는 방안을 검토하고 있다. 이러한 점을 감안, 이글 프로
젝트에 참여했던 사람들과 훈련받은 한국인들을 모두 해산시키라.
이글 프로젝트 요원들을 태평양 사령부로 전출시키기를 바란다면,
이 문제는 OSS 워싱턴 본부의 지침을 받아 처리하라(국사편찬위,
1993: 301).

이러한 지침에 맞추어 헤프너 지부장도 9월 15일 헬리웰 비밀정보과
장에게 독수리 팀을 조속히 해체하라고 지시했다.

중국 전구 사령부는 9월 13일 이글 프로젝트 팀을 해산하라는
지침을 내려보냈다. 이 지침을 즉시 이행하라. 지금 한반도를 관할
하고 있는 태평양 전구로 독수리 요원을 전출시키는 문제는 워싱
턴의 관련 부서와 협의하라. 한국인들을 더 이상 데리고 있는 것
이 어려운 현실을 감안, 가급적 빨리 대처하기 바란다(국사편찬위,
1993: 304).

# 트루먼 대통령의 OSS 해체

한반도를 관할하는 미군사령부가 중국 전구에서 태평양 전구로 이전된 데 이어 독수리 팀에 더욱 불리한 정책이 미국에서 결정됐다. 트루먼 대통령이 OSS를 해체하기로 결정한 것이다.

트루먼 대통령은 1945년 9월 20일 OSS를 10월 1일자로 폐쇄하고 소속 요원들을 국무성과 전쟁성으로 전출시키는 보고서에 서명했다. 이에 따라 독수리 작전을 매개로 구축된 한국임시정부와 미 OSS의 연결고리가 완전히 단절됐다.

루스벨트 대통령의 갑작스런 사망으로 대통령직을 승계한 트루먼 대통령은 OSS에 대해 비판적이었다. 더구나 도노반 국장은 야당인 공화당 출신이었다. 민주당 출신의 트루먼과 화합하기 어려웠다.

민주당 출신의 루스벨트 대통령이 도노반을 발탁한 것은 공화당까지 아우르는 전시 중립내각을 구성하여 총력 안보태세를 구축하는 데 있었다. 그러나 전쟁이 끝남으로써 이제 이러한 국내정치적 요인은 그 명분이 사라졌다.

더욱이 2차대전의 발발과 함께 창설된 OSS에 대해 그 이전부터 활동해온 전쟁성과 해군성의 정보기관을 비롯한 연방수사국 등 정보기관들이 부처 이기주의적 경쟁의식에서 전쟁이 끝나자 OSS의 해체를 주장하고 있었다.

OSS가 해체된 후 1,362명의 요원들은 국무성 임시연구정보국(IRIS, Interim Research and Intelligence Service)으로, 9,028명은 전쟁성 전략정보대(SSU, Strategic Services Unit)로 전출됐다.

OSS가 해산됨에 따라 중국에 진출해 있던 요원들도 귀국을 서둘렀다. 전쟁 기간 중국국민당 조사통계국과의 공조체제를 목적으로 설립된 SACO는 1945년 10월 11일자로 그 임무를 마쳤다.

OSS 중국지부장 헤프너도 OSS가 해체됨에 따라 자신의 부하였던 델러니(Robert J. Delaney) 중령을 전쟁성 전략정보대 중국지부장으로 임명하고 워싱턴으로 돌아갔다.

1945년 11월 중경의 웨드마이어 사령부가 상해로 이전함에 따라 SSU 중국지부도 사무실을 상해로 옮겼다.

이어 1946년 3월 17일 전쟁 기간 내내 중국국민당을 대표해서 미국 정보기관들과 협조해오던 다이리 조사통계국장이 의문의 비행기 폭파사고로 숨졌다. 이렇게 해서 전쟁 기간 구축된 OSS와 중국국민당 사이의 인적 네트워크에도 큰 변화가 일어났다.

1947년 9월 미 CIA가 창설되면서 SSU 중국지부는 CIA 중국지부로 개편됐다(Maochun Yu, 1996: 259-262).

# OSS 중국지부의
# 쓸쓸한 작별 인사

버드가 이끄는 서울 진입팀이 일본군의 저항에 부딪쳐 서안으로 8월 28일 돌아오고, 한반도를 관할하는 사령부가 중국 전구에서 태평양 전구로 9월 1일 이관됨에 따라 9월 들어 중국의 임시정부와 광복군은 고립된 상태에 빠지게 된다.

이제 미국과의 연결고리는 OSS밖에 없었다. 그에 따라 이범석은 9월 9일 이글 프로젝트를 기안하고 집행했던 OSS 중국지부의 실무 책임자인 헬리웰 비밀정보과장에게 임시정부와 광복군의 조기 귀국을 주선해주도록 요청하는 서한을 보냈다.

소련이 한반도의 북부를 점령한 데 이어 남한까지 정복하려고 비밀 활동을 벌이고 있다는 사실을 환기시키며 미국이 이에 대응, 임정과 광복군을 최대한 빨리 귀국시켜야 한다고 호소했다(국사편찬위, 1993: 297-299).

헬리웰은 이범석의 뜻을 워싱턴에 전달하기 위해 9월 21일 이범석의 서한을 워싱턴 본부에 보내며 "이범석은 철저한 반소주의자이며, 한반도의 미래를 예측하는 데 가장 균형 잡힌 시각을 가진 한국인"이라고 우호적으로 소개했다.

하지만 헬리웰이 서한을 보낼 즈음인 9월 20일 워싱턴에서는 트루먼 대통령이 OSS 해체 보고서에 서명하고 있었다.

10월 1일로 예정된 OSS 해체를 앞두고 9월 28일 헬리웰은 이범석에게 OSS의 해체에 따라 더 이상 한미 합동 공작을 전개할 수 없는 사실을 알리는 서글픈 내용의 전문을 보냈다. 그 전문의 내용은 아래와 같다.

우리는 여러분들이 한국으로 돌아가서 여러분들 스스로 한국을 재건하려는 노력을 도와주고 싶었다. 그러나 최근 우리 조직이 폐쇄된다는 명령을 받았다. 이제 싸전트 대위가 이글 프로젝트를 종결짓기 위한 마지막 정리 작업을 귀하와 협의할 것이다. 나는 귀하가 이 문제를 원만히 처리해줄 것으로 믿는다.

나는 귀하를 비롯한 귀하의 부하들이 우리의 공작 계획을 도와준 데 대해 헤프너 지부장과 우리 기관을 대신해서 심심한 감사를 드린다. 전쟁이 몇 달 더 계속됐더라면 우리의 합동 공작은 일본의 패배와 한국의 해방에 실질적으로 기여했을 것이라고 확신한다. 물론 우리의 기대보다 좀 더 빨리 한국이 해방된 것은 감사할 일이다.

귀하를 알게 되고 귀하와 함께 일했다는 사실은 나 자신을 비롯한 우리 모두에게 특전이고, 늘 마음속에 소중히 간직하고 싶은 추억이 될 것이다. 지난 몇 개월간 우리가 쌓아온 협력과 상호존중이 앞으로 우리 두 나라의 지속적인 우호와 협력에 크게 기여할 것으로 믿는다. 귀하의 건강과 성공, 그리고 자유민주 한국의 조속한 건국을 진정으로 바란다(국사편찬위, 1992: 485).

# 도노반과 윔스의
# 임정 요인 조기 귀국 후원

도노반 OSS 국장은 10월 1일로 예정된 OSS 해체를 앞두고 마지막 순간까지 한국임시정부와 광복군을 도와주려고 노력했다.

9월 28일에는 한국 문제 전문가인 윔스에게 한국임시정부와 광복군을 빨리 귀국시키는 문제에 대해 검토 보고서를 작성하라고 지시했다.

윔스는 도노반의 지시에 따라 '한국과 임시정부(Korea and the Provisional Government)'라는 제목의 보고서를 작성했다. '한국민들은 임시정부가 해온 일들을 잘 알고 있으며, 하루빨리 귀국하기를 바라고 있고, 임시정부의 나이 많은 정객들은 국가를 다스릴 만한 능력은 없으나 젊은 지도자들을 지도하고 자문해줄 수는 있으며, 광복군은 규모는 작으나 잘 훈련되어 있다' 라는 것이 이 보고서의 요지였다.

그리고 이념적으로 임정 요인들은 공산주의에 반대하고 있어 민주적인 정부를 세우는 데 기여할 수 있고, 미국과 우호적 관계를 유지해나갈 수 있을 것이라고 평가했다.

정병준, 정용욱 등 국내 역사학자들은 이 보고서가 하지(John Reed Hodge) 24군단장이 중경의 임시정부 지도자들을 환국시키기로 결심하는 데 중요한 영향을 미쳤다고 보고 있다. 그리고 윔스가 전쟁이 종료된 직후 한국으로 들어와 하지의 지시를 받아서 이 보고서를 작성한 것으로 이해하고 있다.

『한국전쟁의 기원(1981)』을 기술하여 한국 현대사 연구에 많은 영향을 미친 브루스 커밍스(Bruce Cumings)의 주장을 그대로 승계한 학설이다. 커밍스가 처음 '해방 직후 한국으로 들어온 윔스가 한국에서 하지의 요청을 받아 이 보고서를 작성했다' 라고『한국전쟁의 기원』에서 기술했다.

하지만 윔스 자신이 1945년 10월 10일 작성한 이력서에는 이 보고서가 도노반의 지시에 따라 작성한 것으로 쓰여 있다. 커밍스의 주장과는 다른 내용이다. 윔스는 1945년 10월 1일자로 OSS가 해체되면서 전쟁성 산하 전략정보대(SSU)로 전속됐다. 전속 직후인 10월 10일 윔스 자신이 작성한 이력서가 국가보훈처에서 2005년 편찬한 책자에 원문 그대로 실려 있다(국가보훈처, 2005: 287).

그리고 윔스는 전쟁이 끝난 직후 한국이 아니라 미국으로 돌아갔다. 9월 27일 워싱턴에 도착한 후 보름 동안(10.11.-10.26.)의 휴가를 얻어 샌프란시스코로 떠났다.

윔스는 휴가지인 샌프란시스코에서 10월 20일 직속상관인 던캔 리(Duncan C. Lee) 비밀정보국 부국장에게 '한국과 임시정부' 보고서를 보냈다. 하지만 던캔 리는 이 보고서에 매우 부정적인 입장을 보였다.

10월 30일 SSU 맥루더(John Magruder) 대장에게 이 보고서를 보고하면서 "이 보고서는 우리 기관의 공식 문서가 아니라 윔스 개인의 문서이다. 윔스는 우리 부서와 상의도 하지 않고 국무성과 군사정보국(MIS)에 이 보고서 사본을 보냈다" 라고 비난했다.

그와 함께 "이 보고서는 윔스가 도노반의 긴급 요청에 따라 작성한,

웜스 개인의 의견이므로 국무성 등 유관부서에 배포할 경우 SSU 공식문서가 아니라 웜스 개인의 의견이라는 점을 밝혀야 한다" 라고 처리 방향을 건의했다.

맥루더는 이러한 건의를 수용하여 11월 3일 "웜스 보고서를 비공식으로라도 국무성에 보내서는 안 된다"라는 지침을 내려 보냈다.

던캔 리는 훗날 OSS에 침투한 소련의 스파이였던 것으로 정체가 드러났다.

# 북으로 간
# 이글 프로젝트 출신들

해방 직후 버드 일행이 서울 진입에 실패하고 한반도 관할권이 태평양 전구로 넘어가면서 OSS도 해체됐다. 그러면 OSS 중국지부가 훈련시킨 이글 프로젝트 팀원들은 어떻게 되었는가?

독수리 작전 야전사령관이었던 싸전트가 9월 19일 헬리웰 과장에게 보낸 전문을 보면 전후 중국, 영국, 러시아의 정보기관들은 한국인들을 포섭해서 한반도로 침투시키고 있었다. 이 전문의 전체 내용은 아래와 같다.

> 현재 중국의 상황, 특히 중국국민당 조사통계국장 다이리, 중국에 사는 영국 및 러시아 사람들은 중국에 있는 한국인, 특히 서안에 있는 한국인들을 한반도에 영향을 미치는 요원으로 적극적으로 활용하고 있다. 이 사람들은 거의 매일 비밀요원을 선발해서 한국으로 보내고 있는데, 한국독립이라는 명분을 내세워 각자 자기나라의 이익을 관철시키려 하고 있다. 미국이 이러한 활동들에 적극적으로 대응하지 않는다면 앞으로 한반도에서 미국의 위상과 이익이 위험해질 수 있다. 이 문제에 대한 구체적 보고와 유용한 자료들이 필요한지 질문드린다. 이글 팀은 지금 곤명 본부의 지침에 맞추어 매일 (해체)일정을 조정하고 있다(국사편찬위, 1993: 307).

싸전트는 OSS가 해체된 이후 SSU 요원으로 전속되어 중국에서 계속 정보활동을 수행했다. 재미교포 출신 OSS 요원 정운수와 함께 중국 거주 한국인들의 전후 실상을 조사해서 보고하고 있었다. 그 당시의 활동에 대해서는 정운수가 증언을 남겼다.

> 그 후 싸전트와 저에게는 또 중화민국에 산재한 한국인들의 정치, 사회, 경제, 문화 등에 대해서 샅샅이 조사해서 미 전쟁성에 보고하라는 명령이 하달되었습니다. 그래서 곤명, 남경, 상해, 북경, 천진, 서안 등으로 가서 어떤 때는 집단적으로 한 500~600명, 어떤 때는 한 10명, 어떤 때는 개인, 이렇게 전부 조사를 했죠…(중략)…그리고 우리는 그대로 중국에 남아서 전쟁이 끝났으니까 임정의 요원이나 가족들을 빨리 한국으로 보내달라고 진정도 하고 여러모로 힘을 썼는데…(중략)…나와 싸전트는 임시정부가 그대로 한국에 나와서 통치하도록 하려 했는데 미군정에서는 안 된다는 거예요. 개인 자격으로 오라는 거예요. 그래서 어떤 사람은 상해에 가서 배를 타고 오고 어떤 사람은 천진에 가서 배를 타고 오고 했죠. 그리고 내가 강조하고 싶은 것은 싸전트가 우리나라 독립운동에 큰 공헌을 했다는 점입니다(한국정신문화연구원, 1986: 344).

훗날 비밀 해제된 SSU 문건을 보면 이글 프로젝트 훈련을 받았던 한국인들 일부가 북한으로 들어간 것으로 보인다.

SSU 워싱턴 본부에서 1945년 11월 8일 SSU 중국지부에 보낸 공문을 보면 "약 20명의 독수리 요원이 북한으로 들어간 것으로 보고받았다. 우리의 해외정보활동에 이 사람들을 활용할 수 있는지 검토하고자 하오니 이 사람들의 이름과 이력서를 파악해주기 바란다. 헬리웰은 싸전트 혹은 스미스가 확인할 수 있다고 말하고 있다" 라며 싸전트의 복명을 요청하고 있다.

이 공문을 받은 SSU 중국지부는 11월 13일 싸전트에게 전문을 보내 "워싱턴 본부에서 북한으로 넘어간 20여 명의 이글 팀 출신 자료를 요청하고 있다. (20여 명의 입북) 의혹은 10월 13일 이범석 장군이 중국공산당으로 넘어간 한국인들에 관해 보고하면서 제기됐는데, 귀하가 신원을 확인해주기 바란다"라고 복명을 요청했다.

이로 미루어 독수리 작전 훈련을 최종 수료한 38명 가운데 20여 명이 북한으로 넘어간 것으로 보인다.

7장 /

# 소련 스파이들의
# 한반도 공산화 공작

# 개관

해방공간에서 공산주의운동을 주도한 인물은 김일성과 박헌영이었다. 그리고 두 사람을 배후에서 조종한 것은 소련 정보기관 소속 인물들이었다.

소련군이 북한을 점령한 후 부딪친 가장 큰 문제는 언어 장벽과 문화 차이였다. 북한 주민들과의 소통을 위해서는 한국말과 한국문화를 이해하는 친소세력이 필요했다. 이에 따라 소련은 재소 한인들을 평양으로 들여보냈다.

이때 소련 정보기관에 유입된 한인은 크게 세 그룹으로 구분된다. 만주 빨치산 출신, 소련군 정찰학교 출신, 소련 정보기관에 직속했던 인물들이다. 중국공산당 계열 인물들은 국민당과의 내전에 빠져 있었다.

첫째, 만주 빨치산 출신들은 소련군 정찰대에 선발되어 만주, 조선 일대 정찰활동에 투입됐던 인물들이다. 주보중은 소만 국경을 넘은 동북항일연군 대원 수가 590명 정도였는데 이 가운데 197명이 우수리스크와 하바롭스크에 주둔하고 있던 소련군 정찰부대에 편입됐다고 밝혔다(주보중, 1991: 659-660). 이들은 소련군의 명령을 받고 빈번하게 소만 국경을 넘어 만주와 조선으로 침투, 정찰활동을 벌였다.

해방과 함께 북한으로 귀국한 정찰요원은 박성철(전 국가 부주석), 오백

룡(전 노동적위대 총사령관), 백학림(전 인민군 부원수), 김창봉(전 북한군 상장), 김병갑, 석산, 지병학 등이 대표적 인물이다.

둘째, 소련군 정찰학교 출신이다. 소련군은 모스크바 근교에 소련군 최고사령부 직속기관으로 소련군 정찰학교를 설립했다. 교육기간은 1년 정도로 독도법, 무전술, 사진 촬영술, 조선 경제·지리 등이 주요 교과목이었다(한국일보, 1991: 33). 정찰학교에는 중국인, 독일인, 한인 등 주로 소련 내 '적성민족'으로 억압받던 소련계 소수민족이 입학했다.

6·25 전쟁 당시 북한인민군 작전국장이었던 유성철 등 한인 16명은 1941년 9월 2기생으로 입학했다. 그 이전 1기생에는 박길남(전 북한 인민군 중장) 등 6명의 한인이 있었다. 2기로 입학한 16명 가운데 6명은 중퇴하고 10명이 졸업 후 소만 국경에 배치됐다. 졸업자 10명 가운데 5명은 만주로 정찰 나갔다가 모두 사살됐다(김찬정, 1992: 269-270). 유성철은 한국 침투 공작에 실패하고 되돌아가 사병으로 강등된 뒤 88여단으로 전속되어 김일성 통역관으로 일하다 해방을 맞았다.

셋째, 일제 말 소련 정보기관에서 선발해서 한국으로 침투시킨 공작원들이다. 박정애(전 북한 여맹위원장), 김창수(전 바르샤바 주재 북조선대사관 참사), 김경애(전 북로당 간부) 등이 확인되고 있다. 박정애는 일제시대 평양에서 지하공작을 하다가 체포되어 평양형무소에서 해방을 맞았다. 김창수와 김경애는 남성보와 함께 지하공작을 했다. 남성보는 지하공작 후 소련으로 귀환하다가 사망했는데 그의 아들 남봉식이 해방 후 조선중앙방송위원장을 지내며 이러한 사실들을 찾아냈다(김국후, 2013: 73-75).

조선노동당 중앙위원회 선전선동부장을 역임한 박창옥도 지하공작원 출신이다. 소련서 조선사범대학을 졸업하여 한국어에 능숙해서 만주

에서 노동자, 벙어리, 봇짐장사로 가장하고 다니며 공작하다 해방을 맞았
다.(임은, 1989: 146).

# 소련이 운영한 남파 공작원 양성학교들

소련은 해방 후 남한 정세를 파악하기 위해 간첩학교를 설립해서 남파 공작원을 양성, 남으로 내려보냈다. 해방 직후 소련은 북한, 만주, 시베리아 등지에 적어도 9개 이상의 간첩학교를 운영했다. 이 학교들은 소련의 각급 기관에서 기관별 이해에 따라 설립됐지만 모두 남한 첩보를 수집하기 위해 설립됐다는 공통점이 있었다.

체포 간첩들의 진술을 근거로 주한 미 방첩대가 파악한 학교 운영현황을 보면 1947년 7월 기준으로 소련은 평양을 비롯하여 함흥, 혜산진 등 북한 곳곳에 간첩학교를 운영하고 있었다(중앙일보 현대사연구소, 1996: 195-198).

① 혜산진에 있는 학교는 4명의 소련군 장교와 한 명의 한국인이 운영하고 있는데 1946년 2월 이 학교의 학생이 약 300명이었으나 그 다음 달 약 600명으로 늘어났으며 교육기간은 4주 정도였고 첩보수집 방법, 사보타지, 정치 문제 등을 교육했다. 졸업생들은 왼쪽 팔뚝과 엉덩이에 파란 잉크로 '북조선공산당'이라는 문신을 새겼다. 이 문신은 해외 공산지역을 방문할 때 여권을 대행하는 기능을 했다. 그에 따라 미 방첩대는 한때 모든 기차역에서 간첩을 잡을 목적으로 문신 검사를 하기도 했다.

② 함흥 학교의 책임자는 소련군 대위였고 1946년 8월에 체포된 간첩

은 이 학교 졸업생 500명 가운데 300명이 남파됐으며 주한미군 시설, 남한 정치 상황 수집과 테러 임무를 지시받았다고 진술했다. 졸업생들은 소련 정보기관의 협력자 혹은 체제선전 요원으로 배치되기도 했다.

③ 1947년 4월에 체포된 여성간첩에 따르면 국제공산당은 북한 내부에 두 개의 간첩학교를 운영하고 있었다. 하나는 해주에 있었고 다른 하나는 신의주 근처에 있었다. 이 학교를 졸업한 첩자들은 50명 단위로 그룹을 지어 남파됐다. 러시아에서 훈련받은 3명의 장교가 그룹 책임자인데 1947년 3월 1일 최초 그룹이 남파됐으며 38선을 넘는 데 일주일 걸렸다고 한다. 그녀의 진술에 의하면 이 학교 졸업생 일부는 제주도에 공산 테러 훈련센터를 세웠다.

④ 평양 비밀 간첩학교는 한국계 소련군 장교들이 교육하고 있었다. 교육기간은 6개월이며 500명의 학생이 1946년 5월에 첫 교육을 마쳤다. 2기생 1,500명은 1946년 10월에 교육을 이수했다. 졸업자들은 38선 근처 정치조직의 간부가 되기도 했으나 가장 우수한 졸업생들이 간첩 및 테러활동 목적으로 남파됐다.

⑤ 1946년 8월 13일 체포된 간첩의 자백에 따르면 원산에는 고급 정치학교와 초급 정치학교가 있었다. 초급 정치학교는 3개월 교육과정에 남녀 약 300명의 학생이 있었다. 2명의 소련군 장교가 고문으로 있으며 5명의 한국인 교관이 있었다. 초급 정치학교 출신과 대학 졸업생이 고급 정치학교에 입학할 자격이 있었다. 고급 정치학교는 6개월 교육과정에 600명의 학생이 재학하고 있었다. 두 학교의 졸업생들은 간첩 임무를 가지고 남한으로 파견됐다.

⑥ 1947년 2월 체포된 인물에 따르면 중국공산당과 연결되어 있는 만

주의 이홍광 부대는 툰화, 장백에 군사정치학교를 운영하고 있었다. 교육기간은 6개월이며 정치학, 선동·선전, 테러를 가르치고 있었다. 이 두 학교에는 약 470명이 등록되어 있으며 1/3은 여성들이었다. 이 학교 학생들은 북조선 인민위원회가 징용한 군인들 가운데서 선발됐다. 간첩 임무를 받고 남파될 때 그들은 민주청년동맹과 협력하도록 지시받았다. 이 학교의 졸업생은 일부만 남파되고 나머지는 북한 간부나 만주 부대에 배치됐다.

⑦ 1947년 5월 북한 간부들과 많이 접촉한 출처를 통해 입수한 첩보에 따르면, 소련은 시베리아에 2개, 블라디보스톡에 1개, 크라스키노 등에 1년 과정과 6개월 과정의 간첩학교를 운영하고 있었다. 이러한 학교를 마친 교육생들은 남한을 포함한 극동 지역으로 파견되는데, 공직자들을 매수하는 데 필요한 공작금을 충분히 지원받았다고 한다.

주한 미 971 방첩대의 1947년도 연차 보고서는 1947년 한해 남한에서 활동하고 있는 간첩 혐의자를 총 339명으로 추정했다. 이 가운데 65명을 체포하여 사법처리하고 84명은 조사 중이며 190명은 체포하지 못했다고 밝혔다.

그러면서 소련군이 운영하는 북한 간첩학교의 위치와 교육과정, 교육대상자를 선발하는 방법과 교육생들의 자질을 파악하는 것이 주요 현안이며 미국 사법제도가 엄격한 증거주의 제도를 채택하고 있어 간첩 혐의자를 체포하더라도 유죄로 인정받는 경우가 많지 않다며 제도적 보완을 건의하고 있다(중앙일보 현대사연구소, 1996: 195).

소련군은 집체교육 방식에 따라 남파 간첩들의 신분이 탄로나는 사례가 점증하자 집단으로 간첩교육을 시행하던 방식을 점차 탈피하여 밀봉교육 방식으로 바꿔나갔다(정주진, 2018: 189).

# 박헌영은 KGB 끄나풀

김일성과 함께 해방정국 공산주의운동을 주도했던 박헌영은 KGB 끄나풀이었다. *끄나풀*이란 다른 사람의 지령에 따라 움직이는 사람을 말한다. 그런 점에서 박헌영은 샤브신의 *끄나풀*이었다. 그에게 지령을 내린 KGB 요원 샤브신은 한국에 최초로 잠입한 KGB 요원이었다.

1939년 서울에 소련 총영사관이 개설될 때 부총영사란 직함으로 위장해서 서울로 들어왔다. 샤브신이 한국에 들어올 즈음 KGB의 이름은 MGB였다. 스탈린이 죽은 후 KGB로 바뀌어 냉전시대 소련 정보기관의 대명사가 됐다.

샤브신의 부인 쿨리코아도 KGB 요원이었다. 소련 총영사관의 도서실장으로 신분을 위장하고 있었는데, 샤브신이 수집한 첩보를 정리해서 모스크바 KGB본부로 보고하는 임무를 맡고 있었다.

쿨리코아의 증언에 따르면 해방 전후 박헌영은 철두철미하게 샤브신의 지령에 따라 움직였다. 쿨리코아는 1992년 중앙일보 특별취재반에 샤브신이 박헌영에게 지령을 내리는 과정과 지령의 내용에 대해 자세히 증언했다.

소련의 지령을 받는 과정에서 박헌영은 자신의 정치노선을 앞세워 소련의 지시를 거부하는 일이 없었다고 한다(중앙일보 특별취재반, 1992: 286).

쿨리코아의 증언을 바탕으로 박헌영이 샤브신의 지령을 받게 되는 과정을 구성해보면, 샤브신이 박헌영을 처음 만난 때는 해방이 되고 2~3일이 지난 어느 날 오후였다.

박헌영이 서울 정동에 있던 소련 총영사관에 나타나 샤브신을 찾았다. 샤브신은 서울에 부임하기 전 박헌영에 대해 많은 정보를 가지고 있었고, 서울에 부임한 이후에도 전남 광주에 숨어 있던 박헌영에게 제3자를 통해 비밀리에 메시지를 보내기도 했다. 제3자를 내세운 것은 일제의 감시망을 피하기 위한 수단이었다.

박헌영은 일제 말기 공산당에 대한 탄압이 심해지자 1941년 전남 광주시에 있는 어느 벽돌공장의 노동자로 위장취업해서 일하고 있었다.

박헌영이 해방 후 처음으로 샤브신을 찾아간 그날, 두 사람은 소련 총영사관에서 밤늦게까지 서울의 정세와 조선공산당 재건문제를 심도 있게 논의했다. 조선공산당 재건은 해방 후 소련으로서 가장 시급한 현안이었다.

조선공산당은 1925년 4월 창당됐으나 1928년 일제에 의해 해산됐다. 그에 따라 소련공산당은 박헌영이 1931년 모스크바 동방노동자 공산대학에 유학할 때도 박헌영에게 조선공산당 재건을 지시했다.

해방이 되고 처음 만난 그날 밤 두 사람의 대화에서 박헌영은 샤브신에게 조선공산당 재건 문제를 자기에게 맡겨달라고 요청했고, 샤브신은 박헌영의 제의를 수락하며 적극적인 지원을 약속했다.

쿨리코아에 따르면 박헌영이 일제시대 공산주의 활동을 하다가 세 차례에 걸쳐 10여년 동안 감옥생활을 했고, 마르크스-레닌주의 이론에 뛰어난 점을 샤브신이 높이 평가하고 있었다.

그날 이후 샤브신은 1년여간 매일 한두 차례 박헌영을 만나 모스크바에서 하달되는 소련공산당의 지침을 하달했다(중앙일보특별취재반, 1992: 280-281).

샤브신은 박헌영과의 비밀접촉을 감추기 위해 박헌영을 시내에서 만나 자신의 승용차에 태운 뒤 모포로 뒤집어씌워 소련영사관으로 데리고 들어가 밀담을 나누곤 했다.

쿨리코아의 기억에 의하면 박헌영은 주로 김구, 이승만 등 우익진영의 움직임과 미군정의 동향을 샤브신에게 제공하고, 샤브신은 모스크바 중앙당의 지령을 박헌영에게 전달했다(중앙일보특별취재반, 1992: 285).

샤브신과 쿨리코아는 1946년 7월 서울을 떠나 북으로 넘어갔다. 1946년 5월 조선공산당 위조지폐 사건이 일어나자 미군정당국에서 서울 주재 소련총영사관이 조선공산당의 배후 거점이라는 것을 확인하고 소련총영사관을 폐쇄시키기로 결정했기 때문이다.

북으로 넘어간 샤브신은 KGB 북한지부의 부지부장이라는 자리에 앉아 대남 공작을 계속했다. 그러다가 1948년 9월 북한에 김일성 정권이 수립된 다음 러시아로 돌아갔다. 1960년부터 2년간 중국 하얼빈 주재 소련 총영사관 총영사로 일하기도 했던 샤브신은 1967년 57세로 세상을 떠났다.

그의 부인 쿨리코아는 소련 과학아카데미 산하 동방학연구소에서 역사학 박사학위를 받고, 남한의 해방정국을 소련 총영사관의 시각에서 회상한 『1945-1946년의 남조선 - 목격자의 수기』라는 책을 출판하기도 했다. 1995년까지 모스크바에 생존해 있었는데 당시 그녀의 나이는 89세였다(김학준, 1996: 147-154).

# KGB 초대 북한지부장은
# 북한정권 창출 5인방

    제2차 세계대전이 끝난 후 미국과 소련은 대외정책에 있어서 매우 대조적인 모습을 보였다. 미국은 전쟁이 완전히 종료됐다고 보고, 전쟁에 대비해서 구축된 전시동원체제를 평시체제로 전환해나갔다. 군사예산을 줄이고 해외에 주둔한 미군도 감축해나갔다. 전략정보국(OSS)도 전쟁이 끝난 지 두 달이 채 안 되어 1945년 10월 1일 해체해버렸다.

    여기에 비해서 소련은 전쟁이 끝났는데도 전시동원체제를 그대로 유지하면서 전쟁 때 점령한 동유럽과 북한 지역의 군사력을 그대로 유지했다. 그러면서 점령 지역에 주둔한 소련군을 중심으로 위성국가들을 만들어나갔다. 이러한 대외정책에 따라 북한에도 소련군을 중심으로 스탈린식 공산체제가 들어섰다.

    냉전이 끝나고 새롭게 발굴된 소련 측 자료에 따르면 스탈린은 해방 직후인 1945년 9월 20일 북한에 소련 위성국가를 세우라는 비밀지령을 내렸다.

    그러한 대외정책의 하나로 소련은 해방 직후 평양에 KGB 북한지부를 설치했다. 초대 북한지부장은 발라사노프(Gerasim M. Blalsanov)였다. 1945년 9월 21일 소련인민위원회에서 일본 도쿄 주재 소련대사관의 KGB

요원이었던 발라사노프를 KGB 북한지부의 초대지부장으로 임명했다. 부지부장은 샤브신이었다. 서울 소련총영사관이 폐쇄되자 1946년 7월 평양으로 올라가 부지부장 자리를 맡았다.

발라사노프의 대외 위장명칭은 북한 점령부대인 소련군 제25군 사령부 정치고문이었다. 그리고 KGB 북한지부는 정치고문단이라고 불렸다.

조직의 규모는 그리 크지 않았다. 1946년 4월 4일 소련 내각회의에서 확정된 '정치고문단 정원규정'에 보면 고문인 발라사노프를 포함하여 총 13명으로 구성되어 있었다(전현수, 1995: 359-360). 평양 이외 지방 조직은 없었다.

그럼에도 그 당시 소련군정청에서의 영향력이 무척 컸던 것으로 보인다. 소련 거주 한인 출신으로 제25군 사령관 치스차코프의 통역으로 일했던 박길용은 KGB 북한지부의 위상에 대해 '소련군 사령부를 통제하는 정보기관이었다'라고 평가했다. 박길용은 북한정권이 수립되자 북한 외무성 부상까지 지냈다.

그 당시 소련군정에 참여한 사람들은 발라사노프를 '북한정권 창출 5인방'으로 불렀다고 한다. 소련군 연해주군관구 정치장교 쉬띠꼬프, 제25군 사령부 정치장교 레베데프 등과 함께 5인방으로 불린 점으로 미루어 발라사노프의 위상을 짐작할 수 있다.

KGB는 소련 거주 한인 2세들을 북한지부 요원으로 투입했다. 현재 확인되는 인물로는 김 이노겐치와 남세명이다. 김 이노겐치는 KGB 모스크바 본부의 일본과에서 일하다가 1946년 3월 북한지부에 파견되어 1949년 5월까지 일했다.

당시 KGB 극동본부는 하바로프스크에 사무실을 두고 있었다. KGB

북한지부는 극동본부의 지휘를 받았다. 샤브신의 부인 쿨리코아의 증언에 따르면 KGB 북한지부의 최대 임무는 소련식 사회주의체제를 한반도에 이식하는 것이었다.

KGB 요원들은 발라사노프의 지시에 따라 서울에 밀파되어 조선공산당과 중도·좌익정당 및 단체들을 포섭하는 공작을 전개했다. 샤브신의 부인 쿨리코아는 "당시 평양에서 소련 출신 한인 KGB 요원들을 서울에 대거 비밀리에 내려보내 좌익 계열 인텔리들을 포섭했다"라고 증언했다 (중앙일보 특별취재반, 1993: 400-401).

발라사노프가 북한정권 창출에 기여한 흔적을 쉬띄꼬프 일기에서 찾을 수 있다. 북한정권은 1948년 9월 9일 수립되었는데 정권이 수립되기 일주일 전인 1948년 9월 2일자로 작성된 쉬띄꼬프 일기를 보면 '발라사노프에게 외무성 직제 초안을 작성하도록 지시하다' 라고 적혀 있다. 새롭게 수립되는 북한정권의 외무성 직제까지 발라사노프가 편성했던 것이다. 쉬띄꼬프는 그 당시 소련군 연해주 군관구의 정치장교로 북한정권 창출을 총괄했던 인물이다.

# 만주 빨치산의 정찰요원으로서의 가치

해방 전후 박헌영이 KGB 스파이 샤브신과 연결되어 샤브신의 조종을 받고 있을 때, 김일성은 극동 소련군 정찰부대가 창설한 제88특별정찰여단(88여단)에 편입되어 정찰교육을 받고 있었다.

만주에서 활동하던 공산주의 계열 빨치산들은 1930년대 말에 이르면 대부분 소련령으로 넘어간다. 일제의 공비 토벌이 심해진데다 만주 빨치산들을 소련군에 편입시키려는 극동 소련군 정찰부대의 포섭 공작이 작용했기 때문이었다.

김일성도 1940년 말 중국인 빨치산들과 함께 소련령으로 넘어갔다. 김일성은 1931년 중국공산당에 입당했다. 김일성이 중국공산당에 입당할 수밖에 없었던 것은 코민테른의 방침 때문이었다.

국제공산주의운동을 주도하던 코민테른은 1928년 1국 1당 원칙을 선언했다. 1개의 국가에는 1개의 공산당만 허용한다는 원칙이었다. 이 원칙에 맞춰 중국공산당도 1928년 제6차 전당대회를 열고 "중국에 거주하는 한국인 공산주의자는 반드시 중국공산당에 입당해야 한다"라는 당규를 제정했다.

이러한 이유들로 김일성 등 만주에서 활동하던 한국인 공산주의자들은 중국공산당이 지도하던 '동북항일연군'에 가입해서 활동했다.

극동 소련군 정찰부대가 동북항일연군을 포섭하려고 노력했던 것은 그들이 극동 지역 정찰요원으로서 적합한 조건을 가졌기 때문이었다.

당시 극동 소련군은 만주 지역의 일본군 동향에 촉각을 곤두세우고 있었다. 만주에 이어 중국 본토로 진격하던 일본이 소련까지 공격할 가능성이 높았기 때문이다. 스탈린은 소만 국경에 거주하던 한인들이 일본의 스파이가 될 수 있다고 보고 1937년 연해주 지역 한인들을 중앙아시아로 강제 이주시키기도 했다.

소련과 만주 국경선의 긴장은 1941년 6월 독일이 소련을 기습함으로써 더욱 높아졌다. 소련으로서는 일본까지 침공해올 경우 동서 양쪽 전선에서 전쟁을 벌여야 하는 위험한 상황이었다.

그에 따라 극동 소련군은 극동 지역 일본군의 동향을 정찰하는 데 많은 노력을 기울였다. 하지만 피부색이 다르기 때문에 동양인들이 거주하는 극동 지역에 소련인을 정찰요원으로 투입할 수는 없었다.

이러한 사정을 고려해서 소련은 처음 소련에 거주하는 한국인, 중국인들을 선발해서 극동 지역 정찰에 투입했다. 하지만 재소 한인과 중국인들은 소련에서 자라나 한국과 중국의 현지 사정과 언어, 풍습에 어두웠다. 그 결과 대부분의 정찰요원들이 정찰목표 지역에 투입되자마자 체포됐다.

그 실정에 대해서는 소련군 정찰학교 출신으로 6·25 전쟁 당시 북한 인민군 작전국장으로 남침을 지휘했던 유성철이 증언하고 있다. 유성철의 증언에 의하면 당시 소련군은 모스크바 근교에 소련군 최고사령부 직속기관으로 소련군 정찰학교를 설립해서 정찰요원들을 양성하고 있었다.

유성철은 1941년 9월 재소 한인동포 16명과 함께 정찰학교에 2기생으로 입학했다. 유성철에 앞서 졸업했던 1기생 가운데 한인 6명은 졸업하자마자 만주 및 한반도 정찰에 투입됐으나 박길남(전 북한인민군 중장 역임)을 제외하고 모두 정찰 도중 사망했다(김찬정, 1992: 243-244).

이러한 사정을 고려해서 극동 소련군 정찰부대는 동북항일연군의 정보적 가치에 주목하기 시작했다. 재소 한인, 중국인들에 비해 동북항일연군 빨치산들은 만주 지역 실정과 언어, 풍습에 밝았다.

그리고 그 당시 동북항일연군은 중국공산당 중앙본부와의 연락이 끊겨 고립된 상태에 놓여 있었다. 1935년 2월 중국공산당 상해 중앙국이 파괴되면서 중공 중앙의 통제를 벗어나 있었다. 이러한 점을 이용하여 극동 소련군 정찰부대는 동북항일연군을 소련군으로 편입시켜 정찰요원으로 활용하는 공작을 시작했다.

# 극동 소련군 정찰부대장의 포섭 공작

김일성이 일제 토벌에 쫓겨 소련령으로 넘어가던 1940년 말은 2차대전이 일어난 직후로 국제정세가 요동치던 시기였다. 2차 세계대전은 나치 독일이 1939년 9월 1일 폴란드를 공격하면서 시작됐다.

독일, 일본, 이탈리아를 중심으로 한 추축국과 미국, 영국, 소련, 중국을 중심으로 한 연합국이 세계 도처에서 전투를 벌이는 세계대전으로 번졌다.

독일은 폴란드를 침공하기 일주일 전인 1939년 8월 23일 소련과 불가침조약을 맺었다. 폴란드를 침공했을 때 소련이 공격해오는 것을 봉쇄하려는 히틀러의 전략이었다.

2차대전이 일어나고 8개월쯤 지난 1941년 4월 13일 일본과 소련은 중립조약을 체결했다. 동부전선에서의 일본 위협을 봉쇄하려는 소련의 전략과 소련의 만주 침공을 억제하려는 일본의 의도가 맞아떨어진 결과였다.

소련으로서는 독소 불가침조약과 일소 중립조약으로 서부전선과 동부전선의 안전을 확보한 것으로 믿었다. 하지만, 1941년 6월 22일 독일이 독소 불가침조약을 일방적으로 파기하고 소련으로 침공해 들어갔다.

이런 정세에서 일본까지 침공해올 경우 동부와 서부에 병력을 분산시켜야 했기 때문에 소련으로서는 일본이 독일처럼 기습해오지 못하도록 일소 중립조약을 성실히 지키는 데 주력했다. 그 결과 만주와 조선에 대한 정찰활동도 일본에 노출되지 않도록 극비리 수행할 수밖에 없었다.

그 시기 소련의 비밀정찰활동을 주도한 인물이 극동 소련군 정찰부대장이었다. 극동 소련군 정찰부대장은 만주에서 토벌에 쫓겨 소련령으로 넘어오는 빨치산들을 소련군 정찰요원으로 전환하는 작업을 주도했다.

당시 극동 소련군 정찰부대장은 중국어로 왕신림(王新林)이라는 가명을 쓰고 있었다. 모든 공문서와 회의 기록에도 항상 왕신림이라는 가명을 썼다.

훗날 밝혀진 바에 따르면 왕신림은 두 명이 있었다. 첫 번째 왕신림은 와시리(Vasily)라는 사람이었다. 와시리를 중국어로 쓰면 왕신림이 된다. 와시리는 일본군에 쫓겨 소련령으로 넘어온 만주 빨치산들을 무시하며 거만하게 굴어 빨치산들과 자주 마찰을 일으켰다. 일부 빨치산들은 와시리를 바실린으로도 불렀다(김찬정, 1992: 193-194). 두 번째 왕신림은 소르킨(Naum Semyonovich Sorkin)이었다.

극동 소련군은 만주 빨치산들을 포섭하기 위해 동북항일연군의 간부들을 하바로프스크로 불러 두 번에 걸쳐 대책회의를 열었다. 1차 회의는 와시리, 2차 회의는 소르킨이 주도했다. 일제 토벌에 쫓기고 중공 중앙과의 연락도 두절되어 고립상태에 빠져 있던 동북항일연군으로서는 소련의 지원이 절실한 상황이었다.

관동군 헌병사령부의 집계에 따르면 1935년 9,200명에 달하던 만주지역 공산 계열 빨치산은 1940년에 이르면 1,480명 수준으로 줄어들게 된다. 인원이 줄어들면서 조직도 개편에 개편을 거듭해서 1940년에는 제

1로군, 제2로군, 제3로군의 3개 조직으로 정립됐다.

제1로군은 백두산 근처 남만주 지역에서 활동하던 그룹으로, 김일성이 가담해 있던 부대였다. 제2로군은 동만주 지역에서 활동하던 그룹으로, 소련의 하바로프스크, 블라디보스토크와 접경하고 있었다. 제3로군은 북만주 지역을 활동 거점으로 삼고 있었다.

1940년 1월 24일에서 3월 19일까지 개최된 1차 회의에는 제2로군 총사령 주보중과 제3로군 총사령 조상지가 참여했다.

이 회의에서 동북항일연군이 일본군 관련 정보를 수집해서 소련 측에 제공한다는 데 합의했다. 그와 함께 극동 소련군 정찰부대장이 소련공산당과 소련군을 대표해서 동북항일연군과 연락하기로 결정했다(김충석, 2016: 71). 중공 중앙과의 연락이 복원되도록 소련이 지원하고, 소련의 임시적 지도와 원조를 동북항일연군이 받아들인다는 점도 합의됐다(최성춘 외, 1999: 374).

이러한 지원에도 불구하고 동북항일연군은 계속 궤멸상태에 빠져들었다. 제1로군 총사령 양정우는 전투 도중 사살됐다. 이런 상황을 맞아 극동 소련군은 동북항일연군 잔존세력을 소련령으로 빼내는 것이 시급하다고 보고 2차 대책회의를 열었다.

1940년 12월 하순부터 1941년 1월 상순까지 소르킨 주도로 하바로프스크에서 열린 2차 회의에는 김일성도 제1로군 간부 자격으로 참석했다. 제1로군 총사령 양정우가 1940년 2월 일본군에 사살되어 김일성이 대신 참석했다.

2차 회의에서는 동북항일연군의 주력을 소련령으로 철수시켜 재정비한 다음 소부대를 조직해서 만주, 조선 지역으로 재투입한다는 원칙이 결정됐다. 그리고 소만 국경에 만주에서 넘어온 빨치산들을 수용할 수 있는 2개의 주둔지를 만들어 수용하기로 합의했다(최성춘 외, 1999: 379-380).

# 김일성의 만주 정찰

극동 소련군이 만주 빨치산들을 활용하는 방법은 태평양전쟁 전후로 구분된다. 1941년 12월 8일 일본이 미국의 하와이를 기습하면서 태평양 전쟁이 일어났다.

전쟁이 일어나자 극동 소련군 정찰부대는 빨치산들을 2개 그룹으로 나누어 관리했다. 일부 그룹은 정찰요원으로 계속 활용하고, 일부 그룹은 제88특별정찰여단이라는 유격부대를 창설해서 유격훈련을 집중 실시했다. 일본과의 전쟁이 일어날 경우에 대비하려는 전략이었다. 유격전은 비정규전으로 게릴라전, 빨치산 활동, 레지스탕스 운동 등 다양한 이름으로 불린다.

극동 소련군 정찰부대는 제2차 하바로프스크 회의에서 빨치산들을 소부대로 재편성해서 만주에 다시 투입하기로 합의했다. 하지만 일소 중립조약이 체결되면서 유격활동이 불가능해졌다. 중립조약을 어기고 유격활동을 벌일 경우 그것은 곧 일본과의 전쟁을 의미했다.

이 시기에 대해 가장 신뢰성 있는 자료는 주보중 일기이다. 주보중의 일기를 묶은 '동북항일유격일기'는 1936년 3월 6일부터 1945년 12월 5일까지의 일기이다.

주보중(1902-1964)은 중국의 소수민족인 백족(白族) 출신으로 운남성에서 태어나 운남강무학당(제17기, 공병과)에 입학하여 군사학을 배웠다. 1927년 중국공산당에 가입하고 1928년 소련 모스크바 동방 노동자 공산대학과 국제 레닌대학에 유학했다.

만주사변 후 중국으로 돌아온 주보중은 공산당 지시에 따라 당시 항일무장투쟁의 최일선이었던 만주로 1932년 1월 파견됐다. 1940년에는 소련령으로 넘어가 88여단장을 지내고 2차대전이 끝나자 중국으로 돌아와 만주 장춘의 소련군 경무사령부 부사령관, 길림성 정부 주석을 지냈다.

국공내전에서 공산당이 승리한 이후에는 고향인 운남성으로 돌아가 운남성 정부 부주석 등 주요 직책을 맡아서 활동하다가 1964년 2월 사망했다(백정윤, 2013: 6-7).

김일성이 소련령을 넘은 시점에 대해서는 1940년 8월 설과 12월 설로 나누어져 있다. 주보중은 1940년 12월 11일자 일기에 '김일성, 16명을 대동하고 훈춘을 통해서 들어오다'라고 적었다(주보중, 1991: 544). 이로 미루어 12월 설이 유력하다.

소련군은 국경을 넘어온 빨치산들을 하바롭스크와 블라디보스토크 근처에 병영을 만들어 수용했다. 하바롭스크 인근 병영은 북야영으로 불렸는데 제2·3로군 출신들이 주로 이 병영에 수용됐다. 남야영으로 불린 블라디보스토크 근처 병영에는 제1로군 출신들이 수용되어 있었다.

북야영에 머물던 주보중은 김책과 함께 남야영을 찾아가 제1로군 출신들을 모아 제1로군 제1지대를 편성하고 김일성을 지대장, 안길을 참모장에 임명했다(김찬정, 1992: 275).

이와 함께 1941년 봄이 되어 날씨가 풀리자 부대원들을 소부대로 나누어 동만주로 들여보냈다. 부대원들은 소련으로부터 지급받은 무기와

탄약으로 무장했다.

김일성도 이때 소부대를 이끌고 훈춘 부근에서 소만 국경을 넘어 동만주로 출격했다. 김일성이 출동하면서 주보중으로부터 부여받은 임무는 두 가지였다.

하나는 소식이 단절된 제1로군 부총사령 위증민의 생사 여부를 확인하는 것이고 또 하나는 동만주에 흩어져 있는 제1로군 잔존세력을 규합하는 것이었다.

김일성은 1941년 4월 9일 소만 국경을 넘어 동만주로 들어와 정찰활동을 벌이다 그해 8월 다시 소련으로 넘어갔다. 소련으로 돌아온 김일성은 5개월 남짓 되는 정찰활동의 결과를 정리하여 1941년 9월 30일자로 주보중과 김책에게 보고했다.

이 보고서를 보면 주보중으로부터 부여받은 첫 번째 임무인 위증민의 생사 여부를 확인하는 문제에 대해 김일성은 "지난 겨울 돈화남부에서(지명이 똑똑지 않다) '위'는 병으로 하여 사망했다. 그 후 그 부대에서 반역자가 나와 적들을 데리고 가서 '위'의 시체를 찾았다. 놈들은 머리를 잘라가지고 연길 명월구 거리에서 사진을 찍어 삐라를 만들어 뿌렸다는 설도 있다"라고 보고했다(김일성 보고서, 1941). 위증민의 사망과 관련된 김일성의 보고는 뒷날 증언자들에 의해 사실인 것으로 드러났다.

위증민의 병사 사실을 확인함으로써 김일성이 주보중으로부터 부여받은 첫째 임무는 완수됐다. 그러나 두 번째 임무인 제1로군의 잔존세력을 모아 보호하는 일은 그 실적이 좋지 않았다.

김일성은 이 임무를 수행하기 위해 만주에 들어간 후 3개 조직으로 부대를 나누어 정찰활동을 벌였다. 하지만 잔존세력을 찾지는 못했다.

김일성은 "두 달 동안 찾은 결과 아군 부대의 소식은 전혀 없고 종적조차 찾지 못하였다"라고 보고했다.

다만, 김일성은 빨치산들이 마을에 나타났던 몇 가지 사실들을 주민들로부터 듣고 이를 보고서에 기술하면서 그리 믿음직한 것은 못 된다는 단서를 달았다.

그 외 김일성은 돈화현성 공중에서 비행기 10~20대가 늘 연습을 하고 있는 정황, 일본군이 연길 근처에 포대를 구축하고 있는 정황, 일본이 소련을 침공할 준비를 하고 있다는 주민들의 언급 등을 보고서에 기록했다.

특히, 자기 부대의 내부사정에 대해 "일본 파쇼가 반소전쟁을 적극 준비하고 있는 조건하에서 우리는 전력을 다해 무력으로 소련을 옹호할 결심을 다하고 있다"라며 소련에 대한 충성을 다짐했다.

김일성은 보고서 끝부분에 공작을 진행하기에 자신이 데리고 있는 인원이 너무 적다며 "지난 겨울 월경할 때 내가 데리고 온 아직 만나지 못한 인원 21명을 즉시 우리 부대에 돌려주는 것이 좋겠다"라고 건의했다.

그러면서 이번 정찰에서 29명 중 5명이 희생되었는데 조사 공작, 무선전 공작 등 공작을 진행하는 데는 적어도 40~50명이 필요하다고 주장했다.

또한, 각지 부대의 정보가 긴밀히 교환되고 연락이 되게 하기 위하여 무전을 이용해 서로 연락할 필요가 있다며 비밀공작에 방해가 되지 않는다면 무선기지를 세워 연락해야 한다는 의견을 제시했다.

# 88여단 간부가 된 김일성

태평양전쟁이 일어나기 이전 만주 빨치산들의 정찰활동은 어떻게 운영되었는가? 여기에 대해서는 중국인 팽시로(彭施魯)와 한국인 김동규·여영준 등이 자세한 증언을 남겼다.

소련군은 정찰요원들에게 만주 지역 일본군의 군사시설, 무기 배치 실태 등 군사정보를 수집하라는 임무를 주었다. 처음 선발된 요원들에게는 독도법, 사진 촬영 기술, 지도 그리는 방법, 각종 군사시설을 구분해 파악하는 방법, 보고서 쓰는 요령 등 군사정보를 수집해서 보고하는 방법을 교육했다.

소련군은 빨치산들에게 동북항일연군 간부들을 통하지 않고 직접 정찰 지시를 내리고 정찰활동 결과 보고서도 직접 받았다.

중국인 팽시로는 극동 소련군의 정찰그룹이 15개였으며 총 인원은 약 200명이었다고 증언했다(김찬정, 1992: 220). 주보중의 일기에는 정찰요원의 숫자가 197명으로 기록되어 있다(주보중, 1991: 660). 이로 미루어 정찰요원의 규모는 200명 내외였던 것으로 보인다.

3~4명 정도로 팀을 만들어 투입되던 정찰요원들은 초기에는 임무를 마친 후 만주 빨치산들이 수용된 남야영과 북야영으로 되돌아갔다. 그러나 나중에는 다른 빨치산들과 분리되어 별도로 수용됐다. 소련군 비

밀기지에 몇 명씩 연금상태로 수용되어 다른 빨치산들과는 아무런 연락을 할 수 없는 상태였다. 만주 빨치산이 정찰그룹과 유격그룹으로 이원화된 것이다.

정찰부대로 편입된 빨치산들은 88여단이 창설된 뒤에도 88여단에 가담하지 못하고 2차대전이 끝날 때까지 극동 소련군 정찰부대의 통제를 받았다.

나중에 북한정권에서 국가 부주석을 지낸 김동규는 당시 정찰요원들의 생활 실태에 대해 이렇게 증언했다.

> 공부를 시켜줍디다. 지도를 보는 방법, 약도를 그리는 방법을 배워주고 일본어를 배워줍디다. 우리는 항의를 했지요. 일본어를 안배우고 러시아어를 배우겠다고. 그렇지만 혁명의 수요니 배워야 한다고 말합디다…(중략)…공부가 끝나자 우리를 정찰에 파견합디다. 우리는 주로 조선의 나진과 청진항에 대한 정찰을 했지요. 몇 차례 정찰은 순조로웠소. 그래서 나에게 레닌 훈장인지 붉은기 훈장인지를 신청했다고 합디다. 마감 번 정찰 시에 같이 나갔던 두 동무가 실종이 됐는데 어떻게 되었는지 여태껏 모르오. 할 수 없이 혼자 돌아왔는데 그 후에는 정찰을 보내지 않습디다. 소련 병영에서 우울하게 몇 해를 보냈지요. 병영 밖에는 못 나가게 합디다. (그들이) 말하기를 당신들이 그곳으로 정찰을 가듯이 그쪽에서도 여기에 정찰을 올 수 있다는 것입니다(려정, 1991: 115).

그러면 88여단은 언제 어떻게 만들어졌는가? 88여단은 1942년 6월 스탈린의 지시에 따라 창설됐다.

태평양전쟁은 빨치산들에게 큰 변화를 가져왔다. 독일의 기습처럼 극동 지역에서 일본이 기습해올 수 있었다. 그에 대비해서 남야영과 북야영의 빨치산들을 하나의 통합된 부대로 묶어놓을 필요성이 있었다. 이러한 판단하에 스탈린은 1942년 6월 동북항일연군을 독립부대로 창설하라고 지시했다(김국후, 2011: 56). 이러한 정세 변화에 따라 동북항일연군을 소련군 직속부대로 전환시키는 작업이 추진됐다.

1942년 7월 16일 주보중과 소르킨은 여단규모의 부대 창설 방향에 대해 세 가지의 큰 원칙에 합의했다. 첫째, 동북항일 유격운동의 군사, 정치 간부를 양성하는 것으로 설립 목적을 정했다. 둘째, 부대의 임무는 (일본과의) 전투가 직접 동부까지 미치면 여단은 적극 유격활동을 전개한다는 것이었다. 셋째, 중국공산당 조직의 독립활동을 보장한다는 것이었다(김찬정, 1992: 227).

1942년 8월 1일 하바롭스크 근처 브야츠크에서 열린 88여단 창립식에 동북항일연군 출신들은 모두 소련군복으로 갈아입고 소련군 계급장을 달고 참석했다. 창립식에 참석한 극동 소련군 사령관은 부대 이름을 '제88특별정찰여단(약칭 88여단)'으로 명명한다고 선언했다.

주보중은 여단장에 임명되고 김일성은 여단장 산하 제1대대장으로 임명됐다. 1대대는 조선족으로 편성됐다. 창설 당시 여단은 총 4개 대대였다. 부대 인원은 중국인 373명, 조선인 103명, 나나이족 316명, 러시아인 462명, 기타 100명 등 1,354명이었다(김국후, 2011: 67).

88여단 소속 한국인들은 부대가 창설된 후 일제가 패망할 때까지 정찰활동을 벌이거나 전투에 참가하지 않고 군사, 정치간부 양성 교육만 받고 있었다. 그리고 일제가 패망한 후에는 소련군이 북한 전역에 설치한 경무사령부의 부책임자로 투입되어 친소정권 수립에 동원됐다.

만주 빨치산들은 대부분 88여단에 편성되기를 희망했다. 만주 지역에 투입되는 정찰활동이 생명을 내걸어야 하는 위험한 일이기 때문이었다. 정찰을 명령받고 불안으로 정신이상을 일으켜 미쳐버린 빨치산도 있었다. 주보중과 김일성은 자신들과 가까운 부하들 중심으로 88여단을 편성했다.

1943년 3월 28일 주보중은 류안래와 이영호라는 빨치산에게 지시서한을 보내면서 '이영호 중심으로 정찰소대를 구성하는 방법', '정찰 결과는 왕신림과 자신에게 보고할 것', '보고 내용은 구체적이고 확실하며 명료해야 할 것' 등을 지시했다(주보중 지시서한). 이로 미루어 1943년에 이르러서는 88여단에도 정찰 업무가 부과된 것으로 보인다.

# 88여단은 베리야의 군대

김일성이 소련으로 넘어가 88여단의 간부가 된 사실은 그가 스탈린식 독재체제에 편입됐다는 것을 의미한다. 이러한 김일성의 행보는 그후 한반도의 운명에 큰 영향을 미쳤다. 그때부터 지금까지 한반도의 북쪽은 소련의 사주를 받아 김일성이 세운 스탈린식 독재체제가 대를 이어 세습되고 있다. 해방 후 소련은 88여단 조선인들을 북한 지배의 중심축으로 활용했다. 그런 점에서 88여단은 김일성 세습정권의 모태이다.

88여단의 실체가 조금씩 드러나기 시작한 때는 구소련이 붕괴되고 중공이 개혁·개방된 1990년 전후부터이다. 그 이전까지는 구공산권의 은폐로 존재 사실조차 알 수 없었다.

냉전 종식 이후 발굴된 당시 관계자들의 증언과 문건을 통해 살펴보면 88여단은 2차대전 당시 소련 내무인민위원회(NKVD) 산하 부대였을 가능성이 높다.[2] NKVD는 냉전시대 널리 알려진 소련 KGB(국가보안위원회, 1954-1991)의 전신이다. NKVD의 책임자는 베리야였다. 1938년부터 1943년까지 NKVD 책임을 맡았다. 그 후임 메르쿠로프도 베리야의 심복이었다. 88여단이 창설되던 1942년 8월 당시 NKVD의 책임자도 베리야

---

2) NKVD의 영문식 표기는 People's Commissariat for Internal Affairs이다.

였다.

88여단장 주보중은 2차대전이 끝난 직후인 1945년 8월 24일 극동 소련군 총사령관 바실레프스키에게 보낸 보고서에서 극동 전선군 군사위원회가 여단을 직접 지도했다고 기록했다.

하지만 바실레프스키의 부관을 지낸 코바렌코는 '88여단이 공식적으로 극동군의 어느 전선사령부에도 속하지 않았지만, 제2극동전선 사령부가 88여단과 가까운 하바로프스크에 있었기 때문에 제2극동전선 사령부의 명령을 많이 받은 편이었다'라고 밝혔다(김국후, 2008: 68).

주보중의 서한과 코바렌코의 증언을 비교해보면 주보중이 제2극동전선 이상의 소련군 지휘부를 알기 어려운 위치에 있었다는 점에서 코바렌코의 증언이 보다 신뢰성이 높다.

코바렌코의 증언처럼 88여단이 극동군 어느 전선사령부에도 속하지 않았다면 88여단의 상층부는 어디였는가? 이 의문에 대해 베리야의 측근이었던 수도플라토프(Pavel Sudoplatov)가 해결의 실마리를 제공하고 있다.

수도플라토프는 NKVD 산하 특수임무국(Administration for the Special Tasks) 국장 출신이다. 그는 1994년 회고록을 발간했다. 이 회고록에 따르면 독일이 1941년 6월 소련을 기습할 당시 NKVD는 해외부(Foreign Department)와 특수임무국으로 구성되어 있었다. 그는 독소전 발발 직후인 1941년 7월 5일 특수임무국장에 임명됐다.

특수임무국은 게릴라전과 적지 지하세력 구축, 심리전 등의 공작활동을 전개하는 조직이었다. 수도플로토프는 이 임무를 수행하기 위해 특수목적 강화여단(Special-Purpose Motorized Brigade)이라는 부대를 조직해나갔다.

그에 의하면 그 당시 소련에는 2천 명 규모의 소수민족 공산주의자들이 망명해 있었다. 이 사람들을 모두 특수 목적 강화여단에서 현역으로 근무하도록 조치했다. 그 가운데는 폴란드, 체코 사람들을 비롯하여 중국, 베트남 사람들도 있었다.

특수임무국은 1941년 제2독립부, 1942년 다시 제4독립부로 개편됐다. 제4독립부 산하에는 16개의 부서가 있었는데 그중 두 개의 부서가 극동과 중국을 담당하고 있었다(Sudoplatov, 1994: 126-127).

수다플라토프의 증언으로 미루어 88여단은 NKVD 산하 특수임무국이 독소전쟁 발발 직후 조직해나간 특수 목적 강화여단의 하나로 보인다(김충석, 2016: 109). 훗날 다른 자료에 따르면 아프가니스탄에도 똑같이 88여단이라는 이름을 쓰는 부대가 조직되어 있었다.

제2극동전선 정찰부대장 소르킨의 직속 부하였던 조선인 최원은 소르킨이 베리야의 측근으로서 NKVD 원동 방면 책임자였다는 증언을 남겼다. 이 증언은 NKVD와 88여단을 연결하는 고리가 소르킨이었다는 것을 의미한다.

최원은 려정에게 이렇게 말했다. 려정은 1925년 평안남도 진남포에서 태어나 1945년 중국으로 건너가 국공내전 때 중공군에 가담하였으며, 6·25 전쟁 때 북한군에 편입되어 사단 정치위원으로 일하다가 1959년 연안파 숙청 때 체포되어 10년간 복역하고 출소한 후 중국으로 탈북한 인물이다.

솔로킨 소장은 베리야의 신임을 받는 사람이었고 소련 국가안전위원회(NKVD의 오역, 필자)의 원동 방면 책임자였는데, 자주 항일연

군 사람들을 믿을 수 없다고 투덜거리곤 합디다. 후에 와서 솔로킨
은 조선 사람 김일성은 믿을 수 있는 사람이고 우리 사람이라고 합
디다. 그는 88여단의 내부 정형을 김일성 장군을 통해서 손금 보듯
장악하고 있었던 것입니다. 김일성 동지께서 88여단에 있을 적에
두 번 모스크바에 갔는데 그것은 솔로킨 소장이 소련 중앙에 김일
성 동지를 추천했기 때문입니다(려정, 1991: 121).

# 88여단은
# 아프가니스탄 국경에도 있었다

88여단이 베리야가 만든 조직이라는 가설은 똑같은 부호를 가진 부대가 아프가니스탄 국경 근처에도 있었다는 자료가 발굴되면서 그 사실성이 더욱 높아지고 있다.

88여단의 러시아어 명칭은 '88 오드지니부나야·스뜨레루고아야·브리가아다(Otdel'naya Strel'kovaya Brigada)'이다. 이 부대의 이름은 한국, 중국, 일본에서 다양하게 번역되고 있다.

한국에서는 제88특별정찰여단, 88독립보병여단, 제88보병여단, 제88특별여단, 제88독립저격여단 등으로 표기되고 있다. 중국의 출판물들은 동북항일연군교도려, 항일연군교도려, 88려단 등으로 기록하고 있다. 그리고 일본에서는 국제 홍군 독립특별 제88보병여단이라고 번역하고 있다. 어떠한 방식으로 번역되든 88여단이라는 용어는 공통어이다.

그런데 일본 언론인 에야 오사무(惠谷治)는 극동에서 88여단이 창설될 당시 중앙아시아의 아프가니스탄 국경에서도 똑같은 부호를 가진 여단이 창설되었다고 주장했다.

오사무는 그 근거로 1992년 초 모스크바에서 만난 러시아 국방성 산하 군사역사연구소 외국전사국장 왈레이 흐루다노프(Walei Hrudanov)의 진술과 그의 논문을 제시하고 있다.

흐루다노프의 논문을 근거로 오사무가 밝힌 주장을 보면 소련은 독소전쟁 발발과 함께 '제88특별여단'이라는 단대호(單隊號)를 가진 두 개의 유격부대를 극동 지역의 하바로프스크 근처와 중앙아시아의 아프가니스탄 근처 투르크멘 공화국 게루키시에 창설했다. 단대호란 어떤 부대의 이름을 숫자상 부호로 나타내는 것을 말하는 군사용어이다.

게루키시는 아프가니스탄 국경에서 약 60㎞ 떨어진 지점의 도시이다. 아프가니스탄 근처의 88여단은 러시아인 168명, 투르크멘인 76명, 우크라이나인 28명 등 여러 소수민족 2,530명 규모로 창설된 부대였다.

게루키시는 스탈린의 극동 지역 한인 중앙아시아 강제 이주 정책에 따라 1937년 한인들이 정착한 중앙아시아 지역과 멀지 않은 곳이나, 중앙아시아 88여단에 조선인은 없었다.

게루키시에서 창설된 88여단의 책임자는 호미야코프 소좌였다. 호미야코프는 1941년 12월 18일자로 작성된 소련군의 '여단 편성과 그 배치에 관한 명령'에 서명하고 있다(이기봉, 1993: 101).

극동 지역과 중앙아시아 지역에 88여단이라는 같은 부호를 가진 부대가 비슷한 시기에 창설됐다는 것은 독소전쟁 발발 이후 소련에 망명한 공산주의자들을 규합해서 특수임무 강화여단을 조직해나갔다는 NKVD 특수임무국장 출신 수도프라토프의 증언과 맥락을 같이한다.

소련은 극동 지역에서 소련을 위해 싸울 비정규전 부대로 소르킨이 관할하는 88여단을 만들고, 중앙아시아 지역에서 소련의 이익을 보호할 부대로 호미야코프가 지휘하는 88여단을 만들었던 것이다.

# 소르킨의 끄나풀이 된 김일성

'끄나풀'의 사전적 의미는 '남의 앞잡이 노릇을 하는 사람을 낮잡아이르는 말'이다. 이런 의미에서 88여단에서 생활할 당시 김일성은 소르킨의 끄나풀이었다.

동북항일연군의 중국인들은 일제에 쫓겨 소련으로 넘어갔으나 소련군에 완전히 종속되는 데는 강한 거부감을 보였다. 민족적 자존심이었다.

소르킨은 2차 하바로프스크 회의를 만주에 있던 주보중에게 통보하면서 중공 중앙의 대표가 참석한다고 통지했다. 주보중의 참석을 유도하려는 계략이었다. 하지만 주보중이 2차 회의에 참석했을 때 소르킨은 아무런 배경 설명도 없이 중공 중앙 대표는 참석하지 않는다고 통보했다. 기만적 행위였다.

그렇지만 주보중으로서는 이러한 소르킨의 처사에 반발하기도 어려웠다. 만주에서의 사정이 악화되어 소련의 지원에 의존할 수밖에 없는 처지에 놓였기 때문이다.

이러한 현실을 고려, 소르킨은 주보중과 88여단 창설 문제를 협의할때 주보중의 입장을 존중해줬다. 동북항일연군이 중국공산당의 지도를받는 부대라는 사실을 인정하고, 부대 내 중국공산당 조직의 독립활동도 보장해줬다. 다만, 부대 운영은 소련군 승인을 받아야 하고 소련군 작전에 무조건 협력하기로 서로 합의했다(김찬정, 1992: 227).

이와 같은 합의에도 불구하고 제3로군 출신 김책은 소련군의 통제에서 벗어나 다시 북만주로 출격하여 유격활동을 벌이다가 1944년 1월에야 88여단으로 되돌아왔다. 이런 처사에 대해 88여단 간부들의 강한 비판을 받고 김책은 '나는 왕신림 동지의 공작 지시를 철저히 인식하지 못했다'라는 자기 비판서를 쓸 수밖에 없었다.

이처럼 패잔병의 처지에서 소련군에 편입된 상태에서도 만주 빨치산으로서의 정체성을 지키려는 동북항일연군 출신들의 자주의식은 소르킨이 부대를 관리하는 데 많은 고충을 주었다.

그런 실정에서 김일성은 소르킨에게 철저히 복종하며 스탈린에 충성을 다하는 소련군의 장교로 변신했다. 그러한 모습을 88여단 조선인들이 지켜보고 있었다.

김경석은 88여단 출신으로 해방 후 북한군 제1집단군 군사위원을 지냈는데 '소르킨 소장과 김일성 동지가 특별히 친한 것을 알고 있었다. 해방 직후 김일성이 조선공작단 단장을 맡게 된 것도 소르킨 소장이 지명했기 때문이다'라고 말했다(려정, 1991: 118).

북한군 군단장을 지낸 88여단 출신 박우섭은 소르킨과 김일성과의 관계에 대해 이렇게 증언했다.

소련 사람과는 언제나 좋게 지낸 것은 아닙니다. 거의 모든 사람이 말다툼을 했답니다. 그치들은 어쨌다구 그러는지 우리 항일연군 사람들을 믿지 않고 또 얕본단 말이요. 그런데다가 88여단에는 소련 사람이 우리보다 더 많았으니까 자주 말썽이 생겼던 것이지요. 최현 같은 분은 수가 틀리면 곧잘 조선말로 욕을 했답니다. '종간나 새끼', '개가 후치질해서 만든 새끼' 하고, 김일성 동지께서는 안 그랬어요. 그이는 단 한번도 소련 사람과 엇나선 적이 없지요. 소련 사람들도 그이를 특별히 관심해주는 것 같습디다. 솔로킨은 늘 김일성 동지와 만납디다. 그들 둘은 아주 친절하게 지냈지요(려정, 1991: 120).

김경석과 박우섭의 증언은 '소르킨이 88여단의 내부 정형을 김일성 장군을 통해서 손금 보듯 장악하고 있었다' 라는 최원의 증언과도 상통하고 있다.

이와 같은 증언들은 극동 소련군 정찰부대가 곧 NKVD가 극동 지역에 설치한 지부이며, 그 지부의 책임자가 소르킨이었고 김일성은 소르킨의 첩자였다는 사실을 입증하고 있다(김충석, 2016: 174-175).

려정 역시 김일성이 소르킨의 끄나풀이라는 사실을 인정했다.

중국말을 아는 솔로킨 소장은 인차 김일성과 손을 잡았으며 김일성에게 의지했다. 김일성은 반소경향을 가진 자기 전우들을 솔로킨에게 고해바쳤다. 김일성은 소련 안전기관의 정보원이 됐다. 소련 안전기관은 김일성과 또 기타 정보원을 통해 항일연군 내부 정황을 속속들이 알 수 있게 됐다(려정, 1991: 123).

냉전시대 영국으로 망명한 KGB간부 고르디에프스키(Oleg Gordievsky)의 책자에도 김일성이 소르킨의 끄나풀이었다는 내용이 나온다.

고르디에프스키는 1992년 저술한 책자에서 이렇게 밝혔다. '1978년 8

월 20일 KGB 본부로부터 지시문건을 받았는데, 그 문건에 그 당시 중공과 밀착되며 소련과는 거리를 두고 있던 김일성을 비판하며, 김일성이 해방 직전 러시아에서 붉은 군대의 중위이자 NKVD 에이전트로 일하고 있었다는 내용이 있었다(김충석, 2016: 177)'.[3]

---

# 소르킨의 끄나풀에서
# 북한 지도자로

　김일성은 1945년 9월 19일 원산항을 통해 귀국했다. 그의 입북은 비밀리 추진됐다.

　북한을 점령한 소련군 25군의 정치장교는 레베데프였다. 그는 1945년 8월 말 하바로프스크의 극동군구(연해주 군관구) 정치장교였던 쉬띄꼬프로부터 김일성을 지원하라는 지시를 받았다. '한 달쯤 후 88여단의 김일성 대위를 평양에 들여보낼 테니 그에게 주택, 자동차, 생필품 등을 지급하라' 라는 지시였다.

　1주일 후에는 쉬띄꼬프로부터 다시 '김일성이 평양에 도착하면 그를 공산당에 입당시키고, 소련군 장교로 구성된 경호원들을 붙일 것, 그리고 비밀리 지방을 순회시켜 각계의 유지를 만날 수 있도록 하라' 라는 지시가 떨어졌다.

　9월 중순쯤 세 번째 지시가 내려왔다. '김일성 입북을 절대 비밀에 부치고 초창기에는 김일성을 비롯한 공산당원을 정면에 내세우지 말고 조만식을 앞세워 소비에트화 정책을 추진하면서 김일성을 정치적으로 부상시킬 수 있는 방안을 세우라' 라는 지시였다.

　심리전 담당 조직인 25군 정치 7과의 메크레르도 '상부로부터 김일성의 정치적 부상과 활동 및 지원 계획 등을 세우라는 긴급명령을 받고 김일성보다 한 달 먼저 평양에 급파됐다' 라는 증언을 남겼다(중앙일보특별취재반, 1992: 289-295).

레베데프, 메크레르의 증언을 보면 김일성은 북한으로 귀국하기 이전 소련에 의해서 북한의 지도자로 사전 내정된 사실을 알 수 있다.

그러면 소련은 언제 어떻게 김일성을 북한의 지도자로 선정했는가? 여기에 대해서는 1945년 9월 초순 스탈린이 베리야의 추천으로 김일성을 모스크바로 불러 면접한 후 북한 지도자로 선정했다는 설이 신빙성이 있다.

소련 국방부 전사연구소에서 근무(1980-1991)했던 코로트코프(Gavril Korotkov)의 증언이다. 그는 당시 소련군이 점령한 지역의 지도자가 되기 위해서는 국가보안인민위원회(NKGB)로부터 좋은 평가를 받아야 했는데 극동 소련군에서 올라온 김일성 평가 보고서를 읽어본 베리야가 김일성을 적합한 인물로 보고 스탈린에게 추천하여 승인을 받았다고 했다.[4]

베리야 조직의 극동 지역 책임자였던 소르킨이 김일성에 대한 평가를 좋게 써서 보고했던 것이다. 스탈린은 특히, 보고서 중 '김일성은 의지가 있으며 명예를 존중하고 군사 업무를 알고 좋아하며 부하를 통솔할 능력을 갖추고 있음'이라는 내용에 흡족해했다고 한다(코로트코프, 1992: 185).

코로트코프의 증언은 코바렌코의 증언과도 일치한다. 코바렌코는 NKVD 소속 정보장교 출신으로 극동 소련군 총사령관의 부관을 지냈기

---

4) NKVD는 NKGB(국가보안인민위원회, 1943-1946), MGB(국가보안부, 1946-1953), KGB(국가보안위원회, 1954-1991) 등으로 이름이 바뀌었다. 냉전이 종식된 후에는 SVR(해외정보부, 1991)와 FSB(연방보안부, 1995)로 분리되어 오늘에 이르고 있다.

때문에 모스크바와 평양을 연결하는 중간 지점에서 최고급 정보를 알수 있는 위치에 있었다.

코바렌코에 의하면 2차대전이 끝난 직후 모스크바로부터 '북한의지도자를 빨리 찾으라' 라는 지시를 받고, 극동 소련군 총사령부에서 NKGB 극동본부와 협의해서 김일성을 추천하자, 스탈린이 1945년 9월초순 김일성을 모스크바로 불러 극동군 총사령부와 NKGB 극동본부가작성한 김일성 평정서를 바탕으로 면접한 후 '이 사람이 좋다. 앞으로 열심히 해서 북조선을 잘 이끌어가라. 군은 이 사람에게 적극 협력하라' 라고 지시했다는 증언을 남겼다(김국후, 2008: 72-73).

2차대전 말 소련이 김일성을 북한의 지도자로 선정하는 과정을 지켜볼 수 있었던 소련 측 관계자들의 증언을 보면 88여단 창설 후 김일성이소르킨의 협조자로 일하면서 88여단 내부 동향을 소르킨에게 상세히 제보하여 소르킨의 신임을 받았고, 이와 같은 두 사람의 협조관계가 김일성 평정서에 긍정적으로 반영된 것을 알 수 있다.

김일성이 88여단에서 근무할 때 소르킨의 추천으로 이미 모스크바에 두 번 다녀왔다는 장원의 증언도 소르킨 추천설을 뒷받침하고 있다.

# 박헌영의 반발과 스탈린의 무마

NKVD 특수임무국장 출신 수도플라토프의 증언을 기준으로 보면 2차 대전 당시 NKVD는 해외부문 파트와 특수임무 파트로 나누어져 있었다.

서울 주재 소련 총영사관의 샤브신처럼 해외부문은 소련 외교부 조직에 외교관으로 신분을 위장시켜 파견했던 것으로 보인다. 이와 달리 특수임무 파트는 군사조직을 위장 조직으로 활용했던 것으로 추정된다.

샤브신은 해외부문 파트, 소르킨은 특수임무 파트 소속 요원으로 보인다. 그리고 샤브신은 박헌영을, 소르킨은 김일성을 협조자로 활용하고 있었다.

2차대전 말기 박헌영은 전남 광주에 숨어 있었기 때문에 샤브신과 적극적으로 연락하기 어려웠다. 반면 김일성은 소르킨이 관장하는 88여단 간부로 있으면서 소르킨의 협조자로 충성을 다했다. 그 결과 일본이 예상 밖으로 빨리 항복하는 바람에 북한의 지도자를 급히 찾아야 하는 시점에서 김일성은 소르킨의 주선으로 기회를 잡을 수 있었다.

해방이 되고 서울로 올라와 샤브신과 함께 조선공산당 재건에 열중하고 있던 박헌영으로서는 소련군정의 김일성 추대과정을 지켜보며 소외감을 느낄 수밖에 없었다.

코바렌코의 증언에 따르면 해방 전 조선공산당 사정을 잘 모르고 있었던 극동 소련군 고위층은 김일성 추대 작업을 진행하면서 박헌영의 실체를 새롭게 인식하고 한때 박헌영을 북한의 지도자로 다시 추천할 것을 검토하기도 했다. 그러나 한번 결정하면 끝까지 밀고 나가는 스탈린의 고집을 꺾을 사람이 없다는 현실적 한계에 부딪쳐 포기하고 말았다고 한다 (중앙일보 특별취재반, 1993: 207).

극동 소련군의 지원으로 김일성이 성장하는 과정을 지켜보던 박헌영은 한때 MGB를 통해 김일성 견제에 나서기도 했다. 박헌영은 1946년 5월 MGB를 통해 스탈린에게 보내는 서한을 러시아어로 써서 보냈다. 김일성을 신랄하게 비판하는 내용이었다. '김일성이 일제 때 지하에서 항일투쟁한 국내 공산주의자들을 무시하고 빨치산 출신들만 우대하며, 자신을 추종하는 당원들을 억압하고 있다' 라고 스탈린에게 고해바치는 내용이었다.

이 서한 발송을 주선한 사람이 샤브신이었다. 당시 발라사노프와 샤브신은 박헌영을 북한의 지도자로 추진하고 있었다(김국후, 2008: 209).

MGB 극동본부에서는 박헌영의 서한을 처리하는 방법을 놓고 고심하다가 극동군구 사령관 마리노프스키에게 처리 방향을 문의했다. 박헌영 서한이 도착했을 당시 극동 소련군 총사령부는 해체되고 극동군구로 개편되어 마리노프스키가 총사령관을 맡고 있었다.

바실리에프스키에 이어 마리노프스키의 부관을 계속하고 있던 코바렌코의 증언에 따르면 마리노프스키 역시 박헌영 서한을 처리하는 문제에 고심하다가 '모스크바의 당 중앙에 보내 스탈린 대원수의 지침을 받도록 하라' 라는 지시를 내렸다.

이런 과정을 거쳐 박헌영의 서한을 받아 본 스탈린은 박헌영의 주장이 상당 부분 설득력이 있다며 '박헌영과 김일성을 내가 직접 만나볼 테니 두 사람을 모스크바로 데려오라' 라는 지침을 하달했다.

하지만 1946년 7월 하순 모스크바에서 두 사람을 면접한 스탈린은 다시 김일성을 북한의 지도자로 최종 선정했다. 두 사람의 스탈린 면접에는 쉬띄꼬프와 로마넨코, 샤브신 등이 배석했다.

샤브신의 부인 쿨리코아는 당시 샤브신이 박헌영의 스탈린 면접에 배석한 과정에 대해 이러한 증언을 남겼다.

> 남편이 1946년 7월 하순 서울에서 미군정의 눈길을 피해 박헌영을 해주를 경유해 평양 비행장까지 데리고 갔고 모스크바 크렘린궁에서 함께 스탈린 면접에 배석했습니다. 그러나 이는 '절대 비밀'이었지요(김국후, 2008: 211).

레베데프 역시 당시 박헌영을 북한 지도자로 추천한 사람은 발라사노프와 샤브신이었고, 서울에 있던 박헌영을 샤브신이 주선해 비밀리 해주를 거쳐 평양에 데리고 와 모스크바까지 동행했다는 증언을 남겼다.

**8장** /

# 해방공간
# 미소 정보전쟁의 전사들

# 개관

미 OSS와의 관계가 단절되어 중국에 고립된 임시정부 요인들은 정부 대표 자격으로 귀국하지 못하고 개인 자격으로 1945년 11월 23일 귀국했다. 해방되고 3개월이 지난 시점, 소련이 그해 9월 19일 김일성을 북한에 들여보낸 것에 비하면 뒤늦은 환국이었다.

일본이 패망하여 힘의 공백으로 남아 있던 한반도에서 하루하루는 매일 역사가 새롭게 쓰여지는 날들이었다. 그러한 시기 김일성보다 2개월이나 늦게 임시정부 요인들이 입국했다는 사실은 그만큼 진보적 역사에의 진군이 늦었다는 것을 의미한다.

2차대전이 끝나고 미국과 소련은 외교정책에 있어서 대조적인 모습을 보였다. 미국이 전후 전시체제를 평화체제로 전환하며 군비감축의 일환으로 병력을 급속히 감축해나간 데 비해, 소련은 전쟁 때 확충한 군사력을 유지하면서 동유럽, 중국, 한반도에서 친소 공산정권을 세우는 데 주력했다.

이러한 미국의 대외정책은 정보 분야에서도 그대로 나타났다. OSS를 해체한 것이 대표적이다. 이에 따라 남북분단 직후 정보력에 있어서는 미국이 소련에 뒤처지는 형국이 조성됐다.

전후 38선을 경계로 남북에 미군과 소련군이 진주하면서 한반도에는 미국과 소련의 정보기구가 들어와 서로 대립하는 구조가 만들어졌다.

해방 후 3년간 미군정시대를 주도한 미 24군단의 정보기구는 정보참모부(G-2)와 산하 방첩대(CIC)였다. G-2는 군사작전에 필요한 전투정보를 수집하는 기구이고, CIC는 군 내부의 보안과 방첩을 관리하는 정보기구였다. OSS가 공작 전문기관이라면 CIC는 보안방첩 전문기관이었다.

미국의 중앙정보국(CIA)이 창설된 것은 1947년 9월이었다. 그에 따라 OSS가 해체된 1945년 10월 1일부터 2년여간 미국의 해외정보기구는 공백상태로 남아 있었다.

24군단 G-2의 상급 부대인 일본 도쿄의 미 극동군 사령부 G-2는 산하에 보안방첩 기구로 441 CIC를 두고 있었다. 한국에 주둔한 24군단 정보참모부는 일본 도쿄 맥아더 사령부 G-2의 산하기관으로서, 그리고 24군단 G-2 산하 방첩대는 도쿄 441 방첩대의 지휘를 받는 시스템이 갖추어졌다.

주한미군 정보기관의 정보목표는 북한에 진출한 소련 정보기관이었다. 소군정 시기 한반도에서 활동한 소련 정보기관은 국가보안부(MGB), 소련군 경무사령부, 방첩대(SMERSH)가 대표적이다. 이 가운데 MGB는 일제시대부터 서울에 주재하고 있던 소련 총영사관에 요원을 파견하여 정보활동을 벌이고 있었다.

국가보안위원회(KGB) 전신인 국가보안부(MGB)는 1917년 창설된 '반혁명-태업 처단 특별위원회(CHEKA)'의 후신이다. 러시아 공산혁명에 성공한 레닌은 반혁명세력을 억압하기 위해 체카를 설립했다. 그 후 체카는 국가정치보안부(GPU, 1922-1923), 연방국가정치보안부(OGPU, 1923-1934), 내무인민위원부/국가보안총국(NKVD/GUGB, 1934-1943), 국가보안인민위원회(NKGB, 1943-1946), 국가보안부(MGB, 1946-1953), 국가보안위원회(KGB, 1954-1991) 등으로 개칭되어왔다.

소련군은 북한을 점령하자마자 북한 전역에 경무사령부를 설치했다. 영어로 '뵈나야 코멘다투라(Voennaya Komendatura)'로 표기되는 경무사령부는 해방 직후 소련군이 발행한 한국어 문헌과 북한의 문헌에는 '경무사령부'로 번역되어 있으나 남한과 일본의 문헌에서는 '위수사령부', '군(軍) 경무사령부' 등으로 번역해서 사용하기도 한다.

경무사령부의 기본 임무는 관할 지역의 치안질서를 유지하고, 반소(反蘇)·반적군(反赤軍) 활동을 억제하며, 소군정에 협력하는 인물을 물색하는 한편 소련의 정책을 선전하는 것이었다.

경무사령부는 일제에 의해 억압당한 자, 일제에 협력하지 않은 인사, 소련군의 대일 전투에 호응한 유격대원 등을 협력자로 선발했다(기광서, 1998: 140).

한편 방첩대는 1941년 6월 독일의 침공으로 소련군의 방첩 업무가 증가하자 소련군 내 독일 첩자를 색출하기 위해 만든 조직이다. 내무인민위원부/국가보안총국(NKVD/GUGB)의 방첩기능을 분리시켜 독립기구로 만들었으나 전쟁이 끝난 직후인 1946년 5월 다시 MGB 산하부서로 흡수됐다. 스메르쉬(SMERSH)란 '스파이에게 죽음을(Death to Spies)'이라는 뜻의 러시아어 약자다.

# 한미일 정보공조체계의 책임자 윌로비

    제2차 세계대전이 끝난 후 남한 지역은 일본 도쿄의 맥아더 사령부 통치체계에 편입됐다. 1945년 8월 10일 일본은 스위스 정부를 통해 연합국 측에 무조건 항복을 알렸다.

    그 직후인 8월 13일 트루먼 미 대통령은 맥아더 극동군 총사령관을 연합국 최고 사령관(SCAP, Supreme Commander for the Allied Powers)으로 임명했다. 연합국 대표들과 상의해서 일본 항복 문제를 처리하는 것이 연합국 최고 사령관의 임무였다(Truman, 1955: 439).

    전쟁 중 태평양 전구 사령관이었던 맥아더의 직함은 전쟁이 끝날 즈음 극동군 총사령관으로 바뀌어 있었다. 연합국 최고사령관으로 임명받으면서 맥아더는 이제 미 극동군 총사령관과 연합국 최고사령관을 겸임하게 됐다.

    두 개의 사령관을 겸임하게 되자 극동군 총사령부의 본부를 필리핀 마닐라에서 일본 도쿄로 옮겼다. 그리고 극동군 총사령부의 편제와는 별도로 연합국 최고사령관으로서의 직무를 수행하기 위해 민간정보과 (Civil Intelligence Section), 공공보건과, 민간통신과 등 13개의 직능별 참모 부서를 설치했다.

    이 가운데 민간정보과는 일본의 치안과 관련된 정보를 관장하는 파트였다. 극동군 총사령부의 정보참모부장 윌로비(Charles A. Willoughby)가 민간정보과장을 겸임했다. 윌로비는 2차대전 내내 맥아더의 정보참모를 지냈다.

이렇게 해서 주한 미 24군단 정보참모부를 관장하는 도쿄의 미 극동군 총사령부 정모참모부장, 그리고 연합국 최고사령부의 대민정보를 총괄하는 민간정보과장 등 한국과 일본의 군정을 지원하는 정보활동을 총괄하는 직책을 모두 윌로비가 관장하는 정보공조체계가 완성됐다.

종전 당시 윌로비의 최대 관심사는 일본 내부에서 준동하는 공산세력을 억제하는 것이었다. 소련은 일본인 전쟁포로들에게 공산주의 이념을 주입시켜 귀국시키고, 소련공산당에 세뇌된 전쟁포로들이 귀국 후 미군정을 비판하는 활동을 전개하면서 일본의 치안이 극도로 불안해졌다.

윌로비가 주도하는 군사정보조직은 정보분석을 담당하는 정보참모부(G-2), 첩보수집과 수사를 담당하는 방첩대(CIC)로 이원화되어 있었다. 극동군 총사령부 산하 방첩대는 441 방첩대였다.

윌로비는 극동군 총사령부 G-2 요원들을 연합국 총사령부 민간정보과에 배치해서 정보분석 업무를 맡겼다. 441 방첩대에게는 미군 점령정책에 저항하는 세력을 색출해서 검거하는 임무를 맡겼다. 일본 전국각지의 주요 지점에 441 방첩대 지부를 조직해서 군정 운영을 지원했다. 윌로비는 이때의 441 방첩대가 미 연방수사국(FBI)과 같은 기능을 수행했다고 비교했다(Willoughby & Chamberllain, 1954: 322).

주한 미 24군단 산하 971 방첩대 역시 남한 전역의 주요 지점에 지부 조직을 설치하여 군정 운영에 필요한 정보를 수집하고 군정에 도전하는 좌익세력을 견제해나갔다.

이처럼 전후 남북분단에서 1948년 정부 수립까지 이르는 기간 남한의 정보분석 분야는 주한 미 24군단 G-2와 극동군 총사령부 G-2로 연결되고, 첩보수집과 수사는 24군단 971 방첩대와 극동군 총사령부 441 방첩대로 연결되는 정보구조에 편입되어 그 정보구조 운영의 총책임을 윌로비가 맡고 있었다.

# 미 육군 방첩대 요원 위태커

한국에 처음 들어온 미 육군 방첩대는 224 방첩대였다. 남한 주둔군으로 명령을 받은 24군단에 배속된 방첩대였다. 1945년 9월 7일 인천에 상륙한 24군단에 이어 9월 9일 224 방첩대의 선발팀이 인천에 도착했다.

1946년 2월 13일 미 방첩대는 서울 주둔 224 방첩대가 전국의 모든 조직을 통제하는 방향으로 개편됐다. 두 달쯤 뒤인 4월 1일에는 남한에 주둔한 모든 방첩대는 971 방첩대라는 부대 번호를 사용하고 24군단 정보참모부 직속으로 편입되는 내용으로 다시 개편됐다. 서울에 본부를 두고 전국 주요 도시에 지부를 두는 체계를 갖췄다. 초대 971 방첩대장은 리드(Jack B. Reed) 소령이었다.

971 방첩대의 병력은 도쿄의 441 파견대에서 충원했다. 1946년 9월 기준으로 부대 병력은 89명이었다. 1947년 3월 29일 제정된 971 방첩대 운영내규에는 정원이 126명으로 규정되어 있다. 뒤에 정원이 182명으로 늘었으나 1949년 6월 말 971 방첩대가 한국에서 철수할 때까지 100명을 채운 적은 없었다.

해방 직후 미 육군 방첩대의 실상은 미국 육군 정보센터에서 1959년 3월 발간한 『미군 방첩대의 역사』에 잘 나타나 있다. 총 30권으로 편찬된 이 책에 미 군정기 방첩대의 역사가 실려 있다. 미 군정기 한국에서 활동했던 방첩대 요원들을 대상으로 인터뷰한 내용을 중심으로 기록되어 있어, 그 시기 방첩대 내부의 실상을 파악할 수 있는 신뢰성 높은 자료이다.

이 책은 그 시기 미군 방첩대가 직면한 제일 큰 문제는 언어의 장벽이었다고 기술하고 있다. 요원 가운데 극소수 인원만 한국어를 구사할 수 있었다고 한다. 애비슨(Gordon W. Avison) 소위와 위태커(Donald P. Whitaker) 하사관이었다. 애비슨은 2차대전 이전 한국에서 선교활동을 했던 선교사의 아들이었다.

위태커는 제대 후 민간인 신분으로 971 방첩대에서 계속 근무했는데 한국어를 유창하게 구사할 수 있는 유일한 미국인이었다.

당시 방첩대는 언어 문제를 해결하기 위해 이순용(일명 Wylie)을 비롯하여 12명 정도의 한국인 2세들을 채용했는데, 대부분 하와이 출신의 교포들로 오랫동안 미국에서 지냈기 때문에 한국인들이 알아들을 수 없을 정도로 한국말이 어눌했다고 한다.

위태커는 군정 시기에는 수도경찰청장 장택상과 가까이 지냈다. 그후 1956년 장면이 부통령에 당선된 뒤에는 장면과 친밀해졌는데, 한국인 부인 임수영과 장면을 담당했던 경향신문 여기자 윤금자가 이화여대 동문이라는 인연으로 장면과 밀착됐다.

4·19 후 장면이 내각제하에서 실권자인 총리에 오르자 총리실 바로 옆방에 사무실을 차려놓고 장면 총리의 일을 도울 정도로 장면과 가까이 지냈다.

이러한 인연이 5·16 직후 한국 현대사에 큰 영향을 미쳤다. 5·16 정변 직후 깔멜 수녀원으로 잠적한 장면은 5월 17일 저녁 위태커를 비밀리에 불러 바깥 분위기를 살폈다. 아무도 장면의 소재지를 모르던 시점이었다.

위태커는 사태가 벌써 5·16 주체 측에 유리하게 돌아가고 있다고 장면에게 알려줬다. 그 순간 장면은 자신의 소재지를 정변 주도 측에 알려주라고 말하고, 그 다음 날 위태커는 장도영 육군참모총장을 찾아가 장면의 거처를 알려줬다(송원영, 1990: 242).

5·16 정변은 장면이 스스로 정권을 내려놓음으로써 성공할 수 있었다. 이런 점에서 볼 때 수녀원에 숨은 장면에게 처음 바깥 분위기를 전해서 장면이 자진 출두하도록 결심하는 데 큰 역할을 한 위태커는 긍정과 부정을 불문하고, 한국 현대사에 큰 발자국을 남겼다.

# 이승만의 귀국을 저지한
# 소련 간첩 앨저 히스

1980년대 민주화운동 과정에서 반미주의가 성행했다. 미국이 전두환 정부를 도와주고 있다고 보고 미국을 규탄하는 반미 시위, 시설 점거 등이 잇달았다. 부산 미 문화원 방화 사건(1982.3.18.)이 대표적이다.

이러한 풍조에 따라 남북분단도 미국에게 전적으로 책임이 있다는 수정주의자들의 주장이 주목을 끌었다. 미국을 등에 업고 이승만이 단독정부를 세워 남북분단이 고착화됐다는 논리였다.

그 논거로 이승만의 정읍 발언이 곧잘 인용되곤 했다. 1946년 6월 제1차 미소공동위원회가 결렬된 직후, 이승만이 전북 정읍에서 남한에서만이라도 단독정부를 수립해야 한다고 주장했다. 이후 남한에서 단독정부가 수립됨으로써 남북분단이 고착화됐다고 수정론자들은 주장해왔다.

그러나 이러한 주장은 냉전 종식을 계기로 스탈린의 비밀지령문이 발굴됨으로써 빛을 잃었다. 일본의 마이니치 신문(每日新聞)은 1993년 2월 26일 '스탈린이 1945년 9월 20일 소련이 점령한 북한 지역에 부르주아 민주주의 정권을 수립할 것을 지령했다' 라는 스탈린의 지령문을 전문 번역해서 보도했다. 북한 지역에 단독정부를 세우라는 지령이었다(이정식, 2006: 178).

이 지령은 그때까지 지배적이었던 이승만 분단책임론을 허구로 만들었다. 이승만의 정읍 발언에 9개월 앞서 이미 스탈린의 단독정부 수립 지령이 북한의 소련군정 사령부에 내려와 있었던 것이다.

80년대 국제정치학계의 수정주의론자들은 반공주의자인 맥아더가 미국 중심의 반공 질서를 한반도에 구축할 목적으로 이승만을 귀국시켰다는 논리를 개발했다. 이승만이 해방 후 한반도에 자주적인 민주정부를 세우기 위해 하루라도 빨리 귀국하려 했던 노력을 긍정적으로 보지 않고, 미 제국주의자들이 자기들의 이익에 맞춰 이승만을 데려왔다는 것이다.

수정주의자들은 이러한 주장을 합리화하기 위해 브루스 커밍스의 주장을 곧잘 동원했다. 커밍스는 1981년『한국전쟁의 기원』이라는 책자를 발간했다. 이 책에서 그는 하지, 맥아더, 굿펠로우, 이승만 네 사람이 서로 공모해서 미국 국무부의 방침에 어긋나게 한반도에 반공체제를 구축하려는 전략적 목적으로 이승만을 데려왔다고 논술했다(Cumings, 1981: 189).

하지만 당시 좌우익을 막론하고 국민들은 이승만의 조속한 귀국을 바라고 있었다. 해방 후 한 달여 지난 9월 24일 좌익이 선포한 조선인민공화국의 내각 명단에도 이승만이 대통령으로 올라 있었다.

2차대전이 끝난 후 미국 국무부가 이승만의 귀국을 허용하지 않은 것은 사실이다. 거기에 대해서는 국무부에 침투한 소련 간첩 앨저 히스(Alger Hiss) 때문이라는 설과 얄타 회담에서 미국이 한반도를 포기했기 때문이라는 설이 제기되고 있다.

이글 프로젝트에 참여했던 재미교포 정운수는 미 국무부의 앨저 히스가 재미 공산주의자들이었던 한길수, 김용중 등과 교류하며 소련의 한반도 진출을 지원하기 위해 이승만의 귀국을 저지하고 있었다고 주장했다(한국정신문화연구원, 1986: 336). 앨저 히스는 얄타 회담 때 루스벨트 대통령을 최측근에서 수행했던 국무부의 실력자였다.

한국 현대사 연구의 권위자였던 이정식 전 펜실베니아대 교수는 이승만이 잘못 수집한 정보를 바탕으로 전쟁 말기 미국을 공격한 것이 귀국을 제재받게 된 계기라고 보았다.

1945년 5월 샌프란시스코에서 국제기구에 관한 연합국 회의가 열렸을 때 이승만은 임시정부 대표 자격으로 참석하지 못하고 사설 조직의 대표 자격으로 방청했다. 그때 이승만은 소련 측 정보를 수집하기 위해 러시아인 구베로(Emile Gouvereau)를 고용했다.

구베로는 이승만에게 '루스벨트 대통령이 얄타 회담에서 한반도를 소련에 넘겨주었다' 라는 소문을 전달했다. 훗날 이 소문은 사실이 아닌 것으로 드러났으나 당시 이승만은 이 소문을 믿고, 트루먼 대통령에게 진실을 밝히라고 항의 전문을 보내는 등 반발했다. 이러한 이승만의 행동이 미 국무부가 이승만의 귀국을 저지한 중요한 원인이 되었다는 것이다(이정식, 2006: 310-311).

미 국무부가 이승만의 귀국을 저지한 배경에 관한 두 가지 설 가운데 앨저 히스 설이 유력하다. 앨저 히스의 정체는 냉전이 시작되면서 드러났다. 미국 하원은 전후 비(非)미국 활동 위원회(HCUA, the House Committee on Un-American Activities)를 만들어서 미국 정부에 침투한 공산주의자들을 조사했다.

이 위원회에서 소련 간첩이었다가 전향한 언론인 휘태커 체임버스(Whittaker Chambers)는 앨저 히스가 자기에게 국무부 기밀문서를 누출한 소련 간첩이었다고 폭로했다. 그 후 간첩 혐의를 극구 부인하는 앨저 히스와 휘태커 체임버스의 진실 공방이 계속됐다.

히스는 이 위원회에서 위증한 혐의로 1951년 3월부터 44개월간 복역한 후 1954년 11월 출감했다. 간첩죄는 공소시효가 지나 적용할 수 없었다. 출감 후 히스는 자신을 '매카시즘의 희생자', '냉전시대의 희생양'으로 내세우며 간첩 혐의를 부인했다. 하지만 냉전 종료 후 공개된 구소련 측 문서들을 보면 그는 소련의 KGB가 아닌 GRU(소련군 정찰총국) 스파이였을 가능성이 높다(월간조선, 2018년 5월호).

# 이승만의 조기 귀국을 지원한 굿펠로우

굿펠로우는 OSS에서 도노반 국장 다음가는 2인자였다. 전쟁이 끝날 즈음인 1945년 5월 15일 도노반은 그때까지 대령이었던 굿펠로우를 준장으로 진급시켜달라고 전쟁성에 상신했다. 이 추천서에 따르면 굿펠로우는 1942년 8월부터 OSS 부국장을 지냈다.

OSS 부국장으로 부임하기 전 1년 동안은 전쟁성 정보참모부(G-2) 소속으로 OSS 전신인 COI와 업무를 협의하는 연락관으로 일했다. 전쟁성에 들어가기 전에는 1907년부터 「브루클린 이글」지에서 일하고 있었다. 1932년에는 브루클린 이글을 인수해서 운영했다(정병준, 1992: 98).

도노반은 굿펠로우의 진급을 상신하면서 그의 대표적 업적으로 1942년 6월 영국 특수공작국(SOE)과의 업무 협상을 성공적으로 이끈 점, 부국장에 취임하기 전 특수활동국장을 맡아 대일 공작원 양성을 주도한 점 등을 제시했다(국사편찬위, 1996: 25-26).

도노반이 전쟁 말기 이글 프로젝트를 통해 형성된 한국임시정부와의 친밀관계를 바탕으로 김구 주석이 트루먼 대통령에게 보내는 메시지를 전달해주는 등 임시정부를 도와주려고 노력했던 것처럼 굿펠로우 역시 미국에 있는 이승만의 귀국을 도와주려고 많은 노력을 기울였다.

국무부는 처음 이승만의 귀국 요청서에 '고위 집정관(High

Commissioner)'이라는 직책이 있는 걸 보고 임시정부를 인정하는 것으로 보일 수 있다며 이를 삭제하도록 요구했다. 이 문제가 생긴 것은 9월 23일이었다. 그에 따라 이승만은 그 직책을 삭제하고 여행문서를 발급받았다.

그러자 다시 국무부는 한반도가 맥아더 사령부 관할하에 있으므로 점령 지역인 한반도로 여행하기 위해서는 맥아더 사령부의 일본 경유 허가서, 일본에서 서울로 가는 군용 비행기를 사용할 수 있는 허가서 등이 필요하다고 조건을 달았다. 이에 굿펠로우는 이승만을 대신해서 합동참모본부의 스위니(Sweeney) 대령에게 두 가지의 허가서를 부탁했으나 거절당했다.

한국으로의 귀로가 막힌 이승만은 10월 1일 절망에 빠져 국무부 내부의 공산주의자들이 자신의 귀국을 막고 있다고 비난하는 메모를 남겼다. 그 메모에서 이승만은 '자신의 귀국을 막고 있는 국무부 사람들이 한반도를 소련의 영향권 아래 두기로 (얄타 회담에서) 스탈린과 비밀협정을 맺은 자들인데, 이들이 친공분자들만 한반도에 보내려 하고 있다' 라고 분석했다(이정식, 2006: 313-314). 국무부에 침투한 앨저 히스의 정체를 꿰뚫어보고 있었다.

그런데 메모를 쓴 며칠 후 이승만에게 낯모르는 미 육군 장교가 나타나 귀국을 재촉했다. 이 장교의 주선으로 이승만은 서울로 돌아왔다. 미 국무부도 모르는 갑작스런 귀국이었다. 이승만이 귀국한 후 국무부는 이승만이 어떻게 귀국했는지를 조사했으나 그 배경과 과정을 알 수 없었다(Cumings, 1981: 511).

훗날 이승만을 찾아온 그 장교는 킨트너(William Kintner) 대령으로 밝혀졌다. 전쟁성 정보참모부 산하 군사정보국(MIS) 워싱턴 출장소 소속이었다. MIS는 OSS 창설을 계기로 정보기관 간 협력할 일이 많아지자 전쟁성 정보참모부에서 대외기관 협력 및 조정을 목적으로 창설한 기구였다. 전쟁성은 2차대전이 끝나고 1947년 육군성으로 개칭됐다.

킨트너 대령은 전쟁이 끝나고 전역한 후 미 펜실베이니아대학 정치학과 교수로 이정식 교수와 20여 년간 함께 근무했는데, 이승만을 귀국시킨 일을 여러 번 반복해서 이 교수에게 말했다고 한다.

킨트너는 당시 이승만을 전혀 모르고 있었는데 어느 날 합동참모본부로부터 워싱턴에 있는 이승만이라는 한국인을 찾아서 서울로 보내라는 전보를 받고 워싱턴의 매사추세츠가에서 살고 있던 이승만을 찾아 서울로 보냈는데, 합동참모본부에서 왜 그 지시를 내렸는지는 전혀 몰랐으며 그 후에도 그 이유를 알 수 없다고 말하곤 했다(이정식, 2006: 314-315).

이처럼 이승만이 서울로 돌아오게 된 배경과 과정은 여전히 미궁으로 남아 있다. 이승만이 도쿄에 도착한 날짜는 10월 12일이고, 서울에 도착한 날짜는 10월 16일이다.

미 전쟁성의 이승만 귀국 조치가 어떻게 결정되었는지 알 수 있는 사료는 발굴되지 않고 있으나 굿펠로우가 큰 도움을 줬다는 사실은 부인할 수 없다.

이승만이 귀로가 막혀 울분과 절망감에 빠져 비통한 메모를 남긴 10월 1일은 OSS가 해체된 날이다. 해체과정에서 굿펠로우 직속 부하 9,028명이 전쟁성 전략정보대(SSU)로 옮겨갔다. 전쟁성 산하 군사정보국을 통해 워싱턴 출장소의 킨트너 대령에게 이승만을 귀국시키라는 지시 공문을 보낼 수 있는 여건이 굿펠로우에게 만들어졌다.

훗날 서울의 하지 사령관은 이승만이 서울에 도착했다는 보고를 받고 깜짝 놀랐다는 말을 참모들에게 남겼다. 하지도 모르게 도쿄의 맥아더 사령부와 워싱턴의 전쟁성 사이에 협조가 이루어져 이승만이 귀국할 수 있었다.

맥아더는 이승만이 도쿄에 도착한 후 전쟁성에 안착 전문을 보냈다. 그 전문은 '이승만이 10월 12일 오전 11시 안전하게 도착했는데 오늘 밤까지 휴식을 갖게 한 다음 내일 면담할 계획'이라는 내용이 담겨 있다. 그리고 이 전문에 '참조 굿펠로우'라는 표식이 기재되어 있다(Cumings, 1981: 189).[5] 굿펠로우가 맥아더 사령부에 적극 협조했을 것으로 볼 수 있는 대목이다.

이승만 자신도 10월 16일 서울에 도착해서 처음 만난 국내 인물인 윤치영에게 '미 국무성의 방해로 귀국이 늦어지고 있었는데, OSS의 굿펠로우 대령, 맥아더 장군의 주선으로 입국하게 되었다' 라고 말한 바 있다(윤치영, 1991: 156).

---

5) 원문은 'Attention Col. Goodfellow from Col. Rhee from SCAP to WAR.'

# 현준혁을 암살한 백의사 사원 백관옥

약산 김원봉 선생이 남의사의 지원을 받아서 양성한 인력은 총 225명으로 추산된다. 만주사변 직후인 1932년 9월부터 3년간 탕산훈련반에서 배출한 125명, 중일전쟁 직후 성자훈련반에서 양성한 100여 명이다. 성자훈련반 출신 100여 명은 1938년 10월 조선의용대를 결성하고 1940년 9월 17일 광복군이 창설되며 광복군 제1지대로 편입됐다.

이렇게 양성된 인력은 남의사로부터 중국식 첩보수집, 비밀공작, 보안 방첩 등의 정보활동 기법을 배웠다. 중국식 정보활동 기법은 곧 중국에서 항일 정보활동을 하던 독립운동가들의 교범이 됐다. 남의사란 중국인들이 남색 옷을 즐겨 입는 데서 착안한 이름이었다.

해방 후 서울에서 남의사를 모방한 비밀결사가 1945년 12월 조직됐다. 그 단체의 이름은 백의사(白衣社). 우리 민족이 흰옷을 즐겨 입는 데 착안해서 백의사라고 이름지었다.

백의사 결성을 주도한 인물은 염응택. 염동진이란 가명을 많이 썼다. 염응택은 남의사 출신으로 알려져 있다.

일본 자료에 따르면 염동진은 1909년 2월 14일 평안남도 중화군에서 태어나 1931년 3월 서울의 선린상업학교를 졸업하고 중국 상해로 건너간 것으로 기록되어 있다.

일본 경찰의 '1935년 여름 이래 중국재류 불령선인 단체의 결성'이라는 정보보고서에 보면 낙양군관학교 졸업생 일람표가 들어 있는데, 거기에 염동진의 이름이 들어 있다(김정주, 1971: 505-509).

낙양군관학교는 1934년 2월 중국 하남성의 낙양에 세워진 중국 중앙육군군관학교 낙양분교에 설치된 한인특별반을 말한다. 윤봉길 의거(1932.4.) 직후 중국국민당이 한국독립운동을 지원하기 위해 만든 교육과정이다. 교육기간 1년의 단기과정이었다.

낙양분교 한인특별반 입교생은 모두 92명이었는데 교육 운영을 둘러싸고 김구와 이청천 사이에 갈등이 생겨 김구 계열 25명은 중도에 퇴교하고, 1935년 4월 62명이 졸업했다. 졸업생 62명 중 이청천 계열은 30명, 김원봉 계열은 15명인 것으로 일본 경찰은 분류했다.

낙양군관학교를 졸업한 이후 염동진의 행적은 베일에 가려져 있다. 염동진이 백의사를 창설할 때 염동진의 비서실장으로 일했던 백관옥은 '낙양군관학교를 졸업한 염동진이 요춘택이란 중국식 이름으로 개명해서 남의사에 들어갔다' 라는 증언을 남겼다.

염동진은 중일전쟁 후 남의사가 삼민주의 청년단이라는 공개조직으로 개편되고, 남의사의 비밀공작 기능이 국민당 군사위원회 조사통계국으로 넘어갈 때는 조사통계국에서 일한 것으로 알려져 있다.

염동진은 조사통계국에서 일하다 일본 관동군 헌병대에 체포되는데, 체포된 후에는 변절해서 관동군 헌병대에 고용되어 일본 측에 독립운동 정보를 제공했다고 주변 인물들은 전하고 있다(이영신, 1993: 22).

일제 말기에 고향으로 돌아온 염동진은 1944년 8월 평양에서 '대동단'이란 비밀결사를 만들어 다시 항일운동을 하다 해방을 맞았다. 해방 후에는 소련군이 북한에 들어오자 반소련, 반공운동을 전개하다가 1945년 9월부터 11월에 걸쳐 대동단원들과 함께 서울로 내려왔다. 이때 내려온 대동단원들 중심으로 1945년 12월 창설한 조직이 백의사이다.

이들이 남하한 결정적인 계기는 조선공산당 평남지구 위원장 현준혁 암살 사건 때문인 것으로 알려지고 있다. 백의사 사원들의 증언에 따르면 1945년 9월 3일 현준혁을 암살한 인물은 대동단원 백관옥이었다. 암살 사건 후 소련당국의 수사망이 좁혀지자 그해 9월부터 11월에 걸쳐 대부분의 대동단원들이 남으로 내려왔다.

# 김일성 암살을 주도한 김정의

1946년 3월 1일 김일성을 암살하려는 시도가 있었다. 김일성을 암살하기 위해 평양으로 올라간 김정의, 김형집, 최기성 등은 그해 평양역 광장에서 열리는 3·1절 기념대회에 김일성이 참석한다는 정보를 입수하고 기념식장에 참석한 김일성에게 수류탄을 투척하고 권총으로 총격한다는 계획을 짰다.

그러나 당일 김형집이 3·1절 기념대회에 참석한 김일성을 향해서 수류탄을 던졌으나 김일성이 있는 연단에까지 미치지 못했다. 연단 주변을 경비하던 소련군 소위 노비첸코가 이 수류탄을 주워서 다른 곳으로 던지려다가 손에서 폭발하는 바람에 한쪽 손을 잃었고, 수류탄을 던진 김형집은 현장에서 체포됐다.

북한에서 고위관리를 지내다 김일성의 숙청을 피해 러시아로 망명한 사람들에 따르면 김일성은 자기 생명의 은인이라고 할 수 있는 노비첸코에게 순금으로 만든 담뱃갑을 선물하고, 당시 북조선임시인민위원회 고위간부들에게는 '매일 교대로 노비첸코를 위문하라'라고 독촉했다고 한다(중앙일보 특별취재반, 1992: 324).

김일성 암살 공작이 성공해서 해방 직후 김일성이 죽었더라면 한국 현대사는 완전히 다른 모습을 보였을 것이다. 김일성 자신도 이 점을 잘 알고 있었다.

김일성은 1984년 노비첸코를 북한으로 초청해서 노력영웅 칭호를 주었다. 자신의 목숨을 살려준 데 대한 보답이었다. 그 10년 뒤 1994년 노비첸코가 사망한 이후에도 북한은 노비첸코의 후손들을 살뜰히 보살피고 있는 것으로 알려져 있다.

북한 외무성은 2021년 광복절을 앞두고 홈페이지에 노비첸코에 관해 글을 남겼다. '노비첸코는 오늘도 조로 친선의 상징으로, 우리 인민의 영원한 전우로 살아 있다' 라고 소개했다.

이처럼 1946년 3월 1일 그날 김일성 암살 시도가 김일성 정권에 큰 충격을 주었던 것이다.

그러면 김일성 암살을 최초 기획한 인물은 누구이고 어떻게 진행됐는가? 그에 대해서는 백의사 출신들과 정치공작대 출신들이 자세한 증언을 남겼다. 정치공작대는 해방 직후 신익희가 조직한 정보조직이다.

백의사 총사령 염동진은 낙양군관학교에 입교할 때 신익희의 추천으로 이청천의 심사를 거쳐 입교했다(이영신, 1993: 57-58). 이러한 인연으로 염동진은 백의사를 결성한 이후에도 신익희의 지도를 받았다. 김정의, 김형집, 최기성 등 3명이 김일성을 암살하러 평양으로 올라갈 때도 신익희의 지도를 받은 것으로 관련자들이 증언하고 있다.

평양 출신으로 정치공작대에 가담했던 선우길영에 따르면 김일성 암살을 최초로 기안한 사람은 김정의란 인물이었다. 김정의의 본명은 김제철로, 평양 출신이며 일제시대 독립운동을 하다가 해방 후 공산당의 횡포가 심해지자 남으로 내려왔다.

선우길영이 김정의로부터 김일성 암살 계획을 처음 들은 때는 1946

년 2월 중순이었다. 당시 정치공작대 조직국장을 맡고 있었던 조중서의 사무실에서 조중서와 함께 김정의를 만났는데, 김정의가 '자유 통일국가를 건설하려면 소련군의 앞잡이 김일성과 그 일파를 제거해야 한다' 라고 주장하며 평양에 가서 김일성을 해치우겠다는 뜻을 밝혔다.

그에 대해 조중서는 하루빨리 평양에 가서 실행하라고 찬동하며 헝겊에 정치공작대의 직인을 찍어 신분 표시로 주었다. 김정의는 평양으로 출발하기 전 행동대원인 김형집, 최기성을 데리고 신익희를 찾아가 작별 인사를 했고, 신익희는 행동총책인 김형집에게 회중시계와 모자를 선물로 주며 격려했다(중앙일보 특별취재반, 1992: 319-324).

선우길영은 당시 평양에서 반공운동을 하던 친동생 선우대영과 평양고 후배인 평남 임시인민위원회 총무부 정보과 조재국을 찾아가 상의하도록 안내하며 소개장을 써주었다.

백의사는 김정의 일행이 떠난 후 그들을 지원하는 요원으로 이성렬이라는 사원을 추가로 북파했다. 평양에서 만난 이성렬과 김정의 일행은 김일성 암살 계획을 서로 협의했다.

1946년 3·1절 그날, 김형집은 수류탄을 던졌으나 다른 행동대원들은 총격 등 추가 동조를 하지 않았다. 그 이유에 대해서는 두 가지 설이 있다. 하나는 김정의 책임론이다. 3·1절 그날 김일성의 연설이 5분쯤 지난 시점 김정의의 신호에 따라 연단 양쪽에 배치된 김형집과 최기성이 수류탄과 권총으로 김일성을 저격하기로 했는데, 김정의가 자신을 미행하는 공산당원을 따돌리느라 현장에 늦게 도착하는 바람에 김일성 연설이 끝나가는데도 김정의의 신호가 없자 김형집이 단독 행동을 개시했다는 설이다.

다른 하나는 김형집 책임론이다. 이성렬의 신호에 따라 연단 주변에 배치된 김형집, 최기성, 이희두가 행동을 개시하기로 했는데, 김형집이 긴장한 나머지 이성렬의 신호도 기다리지 않고 행동하다가 수류탄이 제대로 폭발하지 못했다는 설이다.

조재국은 3월 1일 그날 김정의 일행과 거사를 모의하며 김일성이 암살되는 순간을 사진으로 찍는 역할을 맡았다. 조재국은 두 가지 설 가운데 김정의 책임론이 맞다는 증언을 남겼다. 3월 1일을 거사일로 잡은 것도 김일성이 3·1절 행사에 반드시 참석할 것이라는 정보를 자신이 입수해서 김정의에게 전달하자 김정의가 3월 1일을 거사일로 정했다는 것이다(김창순, 1990: 293-294).

거사가 실패한 후 이성렬은 수사망을 피해 남으로 내려왔고 김정의는 소련군에 체포됐다. 구소련이 붕괴된 후 소련군에 붙잡힌 김정의의 신문조서가 발굴됐다(한국학진흥사업성과 포털). 러시아 문서보관소에 소장되어 있는 신문조서에 따르면 김정의는 임시정부 내무부 정보국장 박문의 지시를 받고 평양으로 올라갔다고 진술했다. 평양에 올라갈 때 필요한 자금과 증명서류도 박문이 준비해줬다고 했다.

그리고 김정의는 신문과정에서 자신의 소속을 임시정부 내무부 산하 정보국 부국장이라고 밝혔다. 내무부장은 신익희였으며 내무부 산하 정보국의 임무는 남북정당의 동향을 수집하고 김구가 정권을 잡을 경우에 대비하여 김구 지지세력을 규합하는 일이었다고 진술했다. 그리고 1946년 1월 내무부는 정치공작대 중앙본부로 개편되어 전국 각도·군에 조직이 결성되었는데 신익희가 정치공작대 중앙본부장이었다는 사실도 진술했다.

김정의 진술로 미루어보면 김정의 일행이 평양으로 출발할 때 필요한 모든 증명서류와 비용은 정치공작대에서 지원하고, 백의사가 이성렬을 추가로 평양에 올려보내 김정의 일행을 지원한 것으로 추측할 수 있다. 김정의가 북으로 올라갈 때 가져간 권총도 백의사에서 지원해줬다.

# 주은래가 추천한
# 김일성 직계 간첩 성시백

해방공간 남한 공산주의운동의 중심축이었던 박헌영은 1946년 10월 6일 미군정의 체포령을 피해 북으로 올라갔다. 이때부터 북한의 대남 공작은 김일성 계열과 박헌영 계열로 이원화됐다.

김일성은 성시백이라는 인물을 남파시켜 남한 좌파를 지도·조정했다. 박헌영의 남로당 계열과는 다른 인물이었다.

성시백은 황해도 해주 출신으로 서울에서 중학을 마치고 1920년대 말에 중국으로 건너가서 학교를 다니다가 1930년대 초에 중국공산당에 입당했다. 중국공산당에서 그가 맡은 임무는 중국국민당 통치지구에서의 지하공작이었다.

그가 주로 활동하던 곳은 중국 중경이었는데 중국공산당의 주은래도 국민당과 국공합작을 협의하기 위해 국민당의 수도였던 중경에 머무르는 날이 많았다. 당시 중국공산당의 정보 공작활동은 주은래가 주도하고 있었다.

주은래는 국민당을 공산당에 유리한 방향으로 이끄는 통일전선공작에 주력하고 있었다. 성시백 역시 임시정부 요인들과 교류하며 통일전선공작을 전개하고 있었다.

해방 직후 중국공산당 계열의 조선독립동맹, 조선의용군 계통 사람들은 만주를 거쳐 입북했으나 성시백은 하앙천 등과 함께 부산을 거쳐 1946년 2월 평양에 도착했다.

공산당 북조선조직위원회 집행위 산하 사회부 부부장으로 잠시 일하던 성시백은 김일성이 남측 박헌영과의 연락 업무를 위해 설치한 5호실(연락실)을 만들 때 부실장에 임용됐다.

성시백이 평양에 오자마자 이처럼 중요한 보직에 발탁된 것은 주은래의 신임장을 가져왔기 때문이라고 한다. 주은래는 '중국공산당의 지하공작에서 상당한 공을 세운 공산주의자'라는 신임장을 써주었다고 한다. 성시백과 함께 귀국한 하앙천 역시 주은래의 신임장을 갖고 왔는데, 하앙천은 6·25 전쟁 때 김일성의 비서실장을 지낼 만큼 김일성의 신임을 받았던 인물이다(유영구, 1993: 18-19).

성시백이 해방정국에서 공작을 벌이는 내용에 대해서는 귀순 공작원 박병엽이 많은 증언을 남겼다. 북한 대남 공작기관에서 오랫동안 근무했던 박병엽은 10·26 사건 직후 외국에 주재하던 한국대사를 포섭하러 외국에 나왔다가 안기부에 체포됐다. 안기부의 박병엽 체포는 남한의 대공활동에서 가장 성공적인 공작으로 평가받고 있다(국정원과거사위, 2007: 276-277). 박병엽은 조사과정에서 전향하여 북한의 대남 공작에 대해 많은 증언을 남겼다.

박병엽에 의하면 1946년 6월경부터 서울을 들락거리며 정보를 수집하던 성시백은 그해 11월 남로당이 창당될 때 박헌영 반대세력이 이탈해나가자 1946년 12월부터 서울에 머무르며 박헌영이 배척한 좌익들을 규합하는 일, 민족진영과의 통일전선 형성, 군대 및 군정 기관의 동향수집에 주력했다.

1947년 4월 잠시 평양으로 되돌아가 한 달 정도 체류하다 5월 중순 부인과 함께 다시 서울로 내려와 1950년 5월 15일 체포될 때까지 서울에서 암약했다. 남북정치협상(1948.4.)과 표무원·강태무 대대 월북 사건(1949.5.), 이승만-장개석 진해 회담 녹음절취(1949.8.), 국회 프락치 사건(1950.3.) 등을 성시백이 배후조종한 것으로 박병엽은 증언했다.

성시백은 서울지방검찰청 정보부 주도로 구성된 검·군·경 합동수사본부에 의해 검거됐다. 제정 검찰청법은 검사에 대하여 '범죄수사에 관한 사법경찰관의 지휘·감독' 권한을 부여하고 있었다.

그리고 서울지검에는 치안국, 헌병대, 방첩대 등 사법경찰기관을 관할하는 6개의 부(部)를 두었는데, 6부인 정보부는 '각 수사기관의 사찰관계'를 전담하고 있었다. 당시에는 '정보'라는 용어 대신 '사찰'이라는 단어가 정보활동을 의미하는 단어로 사용되고 있었다.

성시백의 지하공작에 관한 단서가 처음 정보수사기관에 포착된 것은 국회 프락치 사건 수사 때였다. 남로당 특수공작원 정재한 여인이 광우리 장수로 위장하여 월북하려다가 개성에서 검거됐다(1949.6.10.). 당시 개성은 38선 이남 지역이었다.

정재한을 수사하는 과정에서 그녀가 음부에 비밀문건을 감추고 있는 사실이 드러났고, 그 문건을 해독한 결과 남로당 특수조직부에서 박헌영에게 보내는 국회공작보고서라는 사실이 확인됐다. 이 단서를 바탕으로 수사를 확대하여 김약수, 노일환, 이문원 등 다수 국회의원이 검거됐다.

그 후 이 사건의 잔당을 내사하던 서울시 경찰국은 이들의 배후에 남로당과는 전혀 관련이 없는 별개의 대남 공작 조직이 있다는 첩보를 입수했다. 그리고 이 첩보의 사실관계를 추적하던 중 1950년 5월 10일경 김명용이라는 인물을 체포해서 조사한 결과, 그가 북로당 남반부정치위원회 부책임자이며 총책임자는 성시백이라는 사실이 확인됐다.

서울시경의 보고를 받은 서울지검 이태희 검사장은 1950년 5월 12일 서울시경 최운하 부국장과 육군본부 정보국 장도영 국장을 불러 대책을 논의한 다음 검·군·경 관계자로 구성된 합동수사본부를 구성하여 서울지검 정보부의 오제도 부장검사와 정희택, 선우종원, 이주영 검사가 수사를 지휘하도록 결정했다.

이렇게 구성된 합동수사본부는 그해 5월 15일 성시백을 검거하고 그달 17일에서 24일까지 잔당을 검거했다. 이때 검거된 인원이 112명에 이르렀고 직업도 정치인, 공무원, 의사 등 다양했다.

수사 결과 성시백은 1948년 2월 남북교역이 금지될 때까지 북한의 명태 등을 수입하여 공작자금을 마련하였는데, 1950년 5월 30일로 예정된 제2대 국회의원 선거를 이용해서 국회에 프락치를 부식하라는 김일성의 지령을 받고 활동 중이었던 것으로 드러났다. 이들이 검거된 후 1개월여 지나 6·25 전쟁이 일어남으로써 이들에 대한 정식재판은 이뤄지지 않았다(서울지방검찰청, 1985: 114, 117-118).

김일성은 성시백의 대남 공작 성과를 높게 평가했다. 6·25 전쟁이 끝나고 '열사능'을 만들 때 성시백을 '공화국 영웅 1호'로 지정, 시체 없는 무덤을 만들어주었다고 한다. 6·25 전쟁 때 서울을 점령한 김일성은 한국 경찰이 철수하며 총살한 성시백의 시체를 찾으라는 특명을 내렸으나 시체를 찾지 못한 것으로 알려져 있다.

# 박헌영 미제 간첩죄의
# 올가미가 된 현 앨리스

  박헌영은 6·25 전쟁이 끝날 무렵인 1953년 3월 11일 구속되어 오랫동안 조사를 받고 1955년 12월 15일 사형선고를 받았다. 박헌영의 사형이 언제 집행되었는지는 명확하지 않다. 박헌영의 아들 원경 스님도 박헌영이 사형을 언도받은 12월 15일을 제삿날로 정해서 제사를 지내오고 있다 (임경석, 2004: 532).

  박헌영이 사형을 선고받을 때 그에게 덧씌워진 죄목은 미 제국주의 간첩죄, 남조선 혁명역량 파괴죄, 북한체제 전복 기도죄 등 세 가지였다. 이 가운데 미제 간첩죄의 결정적 증인이 된 인물이 현 앨리스와 이사민 (본명 이경선)이었다. 1955년 12월 15일자 박헌영 최종 판결문에 기재된 두 사람 관련 부분은 아래와 같다.

  피소자 박헌영은 1948년 6월 서득은을 통하여 '현 애리쓰를 비롯한 미국 정보원을 구라파를 통하여 북조선에 파견하겠으니, 그들의 입국과 간첩활동을 보장하여주라' 라는 하지의 지령을 접수하고 있다가 1949년 봄 정치적 망명자로 가장하고 미국으로부터 구라파를 거쳐 잠입한 간첩 현 애리스와 리사민에게 입국사증을 발급케 한 후 현 애리스를 중앙통신사 또는 외무성에, 리사민을 조국전선의 요직에 배치하여 그들의 간첩활동을 보장하여주었다.

현 앨리스는 재미교포 현순의 딸이었다. 박헌영과 현 앨리스는 박헌영이 1920-1922년 중국 상하이에서 고려 공산청년회 간부로 일할 때 인연을 맺은 사이다. 현순의 가족도 그때 상하이에 거주하고 있었다. 박헌영과 현 앨리스는 연인 사이로도 알려져 있다.

해방이 되자 미국에서 살던 현 앨리스는 국내로 들어왔다. 그녀를 박헌영의 애인으로 보는 사람들은 그녀가 박헌영을 만나러 들어온 것으로 말하고 있다. 현 앨리스는 1945년 12월 국내로 들어와 주한미군 정보참모부 산하 민간통신정보대(CCIG-K, Civil Communications Intelligence Group - Korea)에서 일했다.

민간통신정보대 서울지구대 민간요원과 부과장이 그녀의 직책이었다. 민간통신정보대는 우편검열, 통신감청 등을 통해 정보를 수집하는 기관이었다. 미 방첩대, 경찰 정보자료와 함께 미군정에 필요한 정보를 수집하는 정보기관이었다.

북한의 박헌영 판결문처럼 현 앨리스가 하지 주한 미군사령관의 지령을 받고 월북하기 위해서는 미군정 사령부와 긴밀한 관계를 유지해야 한다. 그러나 현실은 이와 정반대다. 현 앨리스는 남한에 들어와 공산당들과 연계된 활동을 하다 강제 추방됐다.

현 앨리스는 남한으로 들어오자 박헌영과 긴밀히 접촉하는 한편 주한미군 내 공산주의자들로부터 중요 정보를 빼내 미국 공산당에 전달하고, 미 공산주의자들은 이러한 정보를 바탕으로 주한미군과 이승만, 김구 등 민족진영을 비판했다. 1943년 창간된 재미 좌파 주간신문 「독립」이 남한 우파를 공격하는 핵심 창구였다.

현 앨리스는 민간통신정보대 민간요원과에 북한에서 내려온 26명을 고용하기도 했다. 미 방첩대 조사 결과 주한미군의 통신정보활동을 방해하려는 공작이었다(정병준, 2015: 168-171).

이러한 좌파활동이 문제가 되어 현 앨리스는 1946년 8월 미군정에 의해 강제 추방됐다. 미국으로 돌아가서도 미군정과 이승만·김구를 비방하는 기사를 주간신문 「독립」에 수시 게재했다. 이러한 사실은 그녀가 미군정과 유착되어 있었다고 보기 어려운 대목이다.

남한에서 강제 추방되어 미국에 머물던 현 앨리스는 1949년 이사민과 함께 체코를 거쳐 북으로 들어갔다. 이사민은 평양 출신의 감리교 목사인데 1949년 미국에서 『변증법적 유물론과 사적 유물론』을 출간하는 등 공산주의자로 변해 있었다.

두 사람이 체코에서 북한으로 들어갈 때 석연치 않은 일이 있었다. 두 사람은 정치적 망명의 명분으로 북한에 들어가려고 했다. 하지만 체코 정부와 북한 내무성에서 망명 동기가 뚜렷하지 않다며 망명을 허용하지 않았다. 그런데도 북한 외무상으로 있던 박헌영이 내무성의 판단을 무시하고 입국사증을 내주었다(박병엽, 2010: 331).

그러면 박헌영은 정말 미제의 간첩이었던가? 여기에 대해서는 북한 판결문을 사실 그대로 따르는 측이 있고, 부정하는 측이 있다. 부정적으로 보는 사람들은 김일성이 6·25 전쟁 실패의 책임을 박헌영에게 뒤집어씌워 자신이 살아남기 위해 박헌영을 미제 간첩, 북한체제 전복 등 혐의로 몰아서 죽였다고 보고 있다.

# 김구 주변에 포진했던 김일성의 첩자들

1948년 4월 19일에서 5월 4일까지 보름여간 평양에서 남북 제정당·사회단체 연석회의(평양 남북협상)가 열렸다. 남에서 올라간 김구와 김규식이 김일성과 회담을 갖고 한반도 문제를 협의했다.

이 회담은 김일성 권력의 정통성을 선전하는 데 수십 년간 이용된 회담이다. 김구 주석이 임시정부의 법통성을 김일성 정권에게로 승계했다고 북한은 선전해왔다.

당시 백범 김구 주석을 존경하던 남한의 많은 지식인들은 백범이 방북길에 오르는 것을 반대했다. 공산주의자들의 통일전선전략에 말려들 우려가 있었기 때문이다. 하지만 백범은 통일정부 수립을 논의한다며 방북을 강행했으나 결과적으로 김일성의 기만에 농락당했다.

방북길에 오르기 전 백범은 장덕수 암살사건에 연루되어 많은 곤욕을 치르고 있었다. 민족진영이 남한 단독정부 수립 지지와 반대로 분열되던 시기 한민당 정치부장 장덕수는 단정 수립을 지지했다. 단정 수립에 반대한 백범과는 정반대 노선이었다.

그 와중에 장덕수가 1947년 12월 2일 암살당했다. 백범은 이 사건을 조사하는 과정에서 암살범들의 배후로 지목됐다. 미군정청 군사법정(1948.3.12.)에 증인으로 서기도 했다. 증인 소환장은 미 대통령 트루먼 명의로 발부됐다.

이처럼 백범은 사법적으로 어려운 시기에 남북 정치지도자 회담을 북측에 제안했다. 사법적 난국을 정치적으로 해결해보려는 뜻이 있었다고 볼 수 있는 대목이다.

냉전이 끝나고 구소련에서 발굴된 자료는 이러한 추측을 뒷받침해주고 있다. 소련군 정치장교로 북한정권 창출을 주도했던 레베데프의 비망록이 냉전 종식 후 중앙일보 김국후 기자에 의해 발굴됐다.

그 비망록에 보면 김구는 평양 남북협상을 끝내고 서울로 귀환하기 직전 1시간 30분 동안 김일성과 독대했다. 그때 백범은 "만일 미국인들이 나를 탄압한다면, 북한에서 나에게 정치적 피난처를 제공할 수 있는가" 하고 물었다. 그에 대해 김일성은 긍정적으로 대답했다고 비망록에 기록되어 있다(김국후, 2008: 274).

당시 백범이 장덕수 암살범의 배후로 지목된 데 상당한 압박감을 가지고 북한을 피난처로 염두에 두고 있었음을 추론해볼 수 있는 기록이다.

1980년대 초 안기부에 체포된 전향 공작원 박병엽도 이 당시 백범의 행보에 대해 매우 의미 있는 말을 남겼다. 평양 남북협상을 먼저 제안한 것이 백범과 김규식이었고 두 사람의 주변에 포진해 있던 김일성의 첩자들이 평양을 들락거리며 협상을 주선했다는 것이다.

김구와 김규식이 남북정치지도자 회담을 제안하기 직전 유엔 한국위원단이 유엔감시하 인구비례에 의한 남북 총선거를 통해 통일정부를 수립할 목적으로 내한했으나 소련이 이들의 입북을 거부했다(1948.1.23.).

그 직후 김구와 김규식은 남한 단독정부 수립에 반대하는 입장을 밝히고, 남북 정치지도자 회담을 열자며 1948년 2월 16일 김일성과 김두봉에게 회담 제의 서한을 보냈다. 박병엽에 의하면 김일성 직계 공작원 성시백은 김구와 김규식 사이에 논의되고 있던 은밀한 동향을 파악하여 무전으로 북에 보고했다.

성시백의 보고에 이어 김구와 김규식이 서한을 보내오자 북로당은 그해 2월 18~20일 정치위원회를 열어 수용 여부를 놓고 갑론을박을 벌이다 김구와 김규식의 진정한 의도를 정밀히 파악한 후 최종결론을 내리기로 했다.

이에 따라 김일성은 대남연락부장 임해를 서울로 급파해서 성시백을 통해 김원봉, 홍명희 등을 만나 대북 제의의 배경에 미국의 공작이 작용하고 있지는 않은지 등을 파악하도록 지시했다.

임해는 2월 20일에서 23일까지 서울에 머무르며 정보를 수집하고 평양으로 돌아가 2월 24일 김일성에게 '김구, 김규식의 제안은 미군정이 김구를 배제하고 있고, 김구 주변에 포진한 성시백 인물들이 노력한 결과'라고 보고했다.

이에 김일성은 김구·김규식 제안을 수용하기로 결정하고, 고위 공작원을 추가로 파견해서 성시백을 도와주라고 지시했다. 이 지시에 따라 대남연락부 부부장 김창수와 2명의 공작원들이 남파됐다.

또한, 북로당은 1948년 3월 들어 김원봉, 홍명희, 백남운 등과 성시백이 포섭한 김규식의 비서 권태양을 평양으로 불러 북로당 지침을 전달하고 대책을 논의했다. 특히, 김일성은 3월 8일 김구의 비서 안우생을 평양으로 불러 김구의 의도를 직접 확인했다. 이때 안우생도 성시백에 포섭되어 있었다(유영구·정창현, 2014: 267-276).

이와 같은 박병엽의 증언은 김규식의 비서였던 송남헌의 다음과 같은 증언으로 설득력을 얻고 있다. 평양 남북협상에 동행했던 송남헌은 자신과 함께 김규식 비서로 일했던 권태양이 북측의 간자였으며 자신도 권태양에게 속았다고 주장했다.

김 박사를 회상하면서 빠뜨릴 수 없는 인물이 딱 하나 있다. 나의 대구사범 동기동창인 권태양이 바로 그 사람이다. 그의 정체를 안 것도 몇 년 전에 출판된 한 권의 책(김광운의 『통일독립의 현대사』, 1995)을 통해서였는데, 지금 생각해도 도무지 이해할 수 없는 인물이었다. 김 박사 주변에 그런 인물이 있었다는 것이, 그리고 그것도 내가 추천해서 합류하게 된 것이 너무나도 수치스러워 쥐구멍이라도 찾고 싶은 심정이다…(중략)…인간적으로 김규식 박사를 배신하고 북한에 중간파의 조직을 팔아넘긴 북로당 프락치에 불과한 인물이라고 평가할 수밖에 없다고 생각한다. 동서고금을 통해 아무리 좋은 이념을 갖고 있다고 할지라도 자신이 속한 조직의 정보를 팔아넘긴 인물은 공작원이고 배신자일 뿐이지, 애국지사로 기록되는 일은 없기 때문이다(우사연구회, 2000: 156).

# KGB에 포섭된
# 케임브리지 5인방의 암약

대한민국 정부가 수립되고 주한미군이 철수한 후 6·25 전쟁 발발과 1·4 후퇴로 이어지는 시기 미국의 대한정책이 좌우되던 워싱턴에는 KGB에 포섭된 영국 스파이들, 즉 '케임브리지 5인방'이라 불리는 KGB 스파이들이 암약하고 있었다.

케임브리지 5인방이란 1930년대 영국 케임브리지대 재학 시절 공산주의에 빠져 KGB에 포섭된 스파이들을 말한다. 킴 필비(Kim Philby), 가이 버제스(Guy Burgess), 도널드 맥클린(Donald Maclean), 앤소니 블런트(Anthony Blunt), 존 케른크로스(John Cairncross) 등이 그들이다.

이들은 1930년대 말 세계적인 경제공황으로 자본주의체제가 흔들리자 영국이 직면한 문제점을 해결하기 위해서는 공산주의체제가 바람직하다고 보고 이념적 조국인 소련을 흠모하게 된다.

5인방을 배후조종하던 KGB 공작관은 유리 모딘(Yuri Modin)이었다. 그에 의하면 1944년 기준으로 영국에는 5인방을 포함해서 총 30명 정도의 KGB 스파이가 활동하고 있었다(유리 모딘, 2013: 54).

현재까지 드러난 자료를 보면 이들 5명 가운데 필비와 맥클린이 한반도에 많은 영향을 미쳤다.

영국 해외정보부(MI6, SIS) 잠입에 성공한 킴 필비는 1949년 10월 미 중앙정보국(CIA)과의 협력창구로 미국 워싱턴에 파견됐다. 1947년 9월 창설된 CIA는 전쟁 때가 아닌 평시에 활동하는 방법에 대해 필비의 자문이 필요했다.

당시 필비는 MI6 대공국장을 맡고 있었다. 전후 소련의 팽창정책에 대응하기 위해 신편된 MI6 대공국의 책임자 자리를 KGB 스파이가 차지한 데 이어 냉전 이후 전 세계 각지에서 KGB와 치열하게 첩보전을 벌이게 되는 CIA를 자문하는 자리까지 KGB 스파이가 차지하게 된 것이다.

KGB로서는 냉전 초기 영국과 미국의 핵심정보를 완전히 장악할 수 있는 길목에 킴 필비를 부식하는 데 성공한 것이다. 필비를 배후조종한 공작관 유리 모딘은 CIA 간부들이 필비가 요구하는 정보를 모두 입수할 수 있도록 도와줘, 필비는 필요한 정보를 요청하기만 하면 됐다고 회고했다(유리 모딘, 2013: 253).

6·25 전쟁이 일어나기 1년여 전 워싱턴에 잠입한 킴 필비를 통해 한국과 미국의 전쟁 대비 태세와 대공전략 등 주요 정보도 모두 필비를 통해 KGB에 유출됐을 것으로 보인다.

유리 모딘은 냉전의 문턱에서 워싱턴 주재 영국 대사관이나 반공투쟁을 지휘하는 영국 정보기관과 같은 핵심 자리에 침투하여 성공을 거둔 정보기관은 KGB밖에 없었다는 증언을 남겼다(유리 모딘, 2013: 135).

킴 필비가 워싱턴에 부임하기 전 맥클린은 영국 외무부에 임용되어 1944년 3월 워싱턴 주재 영국 대사관 직원으로 부임해 있었다. 맥클린은 6·25 전쟁이 일어나자 '트루먼 행정부가 한국전쟁을 제한적으로 치르기로 했고, 이에 따라 핵무기는 사용하지 않을 것이며, 만주를 공격하는 일도 없을 것' 이라는 정보를 수집해서 KGB에 보고했다.

이 정보는 중공이 한국전에 참전하기로 결정하는 데 큰 영향을 미쳤다. 중공군의 한국전 참전에 많은 영향을 미친 린 바오(林彪)는 훗날 '중국이 한국을 공격해도 미국이 반격할 가능성이 전혀 없다고 소련 정보기관이 확실하게 장담하지 않았다면 중국은 한국에서 군사적 위험을 무릅쓸 마음이 전혀 없었다' 라고 회고했다(어니스트 볼크먼, 2007: 361).

# 두 번 사형선고를 받고 탈북한 사나이

정부 수립 전후의 좌우 이념 전쟁에서 빼놓을 수 없는 사람이 김창룡
이다. 1951년 5월 15일 특무부대장으로 취임해서 1956년 1월 30일 암살
될 때까지 군 보안방첩 업무를 총괄했다. 특무대장 재직 중 열정적이고
적극적인 대공활동으로 많은 간첩을 체포함으로써 이승만 정부 시기 대
공정보수사활동의 기반을 닦은 인물로 평가받고 있다.

함경남도 영흥 출신인 김창룡은 일제시대 관동군 헌병으로 소만 국경
하이라루(海拉爾)에서 소련 스파이를 잡는 일을 하다가 해방을 맞았다.

해방 직후 고향 영흥으로 돌아온 김창룡은 하이라루에서 근무할 때
자신의 협조자였던 김윤원을 만나 장래 문제를 상의할 목적으로 강원도
철원에 사는 김윤원을 찾아갔다.

그러나 김윤원의 집에서 하룻밤 묵는 사이 김창룡은 김윤원의 밀고
로 소련군 경무사령부에 체포된다. 하이라루에서 김창룡이 한 일을 낱낱
이 밀고했던 것이다.

믿었던 사람의 배신으로 소련군에 붙잡힌 김창룡은 철원 지역 경무
사령부로부터 사형을 선고받았다. 1945년 11월의 일이었다. 그런데 사형
집행관이 태도를 바꿔 김창룡이 최고전범이므로 함흥으로 이송시켜 집
행하겠다고 선고했다.

김창룡은 장총을 든 두 명의 호송관과 함께 열차에 올라 철원에서 함흥으로 이동하는 도중 열차에서 뛰어내렸다. 김창룡은 죽기 전 비밀수기를 남겼다. 암살당하던 1956년 경향신문에 일부가 소개됐고, 박성환 기자가 1965년 쓴 책에도 일부가 실려 있다. 김창룡은 호송열차에서 뛰어내리던 때의 순간을 이렇게 기록했다.

> 기차는 원산·영흥·정평을 지나 흥상에 다다르려고 했습니다. 멀지 않아 함흥이 되는 것이었습니다. 나를 감금한 화물차의 조그마한 창이 깨어져 있었습니다. 기차는 다음 역에 가까워졌다는 신호로 기적을 울렸습니다. 그 순간 나는 창에서 죽어라 하고 뛰어내렸습니다. 쓰러지고 뛰고 또 쓰러지고… 뒤에서는 따발총 소리가 계속 들려왔습니다. 나는 산중으로 죽을힘을 다하여 달렸습니다. 이윽고 나는 얼굴에서 뜨거운 것이 흘러내림을 알았습니다. 땀이 아니라 피였습니다. 나의 얼굴 왼쪽 눈 밑에 지금도 뚜렷이 남아 있는, 푹 파져 있는 상처는 이때에 입은 것입니다(박성환, 1965: 148).

3일 동안 산중을 헤매던 김창룡은 형 김창헌을 은밀히 불러 집으로 들어가 숨었다. 그러나 이번에는 자신의 이종사촌의 밀고로 다시 영흥군 요덕면 보안서에 붙잡혔다. 요덕면 보안서에서 겨울을 지낸 김창룡은 1946년 4월 11일 정평 고등재판에서 다시 사형을 선고받았다.

살아날 궁리를 하던 김창룡은 자신을 밀고한 이종사촌이 뇌물을 요구했던 사실을 소련군에게 폭로하여 조사를 받게 된다. 사형 집행일을 연기해보려는 심산이었다.

1946년 4월 19일. 소련군의 조사를 받던 김창룡은 소련군이 통역을 기다리며 조는 틈을 이용, 앉아 있던 의자로 소련군의 머리를 내리쳐 죽이고 탈출, 38선을 넘어 남하했다. 두 번의 사형선고를 받고 기적적으로 살아난 것이다. 소련군을 죽이고 탈출할 때의 과정을 김창룡은 이렇게 기록했다.

4월 19일이라고 기억됩니다. 이날은 나의 일생에 있어서 운명을 결정한 날이기도 합니다. 아침 10시경 나는 계페우의 감방에서 호출을 받고 취조실로 나갔는데 거기에는 소련군 계페우 총위가 나를 취조하려고 앉아 있었습니다. 사형수인 나는 그 책상에 마주 앉아 소련군 총위의 취조를 기다리고 있었습니다. 일요일이라 통역이 아직 출근하지 않아 사동을 시켜 불러오도록 명령하는 것이었습니다. 통역이 오기를 기다리는 총위와 나 두 사람만이 앉아 있는 조용한 방이었습니다. 아침 햇볕은 유리창을 통하여 총위의 뒷등을 따사롭게 쪼여주고 있었습니다. 총위는 눈을 감고 명상에 잠겨 있었습니다. 조용한 순간이 흘러갔습니다. 그 순간이었습니다. 나는 앉아 있던 동그란 조그마한 의자를 번쩍 들어 죽을힘을 다하여 내려갈겼습니다. 그는 "훅!" 하고 소리를 내며 의자에 거꾸러지는 것이었습니다. 나는 도주했습니다. 이윽고 사이렌이 요란하게 들려오는 것을 느끼며 나는 산중으로 도망했습니다. 산을 타고 맹산을 거쳐 처가인 평양으로 향했습니다. 처가의 따뜻한 비호 아래 나는 남천, 금곡을 거쳐 송악산을 넘어 월남하였던 것입니다(박성환, 1965: 150~151).

# 9장

# 한국적 국가정보제도의
# 선구자들

# 개관

해방이 되자 미국 OSS, 중국 남의사 등과 협력해서 항일독립운동을 전개하던 독립운동가들이 돌아와 자주적인 독립국가 건설을 추진하며 한국에 맞는 한국적 국가정보제도를 수립하는 데 많은 노력을 기울였다. 이러한 선구자들의 노력으로 오늘날의 한국적 국가정보제도가 형성됐다.

한국의 국가정보제도는 외국과 다른 한국적 특징을 지니고 있다. 한국적 국가정보환경이 낳은 결과이다. 한국적 국가정보제도의 뚜렷한 특징은 국가정보목표의 측면에서 북한정보와 군사정보에 우선순위를 두고 있는 점, 조직적 측면에서 정보와 수사기능이 융합된 구조를 지니고 있는 점이다.

이와 같은 한국적 국가정보제도가 형성되는 데 가장 큰 영향을 미친 요인은 한반도의 지정학적 특징이다. 한국은 유라시아 대륙의 오른쪽 끝에 붙어 있는 반도국가적 입지로 인해 역사적으로 늘 대륙세력과 해양세력의 이익이 첨예하게 대립하는 곳이었다. 대륙세력은 이 지역을 해양진출의 발판으로 삼으려 했고, 해양세력은 대륙진출의 교두보로 활용하려고 했다.

구한말 열강의 각축이 이러한 지정학적 성격을 극명하게 보여준다.

청일전쟁, 러일전쟁 등 한반도를 둘러싼 양 세력의 균형이 깨어질 때마다 한반도는 큰 전쟁에 휩싸였다. 냉전시기에는 미국, 일본을 중심으로 한 해양세력과 소련, 중공을 중심으로 한 대륙세력의 마찰이 한반도에서 전개됐다.

지정학적 요인과 함께 남북분단도 한국적 국가정보제도가 구축되는 데 큰 영향을 미친 요인이다. 남북분단 이후 한국은 외세의 위협과 함께 북한의 위협에 시달렸다. 외세이면서 내세라는 이중의 성격을 가진 북한이라는 행위자로부터 끊임없이 체제존립을 위협받아왔다.

특히, 북한은 해방 이후 남한체제를 전복하려는 목적으로 대남 공작을 끊임없이 시도했다. 이에 따라 북한의 대남 공작 의도와 징후를 정확하게 파악하고 6·25 전쟁과 같은 무력충돌 상황을 예단하는 한편 휴전선을 둘러싼 무력충돌의 위험을 적절히 통제하는 것이 한국 국가정보활동의 최우선목표가 됐다.

그 결과 전쟁에 대비하는 군사정보활동과 북한의 대남 공작을 차단하는 대북정보활동이 한국 정보활동의 주축을 이루게 됐다. 민간정보기구인 국정원도 1961년 창립 당시 대부분 군 정보기관 출신들로 구성되어 있었고 1981년 신군부 출범 당시까지 현역 군인들이 겸직 직원으로 다수 근무했다.

이와 같은 현상은 한국처럼 냉전시기 분단국가였던 서독도 유사하다. 분단 당시 서독의 대표적 정보기관인 연방정보국(BND)도 군인 출신 인물들 주도로 동독에 대응하는 군사정보 중심으로 정보활동을 전개했다.

조직적 측면에서 한국 정보조직은 외국 정보조직과 달리 정보와 수사기능이 결합된 특징을 지니고 있다. 문재인 정부가 2020년 말 국정원법 개정을 통해 국정원의 수사권을 경찰로 이관시켰으나 3년간의 유예기간을 두었기 때문에 2022년 3월 기준으로 국정원도 정보와 수사기능이 융합된 구조를 유지하고 있다.

군 보안방첩 기관인 국군기무사령부도 정보·수사기능이 융합되어 있다. 경찰청 역시 정보조직과 수사조직이 단일 지휘관 아래 운영되고 있다.

이처럼 정보수사 융합조직이 형성된 제1의 원인은 남북분단이라는 한국적 정보환경이다. 남북이 분단된 후 북한의 공산주의자들은 남한체제를 전복하기 위한 비밀정보활동을 계속 전개해왔다.

6·25 전쟁, 1968년의 청와대 기습 사건 등이 대표적이다. 정부 수립 직후인 1948년 10월에는 여수·순천 지역에서 군에 침투한 남로당 조직이 정부를 전복하기 위한 무장폭동을 일으키는 사건까지 일어났다. 이러한 공산주의자들의 혁명전쟁에 신속하고도 능동적으로 대처하기 위해서는 지하 공산당원을 색출하여 사법처리까지 마무리하는, 정보와 수사기능이 긴밀히 연결된 공조체계의 구축이 필요했다.

정보와 수사기능이 결합된 제2의 원인은 미군정 시기 정보활동을 주도한 조직이 주한미군 방첩대(CIC, Counter Intelligence Corps)였다는 역사적 사실에서 유래하고 있다. 방첩대는 군에 침투하는 적대세력을 조사하여 처벌하는 방어적 차원의 수사가 기본 업무였다.

그럼에도 한국에 주둔한 미군 방첩대는 수사 업무 이외 정보수집 업무, 대북 공작 업무까지 수행했다. 방첩·수사기능을 가지고 정보기능을 부수적으로 수행한 것이다. 이러한 활동 방식은 1948년 대한민국 정부가 수립되고 주한미군이 철수하면서 한국 방첩대에 이관됐다.

국가정보기구 성격의 대한관찰부가 정부 수립 직후 5개월여 짧은 기간 존속하다 해체되고, 주한미군까지 철수하자 한국 방첩대 및 그 상위 조직인 육군본부 정보국이 국가정보기관의 역할을 대행했다.

특히, 1948년의 여수·순천 군사반란 사건을 계기로 비상계엄이 선포되면서 군내 좌익을 색출하는 임무를 맡았던 방첩대의 위상은 더욱 강화됐다. 6·25 전쟁을 겪은 후 1953년 휴전 후에도 준전시상태의 국가위기가 지속되자 육군 특무대가 다시 국가정보기관의 기능을 수행했다. 그에 따라 정부 출범 초기 자연히 정보와 수사기능이 결합된 정보기관의 특성이 한국 정보기관 고유의 특성으로 자리 잡았다.

정보와 수사가 결합된 제3의 원인은 1961년 창설된 중앙정보부가 수사권을 가지게 되었기 때문이다. 중앙정보부 창설을 주도한 김종필은 중앙정보부를 5·16 정변을 뒷받침하는 무서운 기관으로 만들기 위해 수사권을 부여했다고 그 배경을 밝혔다.

이번 장에서는 이와 같은 한국적 국가정보제도가 형성되는 데 중요한 역할을 한 인물들을 살펴본다.

# 환국하자마자
# 정책정보조직을 만든 신익희

　　해방 직후 중국 중경에 머무르던 임시정부는 귀국 방법을 놓고 한때 임시정부를 해산하자는 주장까지 있었다. 그러나 미 국무성에 '북위 38도선 이남의 지역이 미군에 의해 군정을 받고 있다는 사실을 인정하며, 군정이 끝날 때까지 정부로서 행사하지 않으며 군정당국의 법과 규칙을 준수할 것에 동의한다' 라는 서약서를 제출한 후 입국했다(김구·도진순, 2003: 400).

　　이에 따라 임시정부 요인들은 귀국한 뒤에도 임시정부의 이름으로 정치활동을 전개할 수 없었다. 그 결과 미군정의 눈을 피해 '정치공작대' 라는 비밀조직을 만들어 움직였다.

　　정치공작대 결성을 주도한 인물은 임정 내무부장 신익희였다. 신익희는 임정이 중경을 떠나기 전 마지막으로 개최한 임시 의정원·정부 각료 연석회의에서 '임정이 오랫동안 국내와 유리되어 우리 동포가 무엇을 어떻게 생각하고, 임정에 대하여 무엇을 요구하는지 전연 모르고 있다' 라며 임정이 당면한 정책과제를 밝혔다.

　　그리고 나서 '우리가 국제적 제약 아래 개인 자격으로 환국하게 되었으나 임정 기구 밑에 광범위한 전국적 조직을 결성해서 국민여론이 무엇을 생각하고 무엇을 요구하고 있는가를 청취해야 한다'라고 역설했다(신창현, 1972: 219-220). 임시정부가 정책을 펴나가는 데 필요한 정책정보를 효율적으로 수집할 수 있는 조직을 만들어야 하는 필요성을 강조한 것이다.

이러한 신념에 따라 1945년 12월 1일 임정 요인 제2진으로 귀국한 신익희는 귀국하자마자 정치공작대를 전국적으로 조직하는 사업에 몰두했다. 정치공작대와 함께 임정의 시책을 연구하는 행정연구반도 만들었다.

정치공작대가 설립된 정확한 날짜에 대해서는 여러 가지 설이 있으나 신익희는 미군 방첩대에 연행됐을 때 작성한 조서에서 1945년 12월 6일이라고 밝혔다(중앙일보 현대사연구소, 1996: 408).

비밀리 움직이던 정치공작대가 표면에 드러난 것은 신탁통치 반대운동이 시작되면서부터다. 신익희는 1945년 12월 31일 임시정부 내무부장 명의로 '국자(國字) 1호'라는 포고문을 만들어 신문지 크기만한 종이에 붓글씨로 써서 정치공작대 조직을 통해 전국에 배포했다.

그 핵심 내용은 '전국 행정청 소속의 경찰기구와 한인 직원은 전부 임시정부 지휘 아래 예속케 한다'라는 것이었다. 미군정체제를 전면 부정하는 입장이었다.

임정 요인들이 귀국 조건을 어긴 데 격분한 하지는 12월 31일 조병옥 경무부장을 불러 '군정을 접수하려는 임시정부 요인들을 처치해야 되겠다'라고 말하며 '오늘 밤 0시를 기하여 인천 소재 전 일본군 포로수용소에 수용하였다가 중국으로 추방하겠다'라는 방송을 하겠다고 흥분했다.

당황한 조병옥은 임정의 추방은 미군정의 실패로 이어질 것이라고 설득하여 방송을 중단시키고 김구와의 회동을 주선했다. 조병옥의 주선으로 1946년 1월 1일 회동한 김구와 하지는 반탁운동은 계속하되 질서 파괴행위는 중지하기로 합의했다(조병옥, 1986: 157-159).

이와 별개로 미 방첩대는 정치공작대 중앙본부 사무실을 수색하여 정치공작대 서류 일체를 압수하는 한편 1월 3일 신익희를 연행하여 조사한 후 무죄 석방했다.

우리 역사에 잘 알려지지 않은 임정의 이 '작은 쿠데타'는 미군정 수뇌부가 김구를 불신하는 결정적 계기가 됐다. 그러나 임정은 이를 계기로 반탁운동의 구심점으로 자리 잡았다. 그리고 미군정까지도 부정할 수 있다는 기개를 보여준 민족주의 정서의 표상으로 국민들에게 각인됐다 (정병준, 2005: 511).

# 해방 전후 임시정부 비밀요원들

임시정부가 귀국한 직후 조직한 비밀단체는 신익희의 정치공작대 이외 내무부 산하 정보국과 특파사무국이 있었다.

내무부 산하 정보국에 대해서는 1946년 3·1절 기념식장에서 김일성 암살을 시도하다 소련군에 체포된 김정의가 체포 직후 진술한 신문조서에 기록되어 있다. 구소련이 붕괴된 후 발굴된 신문조서에 따르면 김정의는 임시정부 내무부 산하 정보국의 부국장이었다.

김정의는 만주에서 임시정부 공작 요원으로 활약하다 왜경에 체포되어 평양형무소에서 형기를 마치고 1942년 출옥했는데 해방 후 남으로 내려왔다.

김정의 조서에 따르면 임시정부 요인 제1진은 1945년 11월 23일 환국해서 10여 일이 지난 후 새 내각을 구성했다. 새 내각은 총무부, 선전부, 외무부, 내무부 등으로 구성되어 있었다. 내무부 산하에 조직된 정보국의 국장은 박문, 부국장은 김정의였으며 그 외 여섯 명의 요원이 활동하고 있었다.

정보국의 임무는 각종 정당의 동향을 파악하고 북한 지역 정세를 수집하는 것이었다. 정보국 요원들은 서울에서 개최되는 모든 집회에 참가해 주요 인물들의 연설 내용을 수집해서 분석한 후 김구의 연설에 반영했다.

그 당시 정보국이 가장 큰 관심을 가졌던 문제는 각 정파의 임시정부에 대한 시각이었다. 각 정당들이 어떻게 김구가 주도하고 있는 임정을 보고 있는가 하는 것이 첩보수집 과제였다. 정보국 요원들은 시내를 돌아다니며 정보를 수집해서 보고서를 작성하고 각 정당들의 동향도 수집했다(김명호, 1994: 183-187).

내무부 산하 정보국이 임시정부 내의 정보조직이었다면 특파사무국은 임시정부 외곽에서 임시정부를 지원하는 조직이었다. 2차대전 말 미국 OSS와 합동 공작을 추진하던 광복군 소속 인물들을 중심으로 조직됐다. 일제 강점기 국내에는 임시정부가 파견한 비밀공작 요원들이 활동하고 있었다. 백창섭, 유익배, 정희섭, 안병성 등이 대표적 인물이다.

백창섭은 중국 충칭에서 광복군으로 활동하고 있던 1944년 11월 한반도에 잠입해 미군 상륙의 교두보를 확보하라는 명령을 받았다. 1944년 11월 22일 충칭을 떠난 백창섭은 1945년 4월 14일 국내에 잠입해 전국 각지를 돌며 미군 상륙 예정 지점을 정찰하다 해방을 맞았다. 광복군 제2지대 소속 유익배, 정희섭, 안병성 등도 임정의 지령을 받고 국내로 밀파되었다 국내에서 해방을 맞았다(이영신, 1993: 35-37).

이들은 임시정부가 귀국할 때 범국민적인 환영 행사를 실시하는 것을 준비하고, 임정 요인들의 숙소 확보, 신변경호 및 활동비 마련 등을 목적으로 1945년 8월 말 임시정부 특파사무국을 설치했다. 임정에 대한 지지를 호소하는 전단을 살포하고 지지조직을 만드는 것도 주요 사업이었다.

임정 특파사무국은 당시 부호 김홍배가 희사한 저택을 직원들의 숙

소로 쓰고 있었는데 백창섭은 이 집을 '호림장(虎林莊)'이라고 명명했다. 종로구 권농동에 있던 이 저택은 일제 말기 피복 공장으로 쓰이던 매우 큰 건물이었다.

임정 특파사무국 종사자들은 임정 요인들이 환국해서 새 내각을 구성하고 1945년 12월에는 정치공작대가 구성되자 임정 새 내각의 정보국 요원, 정치공작대 요원 등으로 흩어져 비밀활동에 종사하게 된다.

# 이승만의 정치정보조직 KDRK

    2차대전 말 미국에서 이승만과 함께 OSS의 한반도 침투 공작을 기획했던 OSS 부국장 굿펠로우(M. Preston Goodfellow)는 1946년 1월 25일 하지 사령관의 특별 정치고문으로 취임했다.

    굿펠로우는 국내에 입국한 후 이승만과 함께 '미국의 입장을 지지할 남한 정치기구의 대표부'를 구성하는 일에 착수했다(정병준, 2005: 532). 임정세력은 물론 좌파까지 끌어들여 명실상부한 남한 대표 단체를 조직하는 사업이었다.

    그 결과 1946년 2월 14일 '남조선 대한국민대표 민주의원(약칭 민주의원)'이 결성되어 이승만이 의장, 김규식이 부의장, 김구가 국무총리를 맡았다.

    그 직후 재미교포 사회 좌파신문이었던 「독립」에서 이승만이 한국광업권 비리에 연루되어 있다고 폭로하는 기사를 게재하고, 국내 신문이 이를 대대적으로 보도하자 1946년 3월 18일 이승만은 그에 책임을 지고 민주의원 의장직을 사임했다.

    이승만을 정치적으로 매장시키려는 좌파의 선전공작이 성공을 거둔 것이다. 이승만이 사임한 후 굿펠로우도 그해 5월 26일 한국을 떠났다.

    그 직후인 1946년 6월 3일 이승만은 지방을 순회하던 중 전북 정읍에서 남한만의 단독정부 수립을 주장하고 나섰다. 통일정부 수립을 논의했던 제1차 미소공동위원회(1946.3.20.-5.6.)가 결렬된 직후였다.

이승만의 사설정보조직 KDRK(Keep Dr. Rhee Korea)가 결성된 것은 그 무렵이었다. 이 조직은 얼마 후 다시 RIBK(Research Information Bureau of Korea)로 명칭을 바꾸었다.

이승만이 공산진영에 대응하고 민족진영 내에서도 김구, 신익희 중심의 정파에 대응해 나가기 위해서는 많은 정보가 필요했다. 그러한 정보 요구에 부응하여 이승만의 심복들은 이승만의 정책 결정에 필요한 자료를 수집하고, 좌익을 포함한 적대진영을 교란하며 민족진영 내부의 반이승만 세력을 견제하기 위해 KDRK를 조직했다.

대한독립촉성중앙협의회 청년부 소속의 유산, 서훈, 최준점이 기안해서 보고한 '사설정보조사기관 설치안'에 따르면 KDRK의 직무 범위는 일반여론조사, 좌익 동향 및 좌익의 모략 조사, 우익 동향 및 반동행위 조사, 미군정청 시정조사 결과, 38선 이북의 정보수집 등이었다(雩南李承晚 文書編纂委員會: 73-74).

이 설치안은 이 조직의 필요성을 이렇게 설명하고 있다.

> 우리 민족의 적 공산분자는 이제 그자들이 가장 특기로 생각하는 지하 잠행운동을 전개하였을 뿐만 아니라 우리 민족진영 내부 교란을 도모하여 우익 내에 잠행하여 와서 정보수집, 모략선전, 이간 등을 일삼고 있습니다…(중략)…우익진영도 박사님(이승만)을 숭모하는 민중과 김구 선생님을 존경하는 2대 조류가 있습니다…(중략)…이러한 좌우의 동향을 경시하여 아무 대책을 강구하는 바 없이 방치한다면 기필코 가까운 장래에 수습 못 할 불행한 일이 돌

발하리라고 단언하는 바입니다…(중략)…손자의 말에 적을 알고 나를 알면 백전불패라 하였습니다. 고로 어떠한 정책을 결정함에 있어서도 세밀하고 확실한 정보의 수집은 정치가의 가장 필요한 요소의 하나일 것입니다.

KDRK는 부대사업으로서 사설 여론조사소나 흥신소, 비밀탐정사 등을 경영하면서 약간의 수입도 올리는 방안을 건의하고 있다. 그 외에도 민족통일총본부나 민주의원에 조사부(정보부)를 설치해서 KDRK 간부가 진출하는 방법을 제시하고 있다.

운영인력은 본부의 경우 기안자 세 명의 지휘 아래 좌익진영 조사원 3명, 우익진영 조사원 3명, 일반여론조사원 1명, 모리배·관공서 조사원 1명, 지방정세조사원 2명 등 총 10명으로 구성되어 있다. 도 단위 지방근무자는 38선 이남 각도에 2명, 이북 각도에 1명씩 총 21명을, 도 단위 아래 지구는 38선 이남 각도를 2~3개 지구로 분할해서 각 지구에 1명씩 총 23명을 배치하도록 배정했다.

한편, 민족통일총본부에 조사부를 설치하는 방안을 보면 표면적으로는 총본부 사명 완수에 필요한 정보조사재료 수집으로 내세우고 실제적으로는 KDRK 목적에 편의를 제공하는 데 있다고 설치 목적을 설명하고, 조사부 내에 총무과, 조사과, 지방조직과 등을 두어 각 과에 KDRK 관계자 1명씩을 배치하도록 규정하고 있다.

KDRK가 왕성하게 활동한 시기는 KDRK가 작성한 정보보고서로 미루어 1946년 6월부터 10월까지인 것으로 보인다. 이 시기 주한미군 정보참모부와 미 CIC도 이승만의 사설 정보활동을 전혀 눈치 채지 못하고 있었다.

KDRK는 김규식과 김구의 친위대 조직 동향, 8월 중순경 박헌영의 피검 동정, 여운형의 인민당 당수 사임에 대한 설, 이범석의 군사단체 조직에 관한 첩보 등을 보고했다. 김규식은 당시 홍병환을 책임자로 하는 홍파대(紅派隊)라는 친위대를 조직했다는 보고 내용도 있다(김혜수, 1996.12.: 231).

# 방첩대의 요람 특별조사과학교 출신들

　한국의 국가정보활동은 국정원, 안보지원사, 경찰정보 파트 등이 중심축을 이루고 있다. 이 가운데 안보지원사령부는 군사 보안방첩 활동을 주도해온 기구이다. 특무대, 방첩대, 보안사, 기무사 등 역대 정부에서 다양한 이름으로 불린 이 기구는 정부 수립 시기 육군본부 정보국 특별조사과에 그 뿌리를 두고 있다. 이 특별조사과 출신들이 한국 방첩대 창설의 주역들이다. 이 그룹이 형성되는 과정을 보다 구체적으로 살펴보면 다음과 같다.

　정부가 수립된 후 주한미군이 철수를 시작했다. 이승만 대통령은 한국군이 자체 방위력을 갖출 때까지 미군 철수를 연기해주도록 미국 측에 요구했으나 미국은 한국의 의사와는 관계없이 철군을 서두르고 있었다. 1948년 말까지 철수를 완료한다는 목표를 세우고 1948년 9월 15일부터 비밀리에 병력을 철수시키기 시작했다. 1949년 4월 2일 주한미군사령부는 그해 6월 30일까지 철수를 완료하라는 명령을 받았다(서울신문사, 1979: 105-106). 그에 따라 주한미군은 1949년 6월말 500여 명의 군사고문단만 남겨놓고 한국을 떠났다.

　주한미군 철수 정책에 따라 미 방첩대도 철수를 서둘렀다. 1948년 12월 31일까지 대부분의 미 방첩대 요원은 철수했다. 다만, 24군단 산하 일부 부대가 남아 있었기 때문에 일부 방첩요원은 남아 있을 필요가 있었다. 그에 따라 대위 1명을 책임자로 16명의 요원을 잔류시켰다.

24군단 정보참모부는 미 방첩대 철수를 앞두고 이승만과 협의를 통해 대한관찰부를 만들어 미 방첩대의 기능을 이전시키기로 합의를 봤다. 그러나 이승만의 노력에도 불구하고 대한관찰부에 대한 국회의 인준이 늦어지자 한국군 내에 방첩대를 만들어 기능을 이전시키는 방안을 검토했다.

1948년 12월 말까지 방첩대 주력을, 1949년 6월 말까지는 잔류부대까지 철수시킨다는 계획을 세워놓고 있던 24군단 정보참모부로서는 대한관찰부에 대한 국회 인준이 늦어지자 대한관찰부 창설이 무산될 것에 대비, 한국군 내부에 미 방첩대와 유사한 기능을 가진 방첩대를 설치하는 준비를 서둘렀다.

24군단 정보참모부는 특별조사과(SIS, Special Investigation Section) 학교를 서울에 세워 한 달여 일정의 교육을 실시했다. 1948년 9월 27일에서 10월 30일까지 운영된 이 학교에는 김창룡, 김안일 등 위관급 육군장교 27명과 해군장교 8명 등 41명이 교육을 받았다.

교육이수자들은 각자 부대로 돌아가 방첩대를 조직하라는 임무를 받았다. 구체적인 조직 방법은 그들에게 위임됐다. 미 방첩대는 전투부대의 완전한 철수와 함께 1949년 6월 말 해체되고 잔류인원 17명도 귀국했다.

24군단 정보참모부와 미 방첩대가 1949년 6월 말 완전 철수하기 직전까지 한국에는 결과적으로 대한관찰부와 한국군 특별조사과라는 두 개의 조직이 만들어져 있었다. 대한관찰부가 국회 인준을 얻는 데 실패, 1949년 3월 해체되면서 미 방첩대의 기능은 한국군 내부에 조직된 특별조사과로 넘어갔다.

1948년 10월 대한관찰부로 인계된 미 방첩대 기능이 1949년 3월 이후 대한관찰부의 해체에 따라 다시 한국군 특별조사과에 이관된 것이다. 정부 수립부터 대한관찰부 설립과 해체, 한국군 특별조사과 설치, 미 방첩대 철수 등으로 이어지는 일련의 시계열을 도표로 정리하면 아래와 같다(정주진, 2019: 124-126).

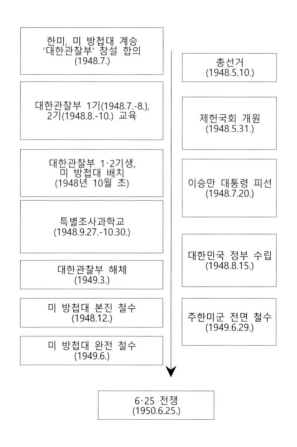

# 창군 초기 군내 좌익 척결을
# 주도한 김창룡

국가정보기관으로서의 국정원이 지닌 가장 큰 권한은 경찰, 군 등의 부문정보기관을 통합조정하는 기능이다. 이와 같은 구조가 형성된 것은 1961년 6월 10일 중앙정보부가 창설되면서부터이다. 그 이전까지 경찰, 군 등의 정보기능을 통합조정하는 별도의 국가정보기관은 없었다.

제정 검찰청법은 검사에 대하여 '범죄수사에 관한 사법경찰관의 지휘·감독' 권한을 부여하고 있었다. 그에 따라 검찰이 군과 경찰의 대공정보수사기능을 조정했다.

하지만 군사반란이 잇따라 일어나면서 국가정보활동의 주도권은 곧 군사정보기관으로 넘어갔다. 정부 수립 전후 국내는 일종의 내란상태에 빠져 있었다. 대한민국체제를 부정하는 제주 4·3 사건, 여순 10·19 사건, 대구 6연대 사건 등 좌익이 주도하는 반체제 사건이 분출했다.

특히, 정부가 수립된 후 두 달이 채 안 된 1948년 10월 19일 발생한 여수·순천 사건은 신생 대한민국의 공안 질서를 새롭게 구축하는 데 많은 영향을 미쳤다.

첫째, 이 사건을 계기로 반체제세력을 처벌하기 위한 국가보안법이 서둘러 제정됐다. 1948년 12월 1일 공포된 제정 국가보안법(1조)은 국헌을 위배하며 정부를 참칭하거나 그에 부수하여 국가를 변란할 목적으로 결사 또는 집단을 구성한 수괴와 간부를 사법처리하는 규정을 두었다.

둘째, 비상계엄을 뒷받침하는 계엄법이 1949년 11월 24일 제정됐다. 여순 사건이 일어날 때는 계엄법이 미처 마련되지 않은 시국이었다. 그에 따라 대통령령으로 1948년 10월 25일 여수 및 순천 지역에, 1948년 11월 17일 제주 지역에 계엄령이 선포됐다. 이때 시행된 계엄령은 그 후 제정된 계엄법의 내용과 방향에 많은 영향을 끼쳤다. 계엄사령관에게 계엄지구에서의 행정 및 사법권한을 부여한 것이 대표적이다. 현행 계엄법(7조)도 비상계엄 선포와 동시에 계엄사령관이 계엄 지역의 모든 행정사무와 사법사무를 관장하도록 규정하고 있다. 모든 행정사무에는 정보 및 보안 업무를 관장하는 기관까지 포함하도록 법에 명시했다.

셋째, 국가보안법, 계엄법 등 새롭게 제정된 법률을 바탕으로 군에 침투한 좌익을 색출해서 사법처리하는 숙군작업이 시작됐다. 숙군(肅軍)이란 육군본부 정보국 산하 방첩대 및 특무부대 주도로 군에 침투한 좌익을 색출해서 사법처리한 정책을 말한다.

육군본부 정보국과 헌병사령부는 전군(全軍)을 대상으로 좌익분자 색출에 착수했다. 이때쯤 당시 경찰 총책임자였던 김태선 치안국장이 군내 좌익세력 분포 관련 비밀자료를 이승만 대통령에게 보고했다. 경찰의 극비문서를 보고 충격을 받은 이승만은 로버츠 미 군사고문단장을 불러 "당신네가 국방경비대를 만들면서 좌우익을 가리지 않고 입대시켜 이 지경이 됐다"라며 책임지고 사태를 수습하라고 힐책했다.

이승만으로부터 경찰의 좌익 관련 비밀문서를 전달받은 로버츠는 이 문서들을 이응준 육군 총참모장에게 넘겨줬다. 이응준은 육본 정보국 백선엽 국장과 헌병사령부 신상철 사령관을 불러 관련 문서를 전달받은 경위를 설명해주며 "극비리에 숙군작업을 진행시키라"라고 지시했다.

그때 백선엽이 전달받은 경찰 문서는 이불 보따리만큼의 방대한 분량이었는데 군에 침투한 좌익세력의 분포가 거미줄처럼 얽혀 있었다고 한다. 백선엽은 그 문서를 모두 산하 특별조사과에 넘겼다. 좌익 혐의자를 체포하는 일은 헌병사령부가, 체포된 자들을 조사하는 일은 특별조사과가 맡아 처리하는 것으로 숙군작업이 진행됐다. 김안일 특별조사과장과 1연대 정보장교 김창룡 대위가 조사반을 지휘했다(백선엽, 1990: 344).

1948년 10월부터 1950년 6·25 전쟁 때까지 총 4회에 걸쳐 방첩대 주도로 실시되고, 특무부대가 창설(1950.10.21.)된 이후인 1951년 8월부터 1954년 10월까지 3회에 걸쳐 좌익세력 조사가 이루어졌다. 7회에 걸친 수사를 통해 군인 1,120명, 민간인 526명, 군속 31명 등 1,677명이 사법조치됐다.

1948년 10월부터 1949년 3월까지 진행된 1차 숙군은 14연대 등 여순사건 관련 부대를 대상으로 실시되었는데, 김안일·김창룡·이세호·정인택·양인석·이희영·박평래·송대후 등 특별조사과학교 출신들을 중심으로 특별조사반을 만들어 전남 광주에 수사본부를 두고 수사에 착수, 군인 및 민간인 4,749명을 검거했다(조선일보, 2020.1.10.). 이 가운데 김지회, 최남근, 오일균 등 군인 324명, 군속 및 민간인 40명 등 364명을 국가보안법 위반 혐의로 사법조치했다.

2차 숙군은 백선엽 육본 정보국장이 1949년 2월 경찰로부터 넘겨받은 군 침투 좌익 명단을 바탕으로 1949년 5월부터 그해 9월까지 수사를 벌어 현역 215명과 민간인 30명 등 245명을 검거, 의법처리했다. 제3차 숙군은 1949년 10월경 북한이 남파한 공작원(최영추)을 검거하는 과정에서 관련자 군인 212명 등 532명이 체포된 사건이다. 제4차 숙군은 김일성이 직파한 성시백이 군과 정부에 침투시킨 프락치 186명을 검거한 사업이다. 특무부대가 창설된 이후 3차에 걸친 숙군까지 포함해서 총 7차에 걸쳐 진행된 숙군과정에서 군인 1,120명, 군속 31명, 민간인 526명 등 1,677명이 군법회의에 회부됐다(국군보안사령부, 1978: 66-67).

숙군작업을 통해 김창룡이라는 인물이 대공활동의 중심인물로 부상했다. 북측이 남파한 간첩과 남한의 반체제세력을 체포하는 데 김창룡의 기지와 헌신적 노력이 두각을 나타냈다.

해방 직후 북한에서 일제 전범으로 소련군 경무사령부에 체포되어 두 번에 걸쳐 사형선고를 받았으나 취조하던 소련군을 죽이고 탈옥한 경험이 그를 대공수사 전문가로 무장시켰다.

그는 조선경비사관학교 3기로 입대해서 교육받을 때부터 개인적으로 좌익세력을 조사하여 명단을 축적했고, 이 자료들이 군내 좌익을 색출하는 데 많은 역할을 했다고 한다.

숙군작업을 통해 김창룡을 신뢰하게 된 이승만 대통령은 김창룡 중심의 군 보안방첩활동을 적극 지원했다. 2차 숙군이 마무리되는 1949년 10월 김창룡을 경무대로 불러 독대한 이승만은 숙군활동을 격려하며 경무대를 자유롭게 드나들면서 자신을 만날 수 있도록 조치했다(동아일보사, 1975: 187).

그 후 김창룡은 거의 2주일에 한 번씩 비밀리에 경무대를 찾아가 대통령에게 중요 정보를 보고했으며, 대통령과의 면담 사실을 노출시키지 않기 위해 자신이 직접 지프차를 운전해서 경무대를 출입했다고 한다.

이와 같이 이승만과 김창룡 사이에 형성된 인간적 신뢰가 김창룡 주도 방첩활동의 파급영향을 확산시키고 김창룡이 특무부대장에 부임한 이후 특무부대 중심의 정보활동을 더욱 강화시켜줬다.

김창룡은 특무대장으로 장기간 재임(1951.5.-1956.1.)하면서 이승만 대통령의 절대적 신임을 받았으나 군벌 간 암투에 휩싸여 1956년 1월 30일 아침 출근길에 피살됐다.

# 육본 정보국 초대 국장
# 백선엽의 정보장교 양성

1948년 정부 수립과 함께 국군이 창설되면서 출범한 육군본부 정보국은 그 뿌리를 미군정 시기 통위부 정보국과 조선경비대 총사령부 정보과에 두고 있다. 두 조직은 1947년 6월 1일 조선경비대 총사령부 정보처로 통합됐다. 정부 수립과 함께 조선경비대 총사령부 정보처는 육군본부 정보국으로 개칭됐다.

1948년 12월 7일 공포된 대통령직제(대통령령 제37호)는 육군본부 정보국의 임무를 '군사정보, 역정보 및 정찰에 관한 사항을 분장한다' 라고 규정하고 있다. 1949년 6월 1일 기준으로 육군본부 정보국은 1과(전투정보과), 2과(방첩과), 3과(첩보과), 5과(유격과) 등으로 편성되어 있었다.

전투정보과는 남북한 정세를 분석하고 예측하는 것이 주 임무였다. 방첩과는 간첩과 이적분자를 색출하여 사법처리하는 임무를 맡고 있었다. 방첩과는 특별조사과라는 이름으로 시작해서 특별정보대 → 방첩대 → 특무부대 → 방첩부대(1960) → 국군보안사령부(1977) → 국군기무사령부(1991) → 군사안보지원사령부(2018)의 순으로 변천해왔다. 특무부대 창설 이전의 방첩대 변천과정을 도표로 정리하면 아래와 같다.

| 조직명 | 설립일 | 책임자 | 비 고 |
|---|---|---|---|
| 특별조사과<br>(Special Investigation Section, SIS) | 1948.5.27. | 김안일 | 통위부 정보국 |
| 특별정보대<br>(Special Intelligence Service, SIS) | 1948.11.1. | 김안일<br><br>김창룡 | * 김창룡,<br>1949.7.14.-<br>1949.9.30. |
| 방첩대<br>(Counter Intelligence Corps, CIC) | 1949.10.21. | 문용채 | |
| 특무부대<br>(Special Operation Unit) | 1950.10.21. | 김형일<br>(초대) | 육본 정보국장<br>겸임 |

첩보과는 대북첩보수집, 유격과는 대북 게릴라활동을 담당하고 있었다.

정부 수립부터 6·25 전쟁 때까지 육본 정보국은 새롭게 탄생한 국가를 이끌어가는 대표적 정보기구였다. 방첩대(CIC)와 첩보대(HID)를 직접 지휘하고 대한민국 정보비 전체의 반 이상을 육본 정보국에서 사용했다. 당시 대한민국에서 가장 큰 정보기관이었다(장도영, 2001: 181-182).

정보국장은 육본 정보참모로서 참모총장을 보좌하는 역할을 수행하면서도 육군 산하 각 정보부대를 직접 지휘하는 지휘관이었다. 초대 정보국장은 백선엽(1948.4.11.-1949.7.30.)이었다. 이어 이용문(1949.7.30.-1949.10.27.)이 잠시 업무를 수행하다 장도영(1949.11.13.-1950.10.24.)이 6·25 전쟁 전후 국장직을 수행했다.

1961년 5·16 정변이 일어난 후 3공화국까지 국가정보활동을 주도한 인물들은 대부분 육본 정보국 출신들이었다.

박정희는 1948년 11월 11일 남로당에 가담한 혐의로 특별정보대에 체포되어 숙군작업에 협조하다 1948년 12월 전투정보과장으로 취임했다. 그러나 1949년 4월 사형 구형에 무기징역과 파면을 선고받은 후 전투정보과장에서 파면되고 민간인 신분으로 전투정보과에 근무했다.

박정희가 5·16을 주도한 육사 8기생들과 연결된 것도 육본 정보국 전투정보과에서였다. 백선엽 정보국장은 1949년 들어 북한의 빈번한 게릴라 침투로 정보 업무의 중요성이 증가되자 우수한 요원을 육본 정보국에 배치해서 정보국 기능을 대폭 강화하려는 계획하에 그해 5월에 졸업하는 육사 8기생 가운데 최우수자 30명을 육본 정보국에 임용했다. 이들이 훗날 중앙정보부 창설의 주역으로 성장했다.

육사 8기생들은 정부 수립 후 처음 선발된 사관생도로서 민간인들이 많았다. 미군정 시기 임용된 장교들이 광복군과 일본군, 만주군 등 일제 장교 출신이었던 데 비해 새롭게 출발하는 정부의 신선한 장교라는 자부심을 가지고 단결력이 강했다. 입학시험 당시 10대 1의 경쟁률을 뚫고 합격했으며 다른 기수에 비해 교육기간이 비교적 길었던 6개월이었던 점 등이 그들의 결속을 촉진했다(강창성, 1991: 349).

육사 8기생 졸업자 1,335명 가운데 성적이 우수한 6등에서 35등까지 30명이 1949년 5월 육본 정보국에 임용됐다(이영근, 2003: 109-110).

이들은 실무에 배치되기 전 청량리 정보학교에 입교하여 3주간 정보 교육을 받고 1949년 6월 20일부터 정식 업무를 시작했는데 청량리의 '淸' 자와 정보학교의 '情'자를 따 '청정회(淸情會)'란 모임을 만들어 친목을 다졌다.

이때 박정희와 인연을 맺은 김종필, 이영근, 서정순 등 육사 8기 출신은 5·16 직후 중앙정보부를 창설할 때 부장(김종필), 행정관리차장(이영근),

기획운영차장(서정순), 제1국장(총무, 강창진), 제2국장(해외, 석정선), 제3국장(수사, 고제훈), 제5국장(교육, 최영택) 등 국장급 이상의 요직을 모두 차지했다. 창설 당시 중앙정보부는 부장 아래 두 명의 차장과 4개국으로 편성되어 있었다.

3공화국 시기 중앙정보부장을 역임한 이후락, 경호실장을 역임한 박종규 등도 6·25 전쟁 전후 육본 정보국에서 근무하고 있었다. 정보인력의 측면에서 보면 중앙정보부 창설 이후 국가안전기획부(안기부), 국가정보원(국정원)으로 이어지는 국가정보기관의 역사에서 육본 정보국은 그 모태(母胎)였다.

# 국방부에 미 OSS식
# 공작조직을 접목한 이범석

2차대전 말 미국 전략정보국(OSS)과 한반도 침투 공작을 추진했던 이범석 광복군 제2지대장. 정부가 수립될 때 초대 국방부 장관에 임용됐다. 그는 신설 국방부를 조직할 때 '제4국'이라는 대북 공작조직을 만들었다. 비밀공작원을 북한에 침투시켜 첩보를 수집하고 주요시설을 파괴하는 등의 임무를 전개하는 것이 제4국의 임무였다.

설립 당시 제4국은 운영예산이 없어 채병덕 육군 총참모장이 지원해준 트럭과 대한중석 사장으로부터 지원받은 자금으로 조직을 운영했다. 미국 측이 군정기관인 국방부에 대북 공작을 수행하는 조직을 설치할 수 없다고 반대하며 예산을 지원해주지 않았다.

제4국의 주축은 양호단 출신들이었다. 이연길, 이지녕, 최규봉, 김상근 등 양호단 출신들은 대부분 제4국에 편입되어 대북 첩보활동을 전개했다.

양호단은 독립운동가였던 김성 장군이 일제 강점기 말에 자신의 고향인 원산에서 조직한 비밀결사였다. 해방 후 북한을 점령한 소련군이 공업시설을 뜯어 소련으로 가져가고 부녀자를 겁탈하는 등 만행을 일삼자 '이 땅에서 공산당과 소련군은 절대 용납할 수 없다'라고 결의하고 소런군 무기를 탈취해서 경무사령부를 습격하고 감금된 민족지사를 구출하는 등 반공·반소 활동을 벌였다.

하지만 많은 단원들이 소련군에 체포되는 등 희생이 늘어나자 100여 명의 단원이 1945년 10월 말 38선을 넘어 남하했다.

서울에 정착한 양호단은 미 CIC와 연결되어 원산에 잠입하여 첩보를 수집하는 공작을 전개했다. 1946년 2월 원산으로 밀파된 단원은 이연길, 이지녕, 최규봉, 전세록 등 7명이었다(이연길, 1993.9: 636). 그들이 원산에 침투하면서 미 CIC로부터 부여받은 임무는 북한의 정치 동향과 소련군 배치 상황 수집, 그리고 소련군이 본국으로 반출해가는 물자의 목록 작성 등이었다.

그들은 원산 인민위원장 비서, 원산 공산당 선전부 등에 잠입하여 주요 첩보를 수집하는 등 맹활약을 벌였으나 잠입 3개월여 만에 원산 보안서에 인지되어 1946년 5월 황급히 원산을 탈출하여 다시 서울로 돌아왔다.

이연길은 국방부 제4국이 설치되자 1948년 11월 제4국 요원으로 임용됐다. 임용 당시 제4국의 인원은 300명 정도였는데 청량리 특수훈련소에서 특수정보훈련을 1개월 정도 받았다.

하지만 제2대 국방장관으로 1949년 3월 20일 취임한 신성모 장관은 1949년 7월 제4국을 폐지했다. 6·25 전쟁을 1년여 앞둔 시점이었다. 신성모의 이러한 이해하기 어려운 조치에 대해 그의 사상과 행적을 의심하는 시각도 있다.

당시 육본 정보국 차장이었던 계인주는 신성모가 북한의 이극로와 내통하고 있다는 첩보를 입수했다고 한다. 이극로는 북한으로 넘어간 국어학자로서 경남 의령 출신의 신성모와는 같은 고향 출신이었다. 계인주는 이 첩보를 확인하기 위해 비밀공작을 벌이다가 신성모에게 발각되어 정보학교 교장으로 좌천되고 말았다(계인주, 1999: 37-38).

# 검찰 대공정보활동의 개척자들

검찰의 대공정보수사기능은 정부 수립부터 검찰에 부여된 권한이었다. 정부 수립 초기 대한민국 최초의 국가정보기구였던 대한관찰부가 해체됨에 따라 부문정보기관에 대한 통합조정권을 검찰이 대행했다. 군, 경찰의 정보수사 활동을 검찰이 통합조정했다.

1948년 11월 4일 공포된 법무부 직제(대통령령)는 법무부 산하 검찰국에 정보과를 두고 있었다. 검찰국 정보과는 범죄정보 수집과 함께 경찰, 군의 정보기관을 지휘·연락하는 직무를 수행했다. 대표적으로 서울지방검찰청 정보부장이었던 오제도 검사는 군과 경찰의 정보기관을 지휘해서 여간첩 김수임을 체포하고, 김일성이 직파한 거물간첩 성시백을 체포했다.

이승만 정부 시기 서울지검은 제1부(경제), 제4부(강력) 등 여섯 개 부(部)로 나누어져 있었는데 제6부가 정보를 담당하는 정보부였다. 오제도와 함께 서울지검 정보부에서 일했던 선우종원 검사는 6·25 전쟁이 일어나자 전국 경찰의 정보활동을 지휘하는 내무부 치안국 산하 정보수사과장을 맡아 대공 사복경찰 1만 명을 지휘하기도 했다.

검찰의 공안정보기능은 국가보안법이 개정(1958.12.24.)된 후 그 영향력이 더욱 커졌다. 당시 국가보안법은 군 수사기관이나 사찰경찰에 대한 수사지도권을 검사에게 부여하고 있었다.

검찰 공안정보의 우선적 지위는 장면 정부에서 대검찰청 산하에 중앙수사국이 설치(1961.4.9.)되면서 더욱 강화됐다. 1949년 12월 20일 공포된 검찰청법에 규정되어 있었으나 예산부족 등을 이유로 창립이 유보되어왔던 대검 중앙수사국은 수사과, 사찰과, 특무과를 두고 있었는데 간첩에 관한 사항, 국제정보수집에 관한 사항, 반국가적 범죄수사 지도연구가 주요 업무였다.

그러나 검찰의 공안정보기능은 1961년 6월 중앙정보부가 창설되면서 국가정보의 일부분을 형성하는 부문정보의 영역으로 전환된다. 국가정보활동을 전담 수행하는 중앙정보부(중정)가 최고 통치권자 직속기관으로 창설됨으로써 중정이 통합·조정권을 행사하고 검찰의 공안정보기능도 중정의 조정을 받게 된다. '정보부'라는 명칭을 지닌 검찰의 편제도 모두 '공안부'로 개칭됐다.

공안부는 2019년 8월 다시 공공수사부로 개칭됐다. 대공 업무와 선거·노동사건 등을 담당해온 공안부는 그때까지 공공의 안녕과 질서를 유지하기 위해 국가안보와 관련된 대공·테러 사건과 선거·노동·집회 관련 사건을 처리해왔다. 2000년대 초까지는 대공·간첩 사건을 주로 취급해왔으나 김대중·노무현 정부 시기에는 대공·간첩 사건보다는 선거·노동 관련 사건을 많이 처리했다.

검찰의 범죄정보기능은 김대중 정부 시기 강화됐다. 김대중 대통령은 1999년 초 "수사하는 데는 정보가 필수적인데 어째서 검찰에 정보수집기능이 없느냐" 라며 범죄정보기능을 보강하라고 지시했다. 정부 수립 시기 검찰국 정보과에도 범죄정보 수집기능이 있었고 그 후에도 수사 파트에서 지속적으로 범죄정보를 수집했으나 전담조직을 설치하지는 않았다. 김 대통령의 지시에 따라 검찰은 대검에 범죄정보기획관실을 만들어 공안정보기능까지 통합했다. 검찰의 모든 정보가 이곳으로 집중되자 범죄정보기획관실은 '검찰 내의 안기부'라고 불리기도 했다. 이 부서에서는 '동향과 정책'이라는 정보보고서를 만들어 대통령을 비롯하여 법무부장관, 검찰총장 등에게 배포해왔다.

이에 대해 검찰 내부에서 정치인과 사회 저명인사의 시시콜콜한 동향까지 수집해서 보고하는 데 대한 비판이 일어났다. 이러한 여론을 수렴, 문재인 정부 초기 검찰총장이었던 문무일은 범죄정보기획관실의 명칭을 '수사정보정책관실'로 바꾸고 인력도 감축했다.

검찰의 정보제도는 '검찰청사무기구에관한규정(대통령령)'과 '검찰보고사무규칙(법무부령)'으로 법제화되어 있다. 현행 검찰청 사무기구에 관한 규정(2021.1.5. 기준)은 수사정보와 자료의 수집, 분석 및 관리에 관하여 대검 차장검사를 보좌하기 위하여 수사정보담당관을 둔다고 규정하고 있다.(제3조의6, 1항).

검찰보고사무규칙은 정보보고의 대상으로 '소요의 발생 기타의 사유로 사회적 불안을 조성할 우려가 있는 경우', '정당·사회단체의 동향이 사회질서에 중대한 영향을 미칠 우려가 있을 경우', '정부시책에 중대한 영향을 미칠 만한 범죄가 발생한 경우' 등을 들고 있다. 두 가지의 법령은 모두 국회의 법 개정 절차가 필요 없는 검찰청법 하위법령이다. 국무회의 심의만으로 개정이 가능하다.

# 사상전향 제도 창안자 오제도

　김일성은 6·25 전쟁이 끝나갈 무렵 남로당 출신들을 대대적으로 숙청했다. 1953년 3월 5일 이승엽, 이강국 등 남로당 출신 12명을 체포하고 일주일 뒤인 3월 11일 박헌영을 구속했다. 휴전협정 체결(1953.7.27.)을 4개월여 앞둔 시점이었다.

　이승엽, 이강국 등 10명은 체포된 지 5개월 후인 1953년 8월 6일 사형을 선고받았다. 박헌영은 조사가 길어져 1955년 12월 15일 사형이 확정됐다.

　박헌영의 죄목은 간첩죄, 남한체제 전복역량 파괴죄, 북한정권 전복 쿠데타 음모 등 세 가지였다. 이 가운데 남한체제 전복역량 파괴죄는 박헌영 일파가 남조선 혁명역량을 약화시켰다는 것이다.

　남조선 혁명역량을 파괴한 죄들 가운데는 보도연맹을 방조한 죄도 들어 있다. 이승만 정부가 남로당을 완전히 파괴할 목적으로 보도연맹을 만들자 당 중앙위원회에서 박헌영에게 대책을 세우라고 제의했으나 박헌영이 그러한 사실이 없고, 있다고 해도 남로당은 강한 전투적 부대이기 때문에 문제가 되지 않는다며 방조했다는 것이다. 해방 후 남한에서 활동하던 박헌영은 1946년 10월 영남 폭동 사태를 계기로 미군정에서 검거령을 내리자 이를 피해 그해 10월 북으로 넘어가 6·25 전쟁 때까지 북에 머물렀다.

박헌영 판결문에 적시된 보도연맹은 이승만 정부가 남로당에서 탈당한 사람들을 포용하여 자유로운 사회생활을 할 수 있도록 하기 위해 만든 단체이다. 1949년 4월 오제도 검사 주도로 조직됐다. 전향자들이 자발적으로 만든 단체로 알려졌으나 실제로는 검찰과 경찰, 군이 관리했다.

일제 강점기 친일 전향단체인 대화숙(大和塾)을 모방해서 만든 이 단체의 성격에 대해 오제도 검사는 1949년 12월 「애국자」란 잡지에 기고한 글에서 이렇게 설명했다.

> 금년 4월에 자발적인 전향동지들이 자기창의로서 국민보도연맹을 결성하고 눈부신 국민운동을 전개해서 선구적 역할을 해오던 바 수만의 전향 동포가 남로당 계열과 결별하고 대한민국에 충성을 다하려고 국민보도연맹 깃발 밑으로 귀의해온 사실은 세계사 상사에 특기할 경이적인 일이다…(중략)…전향의 성적이 우수하고 공적이 현저한 자에 대하여는 생활을 적극 보장하고 표창할 것이다…(중략)…가맹동기가 일시적 도피수단에 있거나 프락치 행동을 한 악질분자에 대하여는 국가보안법 위반죄에 배가하여 처벌할 것이다…(중략)…사회 일각에서 전향자들을 동포애의 따뜻한 이해로 원조하기보다 불필요한 의구심으로 이단시하는 경향은 사업에 지장을 주고 있다…(중략)…따뜻한 조국의 향수가 그리워 전향한 수만의 길 잃었던 동포에게 인간적 친절과 민족적 아량으로 포용할 것을 요망한다(오제도, 1957: 141-149).

이 제도는 정부 수립 후 남로당 출신 등 좌익 경력자들을 자유민주적 기본질서로 편입시키는 데 큰 역할을 했다. 보도연맹에 가입한 인원이 약 30만 명에 이르는 것으로 알려졌다(한국민족문화대백과).

하지만 6·25 전쟁이 일어나 국군이 후퇴하는 과정에서 뚜렷한 법적 근거도 없이 북한 인민군에 동조할 가능성이 있다는 이유로 많은 보도연맹원들을 학살하여 사회문제화됐다.

# 현대판 암행어사 제도의 창설자 김종필

한국의 국내정보는 문재인 정부 출범 직후부터 정보경찰이 독점하고 있다. 문재인 정부 들어 국정원의 국내정보기능을 중단시키면서 정보경찰의 국내정보 독점이 시작됐다. 국정원은 2017년 6월 1일 국내정보기능을 중단한다고 공표했다.

그 이전 국정원과 경찰은 서로 경쟁하고 견제하면서 국내정보를 수집해왔다. 정보 사용자인 대통령으로서는 국정원이 미처 파악하지 못한 정보를 경찰을 통해 확인하고, 경찰이 수집하지 못한 정보는 국정원을 통해 확인함으로써 통치권의 누수를 막는 순기능이 있었다.

민주화운동을 주도했던 김영삼, 김대중, 노무현 대통령이 국정원의 국내정보기능을 폐지하지 못한 것은 이러한 순기능을 존중했기 때문이다.

통치 권력을 분산시켜 운영함으로써 권력의 견제와 균형을 도모하는 것은 역대 대통령의 전형적인 통치술이었다. 이승만은 6·25 전쟁을 거치며 비대해진 군부가 문민 대통령의 군 통수권을 위협하는 수준에까지 이르자 군부를 통제하는 방법으로 군내 파벌을 조성하여 충성경쟁을 유도했다. 함경도 출신 정일권파, 평안도 출신 백선엽파, 이남 출신 이형근파 등 3대 파벌을 육성하여 상호 견제시켰다. 그리고 이들 파벌을 자신의 심복이었던 김창룡 특무대장을 통해 감시하고 조정했다.

그러나 이러한 세력 균형은 정일권파가 김창룡을 암살(1956.1.30.)함으로써 종식된다. 일부 식자들은 이승만이 김창룡을 잃음으로써 정보경찰의 3·15 부정선거 개입과 4·19 혁명으로 이어지는 비극적 상황을 맞은 것으로 진단한다.

장면 정부 출범 후, 3·15 부정선거를 주도했던 정보경찰을 대거 숙청함으로써 국내정보의 기능에 공백이 생겼다. 이때 경위급 이상 정보경찰의 90%를 해직시켰다(박범래, 1988: 302).

이에 따라 사회 혼란이 극심해지고 급기야 군부가 정부를 전복시키는 상황에 이를 때까지 그와 관련된 정보를 수집해서 올바르게 판단, 장면 총리에게 대처 방법을 보고하는 기관이나 인물이 없었다.

박정희 정부는 국내정보의 부실과 혼선이 초래하는 국정 위기를 정확하게 인식하고 있었다. 특히, 박정희·김종필·박종규 등 5·16 주체세력은 정부 수립부터 6·25 전쟁 때까지 육본 정보국에 함께 근무하며 정보의 실패에 따라 전쟁이 발발하는 과정을 지켜본 정보장교 출신들이었다. 그러한 체험을 통해서 그들은 국가 운영에서 정보가 차지하는 중요성을 잘 알고 있었다.

이러한 경험을 바탕으로 박정희 정부는 정변 직후 김종필 주도로 중앙정보부(중정)를 창립하면서 '조정관' 제도를 신설했다. 현대판 암행어사였던 중정의 조정관은 은밀히 활동하면서 국민들의 대정부 불만사항, 정부정책이 입안되고 집행되는 과정에서의 문제점, 민심의 변화 등을 세밀히 조사해서 통치권자에게 보고하고, 통치권자는 이를 바탕으로 문제점 있는 정책들을 보완하고 시정해나갔다.

박정희 정부가 국내정보의 효율적 운영을 매우 중요시하고 있었다는 사실은 박정희의 다음과 같은 고백에 잘 나타나 있다. 박정희는 자신이 군에서 가장 존경했던 인물인 이용문 장군의 아들 이건개 검사를 서울 경찰청장으로 임명하면서 독대, 심층적인 국내정보 수집을 당부했다.

> 내가 국민들로부터 비난받는 사안이 있으면 그 사실을 직접 보고하고, 또한 정부 내의 정보부장, 경호실장, 비서실장 등이 권한을 남용하여 국민들로부터 지탄을 받는 사실이 있으면 그것도 남김없이 보고해주기 바라네. 그것이 국민을 위해서 꼭 필요한 일이 아니겠는가…(중략)…수도경찰 책임자로서 국정의 밑바닥을 상세히 파악하여 나에게 올바른 보고를 해주기 바라네. 그렇게 해야만 내가 자신 있게 국가라는 큰 배의 선장으로서 험난한 바다의 파도를 헤치고 배의 항로를 결정하여 역사의 방향을 잡아나갈 수 있을 것 아닌가. 올바른 보고가 없으면 나는 마치 국정 현실과 동떨어진, 현실감도 없고 생명력도 없는 로봇이나 인형 같은 존재로 전락할 것이야(이건개, 2001: 24).

김재규 중앙정보부장이 박정희 대통령을 시해하는 사건(1979.10.26.)이 일어나면서 중정의 조정관 제도에 변화가 일어났다. 국군보안사령부(보안사)를 기반으로 집권한 신군부세력은 보안사 요원들을 중정 조정관을 대체하는 인력으로 활용했다.

안전기획부(안기부, 중정의 후신)의 조정관 제도는 살아 있었지만 10·26 사건을 겪으면서 입지가 약화됐다. 그 결과 보안사, 안기부, 경찰의 3개 국내정보 파트 요원들이 경합하면서 활동하는 시대가 열렸다.

그러나 3개 기관 정립 시대는 보안사에 근무하던 윤석양 이병이 보안사의 민간인 사찰을 폭로하는 사건(1990.11.4.)이 일어나면서 막을 내렸다.

노태우 정부는 보안사의 명칭을 국군기무사령부(기무사)로 바꾸고 국내정보기능을 중단시켰다. 이때부터 안기부와 경찰 2개 기관이 국내정보를 맡는 시대가 시작됐다.

김영삼 대통령부터 시작된 문민정부 들어서도 안기부의 국내정보기능은 계속 작동했다. 다만, 김대중 정부는 안기부의 쇄신을 단행하면서 안기부의 명칭을 국가정보원(국정원)으로 바꿨다.

경찰이 국내정보 권한을 독점한 것이 국가정보의 관점에서 문재인 정부의 뚜렷한 특징이다. 정보경찰의 국내정보기능 독점에 대한 우려가 커지자 2019년 당시 조국 민정수석은 그해 5·20 당정협의에서 "문재인 정부는 정보경찰을 과거와 같이 활용하지 않을 것이며, 정치에 개입시키지도 않을 것이고, 민간인 사찰도 있을 수 없다. 그동안도 그랬고 앞으로도 그럴 것"이라고 약속했다(연합뉴스, 2019년 5월 20일자).

그러면서 그는 "과거 정부와 같은 정보경찰의 불법행위가 항구적으로 발생하지 않도록 법률 개정이 반드시 필요하다"라고 말했다.

과거 국정원 국내정보기능의 과도한 행사가 문제되자 1994년 여야 합의로 안기부법을 개정하면서 정치관여죄, 직권남용죄를 신설한 것과 같은 절차를 밟아나가겠다는 뜻이다. 경찰이 국내정보기능을 독점하고 있는 현실에서 이러한 법률적 통제장치가 구비될 경우 과연 효율적으로 작동할 것인지 귀추가 주목된다(정주진, 국가관리브리프, 2019).

✦

# 1장 - 일본 스파이들의 한반도 공작

### • 1880년대

가와카미 소로쿠, 일본군 육군참모차장 발탁
※ 참모총장은 관습에 따라 황실 후손이 취임, 참모차장이 실질적 병권 행사

- 가와카미 소로쿠(川上操六) 일본군 육군참모차장, 청일전쟁(1894.6.-1895.4.) 직전 많은 첩자를 조선, 청, 러시아 등에 밀파, 전쟁에 필요한 지리정보 등 수집
- 카이즈 미쓰오(海津三雄), 1877-1887년 조선침략에 필요한 군사용 지도를 제작할 목적으로 조선 8도를 다니며 비밀리 지형 측정(이른바 盜測).
- 이소바야시 신조(磯林眞三), 미우라(三浦自孝) 등, 1883-1887년 서울, 인천, 평양 등 도측
- 사코 가게노부(酒勾景信), 1883년 만주 지안(輯安)에서 광개토대왕비 발견

### • 1890년대

**1893.5.4.**
가와카미 소로쿠, 청일전쟁에 대비한 정탐 목적으로 청나라, 조선 등지를 순방하며 조선을 방문하여 고종과 면담

**1894.6.-1895.4.**

청일전쟁

**1895.4.23.**

러·독·프 3국 공사, 일본 외무성 방문, 랴오둥 반도의 청나라 반환 요구(삼국
간섭)

**1895.9.19.**

미우라 고로(三浦梧樓) 주한 일본공사, 가와카미 중장에게 조선 주둔 일본군
지휘권 요구(가와카미, 1895.10.5. 승인)

**1895.10.7.**

일본 외무성, 주한 일본공사에 랴오둥 반도 반환협상 타결 통보

**1895.10.8.**

명성황후 시해(을미사변)

**1896.**

고종, 주한 러시아공사관 피신(아관파천)

**1897.10.**

고종, 대한제국 황제 즉위

**1899.**

가와카미 소로쿠 사망

**1902.6.**

고종황제, 국가정보기관 대한제국익문사 창설

※ 1996.11. 이태진 서울대 교수, 제국익문사 운영규정인 「대한제국익문사
　비보장정(大韓帝國帝國益聞社秘報章程)」 발굴

**1904.2.**

러일전쟁 발발(1905.9. 포츠머스 강화조약 체결)

**1904.2.**

코다마 겐타로(兒玉 源太郞) 일본군 참모차장, 러일전쟁이 발발하자 스웨덴
의 아카시 모토지로(明石元二郞)에게 제정 러시아 반체제세력을 규합, 러시
아 배후교란 공작을 전개하라고 지령

※ 1902년 러시아 무관으로 파견됐던 아카시 모토지로, 러일전쟁 발발 직
　후 스웨덴으로 퇴각

**1905.12.**

아카시 모토지로, 일본으로 돌아와 코다마 겐타로에게 러시아 배후교란 공
작 결과 보고서 제출

※ 공작보안을 유지하기 위해 보고서 표지에는 '낙화유수(落花流水)'라는, 공
　작 내용과는 조금 동떨어진 제목을 표기

※ 1938.4. 창설된 일본 육군 나카노 학교에서 낙화유수를 공작 교범으로
　채택

**1907.7.24.**

고종황제 강제 퇴위

1907.8.1.

한국군 강제 해산


1907.10.

아카시 모토지로, 한국 주둔 헌병대장 부임


1908.6.

아카시 모토지로, 헌병보조원 제도를 만들어 항일운동 정탐


1914.1.22.

아카시 모토지로, 전국 헌병과 경찰이 항일세력의 동향을 정기적으로 보고
하는 비밀정보 보고체계 도입


1919.4.11.

상해 임시정부 수립


1919.8.12.

백범 김구, 상해 임시정부 경무국장 취임

※ 경무국은 일본의 정탐활동을 방지하고, 독립운동가들의 투항 여부를 정
　찰하여 일본의 마수가 어느 방면으로 침입하는가를 살피는 것이 주요
　임무


1919.10.

도산 안창호, 대동단 총재 김가진(金嘉鎭)을 상해 임시정부로 탈출시키는 데
성공

## 2장 - 남의사의 지원을 받은 김원봉

**1919.11.**
김원봉, 의열단 창립

**1924.5.**
중국국민당, 중국국민당 육군군관학교(황포군관학교) 설립

**1924.9.**
주은래, 황포군관학교 정치부 주임 부임

**1926.1.**
김원봉, 황포군관학교 제4기 입교

**1930.4.**
김원봉, 레닌주의 정치학교 개설(중국 북경)

**1932.2.29.**
중국국민당, 삼민주의역행사(남의사) 창설

**1932.4.**
윤봉길 의거

**1932.5.**
삼민주의역행사, 의열단 지원 결정

**1932.10.20.**
김원봉, 조선혁명 군사정치 간부학교 설립(중국 남경)

**1934.2.**
중국 중앙육군군관학교 한인특별반(낙양분교) 개설(92명 입교)

**1934.12.30.**
낙양분교 김구파, 한국특무대독립군 창설

**1935.4.9.**
낙양분교 1기생 졸업(62명)

**1935.7.**
김원봉 주도 민족혁명당 창당

**1937.-1945.**
중국국민당과 공산당, 제2차 국공합작

**1938.6.**
삼민주의역행사, 삼민주의청년단으로 개편
※ 비밀공작기능은 국민당 군사위 조사통계국(약칭 군통)으로 이관

**1938.10.**
김원봉, 조선의용대 결성

**1940.6.**
영국, 특수공작국(SOE) 창설
※ SOE: Special Operation Executive

**1941.12.**
태평양전쟁 발발

**1942.4.**

조선의용대, 광복군 제1지대 합류

**1943.5.**

김원봉, 영국 SOE와 협력협정 체결

**1948.8.**

김원봉, 북한최고인민회의 대의원 선출

**1948.9.**

김원봉, 북한 국가검열상 부임


# 3장 - COI의 한국인 동원 공작 추진과 좌절

**1939.9.**

제2차대전 발발(독일의 폴란드 침공)

**1940.7.**

도노반, 미 해군성 장관 사절로 영국 방문

**1940.9.17.**

한국 광복군 창설(중국 중경)

**1940.12.8.-1941.3.8.**

도노반, 지중해 지역 영국 정보 공작 현장 시찰

**1941.6.10.**

도노반, 루스벨트 대통령에 미국 최초 국가정보조직 창설 건의

**1941.6.18.**

루스벨트 대통령, 미국 최초 국가정보조직 창설 지시

**1941.7.11.**

미국, 정보조정관실(COI) 창설

※ COI: Coordinator of Information

**1941.8.**

미 전쟁성 정보참모부, 굿펠로우 대령을 COI 연락관으로 파견

**1941.11.**

중국국민당, 임시정부 측에 '한국 광복군 행동 9개 준승'통보

※ 임시정부 노력으로 1944.8. 취소

**1941.12.8.**

태평양전쟁 발발(일본, 진주만 기습)

**1942.1.24.**

도노반, 미 대통령에 한국인 활용 공작 계획 보고

**1942.1.27.**

COI 요원 데파스, 동아시아 공작 계획 '올리비아 계획(Scheme "OLIVIA")' 수립

**1942.3.8.**

COI 요원 에슨 게일, 중국 중경 도착

※ 1942.8. 보안사고 등으로 임무 포기하고 귀국

**1942.3.**

COI 1기생 모집

**1942.4.14.**

COI 1기생 중심 '101 파견대(Special Unit Detachment 101)' 창설

**1942.6.**

COI, 전략정보국(OSS)으로 개칭

※ OSS: Office of Strategic Service

**1942.7.8.**

OSS 101 파견대, 인도 뉴델리 도착

※ COI가 OSS로 개칭됨에 따라 OSS 101 파견대로 개명

**1942.8.**

굿펠로우, OSS 부국장 취임

**1942.8.26.**

미 OSS-영 SOE, 해외공작지역 분담 협정

※ OSS, 중국·만주·한국 등 동아시아 담당

**1944.6.**

OSS 101 파견대장 아이플러 미국 귀환

※ 장석윤, 1944.7. 워싱턴 귀환

**1945.7.12.**

OSS 101 파견대 해체

**1945.10.1.**

미국, OSS 해체

# 4장 - 이승만과 OSS의 FE-6 프로젝트

**1941.3.**

미국, 무기대여법(Lend-Lease Act) 제정

**1942.10.10.**

이승만, 굿펠로우 OSS 부국장에게 재미 한인 동원 한반도 침투 공작 제의

**1942.11.10.**

OSS 공작관 데블린, 이승만 만나 재미 한국인 동원 공작 문제 협의

**1942.11.17.**

OSS, 이승만 제안 합동 공작 코드명 'FE-6 프로젝트' 수립

**1942.12.7.**

FE-6 프로젝트 참여 재미 한국인 11명 훈련 시작

※ 이승만이 추천한 24명 중 11명 최종 선발

**1942.12.10.**

LA 교포신문 「뉴 코리아」, FE-6 프로젝트 참가자 동향 보도

※ '상항에 체류하는 이효, 길동우 양씨와 나성에 체류하는 현 피터, 조종
   익 등 7인은 특무 공작에 응모하여 며칠 전 비행기를 타고 워싱턴으로
   갔다더라'

**1943.2.9.**

이승만, 공작보안사고 해명 보고서 굿펠로우에 제출

**1943.4.15.**

FE-6 프로젝트 참가자 교육 종료(최종 8명 수료)

**1943.5.7.-6.14.**

미 정보기관 관계자들, 네 번에 걸쳐 대책회의를 갖고 재미 한국인 동원 공
작을 추가 실시하는 문제 논의 후, 당분간 중지키로 결정

# 5장 - 이범석과 OSS의 이글 프로젝트

**1943.7.4.**

중국국민당과 미국 정보기관, 정보협력기구인 '중미 특별기술 협력기구
(SACO)' 창설

※ SACO: Sino-American Special Technical Cooperative Organization

**1944.4.1.**

미 OSS-미 제14항공단, 정보협력기구인 '공지전 자원기술 참모부(AGFRTS)' 설립

※ AGFRTS: Air and Ground Forces Resources and Technical Staff

**1944.7.**

미국, 사이판섬 탈환

**1944.7.22.**

OSS 부국장 굿펠로우, 도노반에 한반도 공작 재개 건의

**1944.8.**
중국국민당, 광복군 '9개 행동준승' 폐지 통보

**1944.10.**
웨드마이어, 중국 전구 사령관 부임

**1944.10.**
이범석 광복군 제2지대장, OSS 중국지부 비밀정보과장에게 한미 합동 공작 제안

**1944.12.9.**
헤프너, OSS 중국지부장 부임

**1945.1.31.**
일본군 탈영 학병 50명, 중경 임시정부 도착

**1945.2.24.**
OSS 중국지부, '한국 비밀정보 침투를 위한 이글 프로젝트' 수립

**1945.3.7.**
아이플러, 한반도 침투 공작 '냅코 프로젝트' 수립

**1945.4.29.**
일본군 탈영 학병 19명, 이글 프로젝트 참여하기 위해 중경 출발

**1945.4.30.**
히틀러 자결(5.7. 독일 항복)

**1945.4.**

OSS 중국지부, 독수리 작전 지휘를 위한 서안 야전사령부 설치

**1945.4.-9.**

윔스, OSS 중국지부 연구분석과 한국 담당관 근무

**1945.5.11.**

독수리 작전 제1기생 50명 훈련 시작

**1945.6.-8.**

윔스, 안휘성 입황에서 한국인 훈련센터 운영

**1945.8.4.**

독수리 작전 제1기생 훈련 종료(38명 수료)

**1945.8.7.**

김구-도노반, 한미 합동 공작 선포

## 6장 - 미 OSS 중심 한미 관계의 단절

**1945.2.**

얄타 회담

**1945.4.12.**

미 루스벨트 대통령, 뇌출혈로 사망

**1945.8.9.**
도노반-웨드마이어, 만주·한반도에 OSS팀 파견 합의

**1945.8.10.**
헤프너 OSS 중국지부장, 웨드마이어 사령부 OSS 연락관 데이비스에게 만주·한반도 등지에 침투할 OSS팀 항공편 확보 지시

**1945.8.10.**
OSS 중국지부 헬리웰 비밀정보과장, 독수리팀 싸전트 대위에게 한국 침투 대기 지시

**1945.8.14.**
데이비스 웨드마이어 사령부 OSS 연락관, 웨드마이어 사령관에게 이글 프로젝트팀 한국 침투 승인 요청(웨드마이어 승인)

**1945.8.14.**
헤프너, 서울 진입 이글 프로젝트 팀장에 버드 OSS 중국지부 부지부장 임명

**1945.8.18.**
이글 프로젝트팀(팀장: 버드), 서울 여의도 비행장 진입

**1945.8.18.**
김구, 도노반 통해 트루먼 대통령에게 친서를 보내 전후 친선관계 유지 희망 의사 피력
※ 트루먼, 도노반의 김구 서한 전달행위 힐책(1945.8.25.)

**1945.8.19.**
이글 프로젝트팀, 서울 여의도 비행장 이륙, 산동 반도 유현 도착
※ 웨드마이어, 서울 재진입 지시

**1945.8.22.**

버드, 이글 프로젝트팀 일행을 유현에 남겨둔 채 중경으로 날아가 웨드마이어 사령관에게 서울 재진입 부당성 호소

**1945.8.23.**

미 전쟁공보국 기자 리버만, 여의도 비행장에서 하룻밤 묵을 때 일본군으로부터 술을 대접받고 군가를 합창한 사실 보도

※ 웨드마이어 사령관, 적으로부터 술을 얻어 마신 것은 미군의 명예를 추락시킨 행위였다고 힐책

**1945.8.**

헤프너, 여의도에서의 음주사실 등과 관련 문책 차원에서 버드를 이글 프로젝트팀장에서 해고

**1945.8.28.**

유현에 남아 있던 이글 프로젝트팀, 서안으로 귀환

**1945.9.1.**

한반도 관할 미군사령부, 중국 전구에서 태평양 전구로 이관

**1945.9.9.**

이범석 광복군 제2지대장, 헬리웰 OSS 중국지부 비밀정보과장에게 임시정부와 광복군 조기 귀국 주선 요청

**1945.9.13.**

웨드마이어 사령부, OSS 중국지부에 독수리팀 해체 지시

**1945.9.15.**

헤프너, 헬리웰 비밀정보과장에게 독수리팀 해체 지시

**1945.9.19.**

싸전트, 헬리웰 비밀정보과장에게 중국, 영국, 러시아의 정보기관 요원들이 서안의 한국인들을 포섭해서 한반도로 침투시키고 있다며 미국도 적극 대응해야 한다고 건의

**1945.9.20.**

트루먼, 미 OSS 해체 결정 보고서에 서명

**1945.9.27.**

웜스, 워싱턴 도착
※ 10.11.-26. 샌프란시스코에서 휴가

**1945.9.28.**

웜스, 도노반 지시에 따라 임시정부와 광복군의 조기 귀국을 강조한 '한국과 임시정부(Korea and the Provisional Government)' 보고서 작성

**1945.10.1.**

미 OSS 해체
※ 1,362명 국무성 임시연구정보국, 9,028명 전쟁성 전략정보대(SSU, Strategic Services Unit)로 전출

**1945.10.11.**

SACO 해체

**1945.10.20.**

웜스, 휴가지인 샌프란시스코에서 SSU 비밀정보국 던캔 리 부국장에게 '한국과 임시정부' 보고서 발송

**1945.10.30.**

던캔 리, SSU 맥루더 대장에게 '한국과 임시정부' 보고서에 대해 '웜스가 도노반의 지시에 따라 작성한, 웜스 개인의 의견이므로 국무성 등에 배포할 경우 SSU 공식문서가 아니라는 점을 밝혀야 한다' 라고 처리 방향 건의

**1945.11.3.**

맥루더, 웜스의 '한국과 임시정부' 보고서 국무성 배포금지 지시

**1945.11.8.**

SSU 워싱턴 본부, SSU 중국지부에 '약 20여 명의 독수리 요원들이 북한으로 들어간 것으로 보고받았는데 이들의 이름과 이력서를 파악해서 보고하라' 라고 지시

**1945.11.13.**

SSU 중국지부, 싸전트에게 워싱턴에서 요청한 20여 명 독수리 요원의 신원확인 요청

**1946.3.17.**

중국국민당 조사통계국장 다이리, 비행기 폭파사고로 사망

**1947.9.18.**

미 CIA 창설(SSU 중국지부, CIA 중국지부로 개칭)

## 7장 - 소련 스파이들의 한반도 공산화 공작

**1925.4.**
조선공산당 창당

**1928.**
코민테른, 1국 1당 주의 선언
※ 중국 거주 한국인 공산주의자, 중국공산당 입당

**1932.1.**
중국공산당, 주보중을 만주에 파견

**1937.**
스탈린, 연해주 한국인들의 일본 스파이화 우려, 중앙아시아 강제 이주

**1939.**
MGB(KGB 전신) 요원 샤브신, 서울 주재 소련총영사관 부총영사 직함으로
서울 잠입

**1939.8.23.**
독일, 소련과 불가침조약 체결

**1939.9.1.**
독일, 폴란드 침공(2차대전 발발)

**1940.1.-3.**
극동 소련군 정찰부대장, 동북항일연군 대표 초청 1차 회의

**1940.12.-1941.1.**

극동 소련군 정찰부대장, 동북항일연군 대표 초청 2차 회의

※ 동북항일연군, 소련령으로 철수시켜 소부대로 재편, 만주·조선 등지에
   재투입하기로 결정


**1940.12.**

김일성, 일제 토벌에 쫓겨 소련령으로 월경


**1941.4.9.**

김일성, 동만주 정찰활동(8월 귀환, 9.30. 주보중에 결과 보고)


**1941.4.13.**

일본, 소련과 중립조약 체결


**1941.6.22.**

독일군, 소련 기습(독소 불가침조약 파기)


**1941.7.5.**

베리야 측근 수도플라토프, NKVD 특수임무국장 부임


**1941.9.**

유성철 등 재소 한인 16명, 소련군 정찰학교 2기생 입교

※ 유성철, 정찰활동에 실패하고 88여단에 전속되어 해방 때까지 김일성 통
   역관으로 복무


**1941.**

박헌영, 전남 광주시 벽돌공장 노동자로 위장 취업

**1941.12.8.**

일본, 미국 하와이 기습(태평양전쟁 발발)

**1942.8.1.**

극동 소련군, 제88특별정찰여단(약칭 88여단) 창설

**1945.9.**

스탈린, 김일성을 모스크바로 불러 면접 후 북한 지도자로 낙점

**1945.9.19.**

김일성, 원산항 통해 귀국

**1945.9.20.**

스탈린, 북한 주둔 소련군에 북한 위성국가 수립 지령

**1945.9.21.**

발라사노프, MGB 북한지부장 취임

※ MGB 북한지부 정원은 총 13명

**1946.3.**

MGB 요원 김 이노겐치, MGB 북한지부 파견(1949.5.까지 근무)

**1946.5.**

박헌영, 샤브신을 통해 스탈린에게 김일성 비판 서한 전달

**1946.5.**

조선공산당 위조지폐 사건

※ 미군정청, 서울 주재 소련총영사관 폐쇄 결정

**1946.7.**

스탈린, 김일성과 박헌영을 모스크바로 불러 면담한 후 다시 김일성을 북한 지도자로 선정

**1946.7.**

샤브신 부부, 평양으로 월북

※ 샤브신, MGB 북한지부 부지부장 취임

**1948.9.9.**

북한정권 수립

**1948.9.**

샤브신, 러시아로 복귀

※ 1960, 중국 하얼빈 주재 소련 총영사관 총영사(1967년 사망)


## 8장 - 해방공간 미소 정보전쟁의 전사들

**1944.3.**

영국 외무부 침투 KGB 스파이 맥클린, 워싱턴 주재 영국대사관 부임

**1944.8.**

염웅택, 평양에서 '대동단' 창설

**1945.8.13.**

트루먼 미 대통령, 맥아더 극동군 총사령관을 연합국 최고사령관(SCAP)으로 임명

※ SCAP: Supreme Commander for the Allied Powers

**1945.9.3.**

대동단원 백관옥, 공산주의자 현준혁 암살

**1945.9.9.**

미 224 방첩대 선발팀 인천 도착

※ 미 24군단, 9.7. 인천 상륙

**1945.9.24.**

좌익, 조선인민공화국 선포

**1945.10.16.**

이승만, 서울 도착(10.12. 일본 도쿄 도착)

**1945.11.23.**

임시정부 요인 제1진 귀국

**1945.12.**

백의사(총사령: 염응택) 창립

**1945.12.**

현 앨리스, 주한미군 정보참모부 산하 민간통신정보대 서울지구대 민간요원과 부과장 부임

**1946.3.1.**

백의사-정치공작대 연합, 김일성 암살 시도

**1946.4.1.**

한국 주둔 미 방첩대 전체를 971 방첩대라는 단대호(單隊號)로 통일

**1946.6.**
제1차 미소공동위 결렬

**1946.8.**
미군정, 현 앨리스 좌익 혐의로 강제 추방

**1946.10.6.**
박헌영, 미군정 체포령 피해 월북

**1946.12.**
김일성 직파간첩 성시백, 서울에 상주하기 시작

**1947.12.2.**
남한 단독정부 수립 지지 한민당 정치부장 장덕수 피살

**1948.2.16.**
김구와 김규식, 김일성에 남북 정치지도자 회담 제안 서한 발송

**1948.2.20.-23.**
대남연락부장 임해, 서울에 잠입하여 김구·김규식의 남북 정치지도자 회
담 제의 배경 탐문

**1948.3.8.**
김일성, 김구 비서 안우생을 평양으로 불러 김구·김규식의 남북 정치지도
자 회담 진정성 탐문

**1948.4.19.-5.4.**
남북 제정당·사회단체 연석회의(평양 남북협상)

**1949.10.**

영국 해외정보부(MI6) 침투 KGB 스파이 킴 필비, 미 CIA 협력관으로 워싱턴 부임

**1950.5.12.**

서울지검, 성시백 검거를 위한 검·군·경 합동수사본부 구성

**1950.5.15.**

성시백 검거

**1951.3.-1954.11.**

앨저 히스, 미 하원 비(非)미국활동위원회 위증 혐의로 복역(간첩죄는 공소시효 만료로 모면)

**1951.5.15.**

김창룡, 특무부대장 취임(1956.1.30. 피살)

**1953.3.11.**

박헌영, 미제 간첩 혐의로 구속

※ 1955.12.15. 박헌영, 사형선고 수

**1993.2.26.**

일본 마이니치 신문, '북한지역에 친소정권을 세우라' 라는 스탈린 비밀지령문(1945.9.20.) 입수 보도

# 9장 - 한국적 국가정보제도의 선구자들

**1945.8.**
임시정부 특파사무국 설립

**1945.10.**
양호단 단원 100여 명 남하

**1945.12.1.**
신익희 등 임정 요인 제2진 귀국

**1945.12.6.**
신익희, 정치공작대 설립

**1946.1.25.**
굿펠로우 전 OSS 부국장, 하지 사령관 특별 정치고문 취임

**1946.2.14.**
남조선 대한국민대표 민주의원(약칭 민주의원) 결성
※ 의장: 이승만, 부의장: 김규식, 국무총리: 김구

**1946.3.18.**
이승만, 민주의원 의장직 사임

**1946.5.26.**
굿펠로우 이한

**1946.6.3.**
이승만, 정읍에서 남한 단독정부 수립 주장

**1946.6.**

이승만, 정치정보조직 KDRK 설립

**1947.6.1.**

조선경비대 총사령부 정보처 설치

※ 통위부 정보국과 조선경비대총사령부 정보과 통합

**1948.4.11.**

백선엽, 초대 육군본부 정보국장 부임

**1948.11.11.**

육군본부 정보국 특별정보대, 박정희를 남로당 가입 혐의로 체포

※ 박정희, 1949년 4월 사형 구형에 무기징역 선고받고 형집행정지로 민간
　　인 신분 전투정보과 근무

**1949.7.30.**

이용문, 2대 육군본부 정보국장 부임

**1949.11.13.**

장도영, 3대 육군본부 정보국장 부임

**1948.9.27.-10.30.**

미 24군단 정보참모부, 특별조사과(SIS)학교 운영

※ SIS: Special Investigation Section

**1948.10.19.**

여수·순천 사건 발생

**1948.12.1.**
국가보안법 공포

**1948.12.31.**
미 방첩대 주력 철수(17명 잔류)

**1949.4.**
남로당 전향자 포용을 위한 국민보도연맹 창설

**1949.6.**
미 방첩대 잔류인원 17명까지 완전 철수

**1949.6.20.**
백선엽 육본 정보국장, 육사 8기생 최우수 졸업자 30명 선발, 육본 정보국
배치

**1949.7.**
신성모 국방장관, 국방부 제4국 해체

**1949.11.24.**
계엄법 제정

**1950.10.21.**
특무부대 창설

**1951.5.**
김창룡, 특무대장 부임

**1956.1.30.**
김창룡 특무대장 피살

## 참고 자료

- 강창성. 『일본/한국 軍閥政治』. 서울: 해동문화사. 1991.
- 계인주. 『맥아더 장군과 계인주 대령』. 다인미디어. 1999.
- 국가보훈처. 『NAPKO OF OSS-재미한인들의 조국정진계획 해외의 한국독립운동사료(XVIV) 미주편 ⑥』. 국가보훈처. 2001.
- 국가보훈처. 『OSS 재미한인자료 해외의 한국독립운동사료(30) 미주편 ⑧』. 2005.
- 국군보안사령부. 『대공삼십년사』. 국군보안사령부. 1978.
- 국사편찬위원회. 『한국독립운동사 자료 22 임정편 VII』. 1993.
- 국사편찬위원회. 『대한민국사 자료집 28』. 1996.
- 국사편찬위원회. 『대한민국사 자료집 28』. 1996.
- 국사편찬위원회. 『한민족독립운동사 자료집 43』. 2000.
- 국정원 과거사건 진실규명을 통한 발전위원회. 『과거와 대화, 미래의 성찰 - 학원·간첩편(IV)』. 국가정보원. 2007.
- 기광서. 「소련의 대한반도-북한정책 관련 기구 및 인물분석」. 경남대학교 북한대학원. 『현대북한연구』 창간호(1998).
- 김광재. 「한국 광복군의 활동 연구-미 전략첩보국(OSS)과의 합작훈련을 중심으로」. 동국대 박사학위논문. 1999.
- 김구, 도진순 옮김. 『백범일지』. 돌베개. 2003.
- 김구, 도진순 주해. 『백범일지』. 돌베개. 2006.
- 김국후. 『비록 평양의 소련군정』. 한울 아카데미. 2008.

- 김국후.『평양의 카레이스키 엘리트들』. 서울: 한울. 2013.
- 김명호. "1946년 김일성 암살기도 사건 진상".『세계와 나』. 통권 58호. 1994.8.
- 김문자, 김승일 옮김,『명성황후 시해와 일본인』, 태학사, 2011.
- 김삼웅.『약산 김원봉 평전』. 시대의 창. 2013.
- 김운태.『일본 제국주의의 한국통치』. 서울: 박영사, 1988.
- 김정주.『조선통치사료 제8집』. 동경: 한국사료연구소. 1971.
- 김종구.「발굴되는 중국항일전선의 조선인들」. 김명걸.『발굴 한국현대사인물 ③』. 한겨레신문사. 1992.
- 김준엽.『장정 - 나의 광복군시절』. 나남. 1988.
- 김준엽.『장정 2 - 나의 광복군시절(하)』. 나남. 2017.
- 김찬정.『비극의 항일 빨치산』. 서울: 동아일보사. 1992.
- 김창순.『북한민주통일운동사 - 평안남도 편』. 북한연구소. 1990.
- 김충석.「제88여단의 조선인 공산주의자들에 대한 연구」. 북한대학원대학교 박사학위 논문(2016).
- 김학준.『해방공간의 주역들』. 동아일보사. 1996.
- 김학준 편, 이정식 면담.『혁명가들의 항일 회상』. 민음사. 2005.
- 김혜수.「1946년 이승만의 사설정보기관 설치와 단독정부수립운동」.『한국근현대사연구』. 제5집. 1996.12.
- 노권.『황포군교사료』. 광동인민출판사. 1982.
- 다니엘 S. 팹. 정순주/홍영주 옮김.『냉전의 비망록 딘 러스크의 증언』. 시공사. 1991.
- 동아일보사.『비화 제1공화국 제4부』. 홍우출판사. 1975.
- 등걸.「삼민주의역행사의 한국독립운동에 대한 원조」. 한국정신문화연구원 편.『한국독립운동사자료집[중국인사증언]』. 박영사. 1983.
- 려정.『붉게 물든 대동강』. 동아일보사. 1991.
- 류안래, 리영호에게 보내는 주보중의 지시서한(요지) - 정찰소대 구성 및 이후 활동임무에 대하여(1943년 3월 28일). 동북지역 조선인 항일역사 사료집 편찬위

원회. 『동북지역 조선인 항일역사 사료집 제10권』. 중국 흑룡강 조선민족 출판사. 2005. pp. 417-418.

- 리핑(力平), 허유영 옮김. 『저우언라이 평전』. 광주: 한얼미디어. 2005.

- 박범래. 『한국경찰사』. 미진문화사. 1988.

- 박병엽 구술. 유영구·정창현 엮음. 『전 노동당 간부가 본 비밀회동 김일성과 박헌영, 그리고 여운형』. 서울: 선인. 2010.

- 박순애. 「조선총독부의 정보선전정책」. 한중인문학회. 『한중인문학연구 제9집』. 2002.12.

- 박성환. 『파도는 내일도 친다 - 박성환 기자 20년의 공개수첩(제1부)』. 동아출판사. 1965.

- 박진목. 『내 조국 내 산하』. 계몽사. 1994.

- 배진영. 「잘못된 소신은 나라를 망친다-앨저 히스」. 『월간조선』. 2018년 5월호.

- 백선엽. 『군과 나』. 대륙연구소. 1990.

- 백정윤. 「'주보중 일기'를 통해 본 동북항일연군 제2로군 조선인 대원들의 활동 - 1936년-1941년을 중심으로」. 서울시립대 대학원 석사학위 논문(2013).

- 서울신문사 편. 『주한미군 30년』. 행림출판사. 1979.

- 서울지방검찰청. 『서울지방검찰사』. 1985.

- 손과지. 『상해 한인사회사』. 한울. 2001.

- 송원영. 『제2공화국』. 샘터사. 1990.

- 신복룡. 『대동단실기』. 선인. 2014.

- 신영우. 「청일전쟁과 조선침략의 핵심인물은 가와카미 중장과 무쓰 외상」. 충북일보. 2013.9.3.자.

- 신창현. 『위대한 한국인 해공 신익희』. 태극출판사. 1972.

- 어니스트 볼크먼, 이창신 옮김. 『스파이 SPY 현대사를 바꾼 23가지 스파이 전쟁 X파일』. 서울: 이마고. 2007.

- 오제도. 『사상검사의 수기』. 창신문화사. 1957.

- 雩南李承晚文書編纂委員會 編. 『梨花莊所藏 雩南李承晚文書 東門編 第十四卷: 建國期 文書 2』. 서울: 中央日報社現代韓國學研究所. 1998.

- 우사연구회 엮음, 심지연 지음. 『송남헌 회고록-우사 김규식과 함께한 길』. 한울. 2000.
- 윌리스 버드 → 헤프너. 「경성으로 파견된 사절단의 예비 보고」. 1945.8.23. 한국사 데이터 베이스(2017.1.20. 검색).
- 유리 모딘. 조성우 옮김. 『나의 케임브리지 동지들 - KGB 공작관의 회고록』. 서울: 한울. 2013.
- 유영구. 『남북을 오고간 사람들』. 글. 1993.
- 유영구·정창현. 『전 노동당 고위간부가 겪은 건국비화 조선민주주의인민공화국의 탄생』. 선인출판사. 2014.
- 윤치영. 『윤치영의 20세기』. 삼성출판사. 1991.
- 이기봉. 「극동구의 제88특별여단 외에 하나가 더 존재한 두 개의 '제88특별여단' - 극동 군구·중앙아시아 군구」. 『북한』. 1993년 1월호.
- 이건개. 『말하는 대통령, 일하는 대통령』. 월간조선사. 2001.
- 이연길. "6·25 전쟁 때의 첩보부대 KLO 고트(Goat) 대장 수기". 『월간조선』. 1993년 9월호.
- 이영근. 『오봉산을 향한 여로』. 서울: 경화출판사. 2003.
- 이영신. 『이영신의 현대사 발굴 비밀결사 백의사(상)』. 알림문. 1993.
- 이정식. 『대한민국의 기원』. 일조각. 2006.
- 이태진. 『고종시대의 재조명』. 태학사. 2004.
- 임경석 글. 이정 박헌영 기념사업회 편. 『이정 박헌영 일대기』. 서울: 역사비평사. 2004.
- 임은. 『북조선 창설 주역이 쓴 김일성정전』. 서울: 옥촌문화사. 1989.
- 장도영. 『망향』. 서울: 숲속의 꿈. 2001.
- 장준하. 『돌베개』. 사상사. 1971.
- 전현수. "소련군의 북한진주와 대북한정책". 『한국독립운동사연구 9』(1995.12).
- 정병준. 「해방정국의 미국 공작원들」. 『월간 말』. 1992년 10월호.
- 정병준. 「해방전후 미주 한인독립운동 관련자료 연구」. 한국정신문화연구원 편. 『해방전후사 사료연구 I』. 선인. 2002.

- 정병준. 『우남 이승만 연구』. 역사비평사. 2005.
- 정병준. 『현 앨리스와 그의 시대』. 서울: 돌베개. 2015.
- 정주진. 「소련 군정기 북한정보체계 형성과정」. 『국가정보연구』. 제11권 2호. 2018.
- 정주진. 「정부수립 전후 국가정보체계 형성과정」. 한국국가정보학회. 『국가정보연구』. 제12권 2호. 2019.
- 정주진. 「국내정보 기능과 검경 수사권 조정」. 연세대 국가관리연구원. 『국가관리 브리프』. 제43호. 2019.
- 조병옥. 『조병옥 나의 회고록』. 해동. 1986.
- 주보중. 『동북항일유격일기』. 북경: 인민출판사. 1991.
- 주보중. 김책에게 보내는 김일성의 서한 – 부대의 서부이동 정황과 1지대 공작에 대한 의견(1941년 9월 30일). 동북지역 조선인 항일역사 사료집 편찬위원회. 『동북지역 조선인 항일역사 사료집 제10권』. 중국 흑룡강 조선민족 출판사. 2005.
- 중앙일보 특별취재반. 『비록 조선민주주의인민공화국』. 중앙일보사. 1992.
- 중앙일보 특별취재반. 『비록 조선민주주의인민공화국 ⑩』. 중앙일보사. 1993.
- 중앙일보 현대사연구소. 『현대사 자료총서 1 미군 CIC 정보보고서(1-4)』. 서울: 선인문화사. 1996.
- 최문형 외. 『명성황후시해사건』. 민음사. 1992.
- 최성춘 외. 『연변인민항일투쟁사』. 북경: 민족출판사. 1999.
- 친일반민족행위진상규명위원회. 『친일반민족행위진상규명보고서 IV-8』. 2009.
- 코로트코프, 가브릴. 어건주 역. 『스탈린과 김일성 ①』. 동아일보사. 1992.
- 한국일보 편. 『증언 김일성을 말한다』. 서울: 한국일보사. 1991.
- 한국정신문화연구원. 『한국독립운동사자료집(중국인사증언)』. 박영사. 1983.
- 한국정신문화연구원 자료조사실. 『한국독립운동증언자료집』. 1986.
- Cumings, Bruce. *The Origin of the Korean War.* Princeton: Princeton University.
- DePass, Morris B. MEMORANDUM FOR COLONEL DONOVAN: SUBJECT - SCHEME "OLIVIA"(1942.1.27.). 국가보훈처. 『NAPKO OF OSS-재미한인들의

조국정진계획 해외의 한국독립운동사료(XVIV) 미주편 ⑥」. 국가보훈처. 2001.

- Donovan, William J. "MEMORANDUM FOR THE PRESIDENT(1942.1.24.)".
국가보훈처. 「NAPKO OF OSS - 재미한인들의 조국정진계획 해외의 한국독립
운동사료(XVIV) 미주편 ⑥」. 국가보훈처. 2001.

- Eifler to Donovan, Official Dispatch(1942.8.31.), 국가보훈처. 「NAPKO OF
OSS - 재미한인들의 조국정진계획, 해외의 한국독립운동자료(XVIV) 미주편
⑥」. 서울: 국가보훈처. 2001.

- FOOT, M.R.D.. *SOE The Special Operations Executive 1940-1946*. London:
Pimlico. 1999.

- Headquarters, United States Forces, China Theater → Strategic Services
Officer, China Theater(1945.9.13.). 국사편찬위원회. 「한국독립운동사자료 23
임정편 VIII」. 1993.10.15.(국사편찬위원회 홈페이지, 2022.1.4. 검색)

- Maochun Yu. *OSS IN CHINA: prelude to Cold War*. New Haven and
London. 1996.

- Helliwell to Lee Bum Suk. 국사편찬위원회. 「한국독립운동사자료 21」. 1992.(국
사편찬위원회 검색, 2022.1.4.)

- Heppner to Davis. 국사편찬위원회. 「한국독립운동사자료 28권 임정편 VIII」.
1995.8.31.

- Heppner to Bird(1945.8.14.). 국사편찬위원회. 「한국독립운동사 자료 23 임정
편 VIII」. 1993.10.15.

- McCune to Allman. Political repercussions of choosing Korean
trainees(1942.12.24.). 국가보훈처. 「OSS 재미한인자료 해외의 한국독립운동
사료(30) 미주편 ⑧」. 2005.

- Peers, William R. 임덕규 역. 「OSS의 비사」. 동서문화원. 1972.

- Sudoplatov, Pavel etal. *Special Tasks: The Memoirs of an Unwanted
Witness-a Soviet Spymaster*. Boston: Little, Brown & Company. 1994.

- Syngman Rhee to M. Preston Goodfellow, "Offer of Korean Military
Resources to U.S. Military Authorities(1942.10.10.)". 국가보훈처. 「OSS 재미

한인자료 해외의 한국독립운동사료(30) 미주편⑧」. 2005.

· Syngman Rhee to Karl T. Gould. 국가보훈처. 「NAPKO OF OSS - 재미한인들의 조국정진계획 해외의 한국독립운동사료(XVIV) 미주편 ⑥」. 국가보훈처. 2001.

· Truman, Harry S. *Year of Decisions Volume one*. New York: DOUBLEDAY & COMPANY. 1955.

· Wedemeyer, Albert C. *WEDEMEYER REPORTS!*. 1947.

· Willoughby, Major General Charles A. and John Chamberlain. *MacArthur 1941-1951*. New York: McGraw-Hill Book Company. 1954.

· 971st Counter Intelligence Corps Detachment, "SOVIET-COMMUNIST INSPIRED ESPIONAGE(1947.7.28.)". 중앙일보 현대사연구소. 「현대사 자료총서 1 미군 CIC 정보보고서(1-4)」. 서울: 선인문화사. 1996.